AF402911

ONO MOTHWURF
Taubendreck

TROJANISCHE TAUBEN Kommissar Thomas Wondrak, Mitte vierzig, ist Bayerns erfolgreichster Mordaufklärer – unter Kriminalisten eine Legende. Seit knapp zwei Jahren bereitet ihm allerdings die Mühelosigkeit, mit der sich seine Fälle wie von selbst lösen, Kopfzerbrechen. Um seine kriminalistische Kombinationsfähigkeit nicht völlig verkrüppeln zu lassen, hat sich der Chef der Kripo Fürstenfeldbruck angewöhnt, jedem noch so kleinen Detail eines Verbrechens nachzugehen.

Was sich in seinem neuen Fall jedoch als kompliziert erweist: Millionen von Dollars, die den Besitzer wechseln, mysteriöse Todesfälle und eine tierische Massenvernichtungswaffe lassen ihn den Überblick verlieren ...

Ono Mothwurf wurde 1963 in Oberösterreich geboren. Er studierte an der Fachschule für Wirtschaftswerbung in Wien, arbeitete als Redakteur beim SURF-Magazin und als Texter für verschiedene Werbeagenturen. Ono Mothwurf ist Mitglied im Art Directors Club Deutschland. Heute lebt er als freier Texter mit seiner Frau und drei Söhnen im Speckgürtel Münchens.

Bisherige Veröffentlichungen im Gmeiner-Verlag:
Werbewoodoo (2010)

ONO MOTHWURF

Taubendreck

Kriminalroman

GMEINER
Original

Bei Fragen zur Produktsicherheit gemäß der Verordnung
über die allgemeine Produktsicherheit (GPSR) wenden Sie
sich bitte an den Verlag.

Besuchen Sie uns im Internet:
www.gmeiner-verlag.de

© 2009 – Gmeiner-Verlag GmbH
Im Ehnried 5, 88605 Meßkirch
Telefon 07575/2095-0
info@gmeiner-verlag.de
Alle Rechte vorbehalten

Lektorat: Claudia Senghaas, Kirchardt
Herstellung / Korrektorat: Katja Ernst / Susanne Tachlinski
Umschlaggestaltung: U.O.R.G. Lutz Eberle, Stuttgart unter
Verwendung eines Fotos von sxc.hu
Illustration auf S. 5 von Claudia Puhlman
Druck: Libri Plureos GmbH, Friedensallee 273,
22763 Hamburg
Printed in Germany
ISBN 978-3-89977-807-6

1

Idylle und Schrecken

Ein erstes Ende

Das Gurren von zwei Tauben dringt mit einem Schwall nach Walnusslaub duftender Herbstluft durch das angelehnte Fenster in die Küche. Die Luft ist durch und durch warm, nicht so unentschlossen wie sonst im Herbst, sondern massiv. Im Schatten kaum kühler als in der Sonne. Schwer zu sagen, was diesen Tag so schön macht – das warme Gefühl auf der Haut, die strahlenden Farben der Herbstblätter oder das wehmütige Gurren im Ohr, das wie ein Abschied vom Sommer klingt.

Warum wird die weiße Taube als Friedenssymbol verehrt? Es liegt am Gurren. Der friedliche, leicht einschläfernde Gesang ist die offizielle Begleitmusik für Abrüstung, Gewaltverzicht und Deeskalation.

Vollkommen unbeeindruckt von dieser Erkenntnis, nimmt die Frau das japanische Küchenmesser in die Hand und sticht zu. Die handgeschmiedete Klinge schimmert bläulich. Der Stahl dringt einfach ein, fast ohne Widerstand, und schon sackt der Mann zusammen.

Die Tauben flattern auf.

Der Mann fühlt sich kurz an Venedig erinnert, an den Himmel über dem Markusplatz, das Gesicht seiner Geliebten über sich, die Luft von einer Wolke aufflackernder Tauben in ein flirrendes Blaugrau getaucht, dann fühlt er den Stahl in sich und weiß, warum. Das heißt, ganz genau weiß er es nicht, er hat nur so eine Ahnung, aber zum Nachdenken fehlt jetzt einfach die Zeit. Außerdem war er nie der Typ, der lange nachgedacht hat, er hat immer schnell und aus dem Bauch entschieden, und vielleicht stirbt er deshalb nicht durch einen Kopfschuss, sondern durch einen Bauchstich.

Die Frau fängt den Mann auf und legt ihn behutsam auf den Boden. Sie wundert sich, dass sie keinen Fluchtreflex verspürt. Verbrecher, heißt es, kehren immer wieder an den Tatort zurück. Aber sie will gar nicht erst weg. Im Gegenteil. Sie streichelt die Hand des Mannes und redet mit zärtlicher Stimme auf ihn ein. Sie hat schon ihre Mutter auf dem Sterbebett begleitet und auch eine Tante. Aber sie hat noch nie einem Ermordeten hinübergeholfen. Ihrem Ermordeten. Sie hat ja auch noch nie gemordet. Oder soll man es als Totschlag bezeichnen? Als Sterbehilfe?

Das eindeutig Schönste daran: die vollkommene Vorhersehbarkeit. Während sich das Sterben ihrer Mutter drei Tage lang hingezogen hatte, was für beide Seiten ungeheure Qualen bedeutet hatte, war es hier nur eine Sache von Sekunden. Nicht viel Zeit, um sich zu verabschieden. Sie beugt sich über ihn, flüstert ihm etwas ins Ohr, dann verändert sich sein Gesicht.

Jeder Tod ist anders. Dieser hier ist warm, duftet nach Walnüssen, schimmert bläulich und kommt mit einem Gurren. Fast ein schöner Tod, könnte man sagen. Verglichen mit den anderen, die noch kommen werden.

Nachdem das Lächeln auf dem Gesicht des Mannes verrutscht und ausdruckslos geworden ist, tippt die Frau eine Nummer in ihr Mobiltelefon.

»Ist dort die Polizei? Ich habe einen Mann getötet.«
Und dann ist das Gurren weg und es wird still.

Aufwachen, Kommissar

Kommissar Wondraks Mobiltelefon klingelte. Es war ein alter, abgenudelter Nokia-Ton, den jeder in seiner Umgebung schon so satt hatte wie die Fanfare der Tagesschau. Nur Wondrak nicht. Das Teil, aus dem er ertönte, war ein riesiges, unverwüstliches, vier Jahre altes Handtelefon mit den Abmessungen eines Kohlebriketts. Ein neues war technisch unnötig. Er wollte nicht fotografieren, keine Briefe schreiben, keine Musik hören, er wollte nur telefonieren. Dass modisch ein Wechsel längst überfällig war, daran konnte kein Zweifel bestehen. Aber Wondrak konnte dem Reiz einfach nicht nachgeben, sich ein Handy zuzulegen, das den Namen seines Vaters trug. Wondrak hatte, genau genommen, einen Doppelnamen: Ericsson-Wondrak. Aber er verwendete ihn nicht mehr. Lieber ein zu großes Handy als ein zu langer Name, sagte er sich. Also hielt er seinem alten, schwarzen finnischen Ziegel die Treue.

»Wondrak«, meldete er sich, nachdem er die grüne, abgegriffene Taste gedrückt hatte.

»Kommissar Nokia! Wo sind Sie?« ›Kommissar Nokia‹ durfte ihn nur einer nennen. Der alte Büroleiter der Kripo Fürstenfeldbruck, Egon Schneiderweiß. »Stellen Sie sich vor! Ein Mord ist geschehen!« Wondraks Gesicht hellte sich schlagartig auf. Das änderte sich aber gleich wieder, als er erfuhr, dass die Täterin bis zu ihrer Ergreifung bei ihrem Opfer geblieben ist, die Tatwaffe gefunden und das Motiv Eifersucht oder verschmähte Liebe war oder eine Mischung aus beidem. Er musste nur noch seine Unterschrift unter den Bericht setzen und der Fall war abgeschlossen.

»Gehts nicht einmal wenigstens ein bisschen anspruchsvoller? Machen die das alle absichtlich?«

Wondrak atmete tief durch. Seit er 45 geworden war, also seit letztem Jahr, hatte sich das Niveau der Kriminalfälle, an denen er arbeitete, auf eine erschreckende Art verflacht.

Wondrak war immer stolz darauf gewesen, dass er kein klassisches Beamtenleben führte, gefüllt mit langweiligen Routinearbeiten und unendlichen Bürostunden. Er war viel an der frischen Luft, kam mit einer Menge außergewöhnlicher Leute in Kontakt und hatte das befriedigende Gefühl in der Brust, bei der wichtigsten Schlacht der Menschheit in der ersten Reihe zu kämpfen: dem Kampf zwischen Gut und Böse. 15 Jahre war er im Dienst und seit neun Jahren Kommissar. Er hatte berühmte Diebeszüge aufgeklärt, wie den Überfall auf die Sparkasse Starnberg, bei der 164.000 Mark von zwei pensionierten Tennisprofis gestohlen wurden, die Entführungsgeschichte der zwei Kinder und der zwei Ponys eines Verlegers von Tiermagazinen, die eben dieser inszeniert hatte, um Publicity zu bekommen und um durch die Lösegeldzahlung Steuern zu sparen. Und nicht zu vergessen, den legendärsten Kriminalfall der 90er-Jahre, den Mord an einer Millionärswitwe am Ammersee, die vom silberhaarigen Dampferkapitän der ›Herrsching‹ versenkt worden war.

Wondrak hatte alle seine Fälle mit Offenheit, Nach-

denklichkeit und Zähigkeit gelöst, seinen wichtigsten
Charaktereigenschaften. Das Temperament hatte er von
seiner österreichischen Mutter, einer Wiener Kaffeehaus-
tochter, die Zähigkeit von seinem Vater, dem Spross einer
norwegischen Bergsteigerdynastie aus Hurrungane, das
in West-Jotunheimen liegt. Mit dieser bemerkenswerten
Talentekombination knackte er jedes Alibi und klärte
auch das scheinbar perfekteste Verbrechen auf.

Aber heutzutage hatte niemand mehr Interesse an einem
perfekten Verbrechen. Anscheinend nicht einmal die
Verbrecher selbst. Wollte denn gar keiner mehr seiner
gerechten Strafe entgehen? War denn der moderne Straf-
vollzug so attraktiv, dass es sich lohnte, einen 25-Jahres-
Aufenthalt mit Vollpension zu buchen?

Oder lag es an Bayern? Der süddeutsche Hochsicher-
heitsstaat wirkte auf Kriminelle offenbar so abschre-
ckend, dass es nur noch sonntagabends richtig gefährlich
wurde. Im Fernsehen, beim ›Tatort‹. In den Ranglisten
der sichersten Gegenden führte der Landkreis Fürstenfeldbruck alle Statistiken an, und die wenigen Straftaten,
die hier noch passierten, wurden zu allem Überfluss auch
noch mit höchster Wahrscheinlichkeit aufgeklärt.

»In Saarbrücken müsste man sein«, seufzte Wondrak
in sich hinein. »Hier hat das Böse noch Zukunft. Aber
wer will schon nach Saarbrücken?«

Tatsächlich hatte sich das beschauliche Städtchen
im Südwesten der Republik langsam, aber stetig an die
Spitze der Kriminalstatistik vorgearbeitet.

Aber Wondrak arbeitete leider nicht im Kriminalparadies. Er lebte im Hochsicherheitstrakt Deutschlands, und das Verbrechen, so graute ihm, hatte hier keine große Zukunft mehr. Überwältigt von so viel Unterforderung, hätte sich Wondrak in eine Art ›Frühpensionierten-Stand-by-Dämmerschlaf‹ zurückfallen lassen können, aus den ihn nur ab und zu sein Telefon herausklingelte. Für banale, wenn auch traurige Todesfälle, für die er in seinem kriminalistischen Denkzentrum nicht mehr als drei Synapsen miteinander verbinden musste. Der Selbstmörder, der scheinbar die Bankenordner mit den Schulden als Aufstiegshilfe genommen hatte, um sich von ihnen in den Strick zu stürzen. (In Wirklichkeit wollte die Witwe die Lebensversicherung einstreichen.) Der Mörder, der das Pflanzengift im Gartencenter zwar bar bezahlt hatte, aber geizig genug war, seine Payback-Karte vorzulegen. Der Schlauchbootunfall auf der Amper, bei dem ein Vater von drei Töchtern auf grausame Art ertrunken war. Er war aus dem Boot ins Wasser gefallen, aber mit dem Fuß in einem Seil hängen geblieben. Das Seil hatte sich um einen Felsen geschlungen, am anderen Ende hing das Schlauchboot mit den Töchtern. Die Strömung zog nun das Schlauchboot so lange stromabwärts, bis der Mann unter einem Felsen im Wasser festgeklemmt war.

Wondrak war nur durch Zufall an dem Polizeibus vorbeigekommen, der am Rande der kleinen Flussbiegung nahe dem Kiesbett geparkt war.

»Servus, Günther, kann ich helfen?« Günther Bergmann winkte ihn heran, während Kollegin Veronika Veigl Decken um die zitternden, tropfnassen Schwestern legte.

Wondrak mochte Günthers unkomplizierte Art. Er ließ sich gern helfen, er half gern und hatte überhaupt kein Problem, fünf Jahre älter und trotzdem zwei Hierarchiestufen unter ihm zu arbeiten. »Zu helfen gibts eigentlich nichts mehr. Den Mädchen ist nicht zu helfen. Dem Vater ist nicht mehr zu helfen. Und mir kannst du den Schreibkram auch nicht abnehmen. Aber trotzdem schön, dass du da bist. Bleib ruhig ein bisschen.« Wondrak stellte sich kurz bei den Mädchen vor und erfuhr, dass Anna 17 war, Eva 23 und Swantje 24. »Wir haben Vater die Rafting-Tour zum Geburtstag geschenkt. Und hier an der Kiesbank wollten wir anlegen, um ein Picknick zu machen.«

Als ihm die Schwestern genau erklärt hatten, wie und wo das Unglück passiert war, riss Wondrak die Augen auf und schlug sich mit der flachen Hand auf die Stirn. Die jungen Frauen erschraken.

»Mensch, ich könnte Ihnen doch einen Tee machen!« Wondrak öffnete seinen Kofferraum und holte aus einer Reisetasche einen Topf, füllte eine halbe Flasche Wasser ein und schob den Stecker des Tauchsieders in den Zigarettenanzünder. Das Tee-Set hatte er zu einer Zeit geschenkt bekommen, als er sich noch jede dritte Nacht mit Observationen um die Ohren schlagen musste. Seitdem wusste er, wie ungeheuer vielseitig warmes Wasser einzusetzen war. Als Suppe. Als Kaffee. Als Kakao. Als Tee. Heute brauchte er es als Wahrheitsdroge. Während sich das Wasser langsam erwärmte, trottete er gemächlich an den Fluss, um sich die Leiche anzusehen und das Schlauchboot. Für die wenigen Autos, die auf der Straße vorbeikamen, sah Wondrak aus wie ein Spaziergänger, der ab und zu einen

Ast aufhob und ihn ins Wasser warf. Die Strömung erfasste ihn, trug ihn fort, zog ihn am Felsen vorbei, führte ihn an die ruhige Stelle hinter dem Wasserwirbel und hielt ihn dort fest. Genau so, wie es Anna erzählt hatte.

Wondrak fühlte sich beobachtet.

Er vermied es, sich zu schnell umzudrehen, und als wäre nichts gewesen, ging er zum Bus zurück und fragte: »Kräuter, Hagebutte, Pfefferminz oder schwarz?« Die Plastikbecher stammten aus dem Bestand des Polizeibusses, die Teebeutel kamen von Wondrak. Er beobachtete, wie sich sechs schlotternde Hände vorsichtig um die Becher schlossen. Wie sich drei Lippenpaare an den Becherrand setzten und leise schlürften und wie sich ein friedlicher Ausdruck auf den Gesichtern breitmachte. Sie wurden jünger, immer jünger, und schließlich saßen drei kleine Schwestern auf einer Ofenbank, die Beine angezogen, und schlürften Kakao mit Schlagsahne, und danach wollten sie nur noch warme Pyjamas, einen Gutenachtkuss, dann ins Bett und alles vergessen. Wondrak hasste sich für das, was nun kommen sollte. Er wollte jetzt lieber die gute Mutter sein und die drei beschützen. Sicher hatten sie einen Grund gehabt, den Vater zu ertränken. Vielleicht war es sogar ein guter Grund.

Warum musste Wondrak ihr frisch gewonnenes Vertrauen so missbrauchen? Warum konnte er nicht nachgeben und einfach den Mund halten? Keiner würde etwas merken. Die Guten haben die Bösen besiegt, die Schwachen die Starken. Können Mordgeschichten nicht auch mal gut ausgehen?

»Warum liegen im Schlauchboot vier Paddel?« Wondrak fragte es mit einem Höchstmaß an Beiläufigkeit, aber die Wirkung war, als hätte jemand mit einem Paddel aufs Blechdach des Busses getrommelt. Mit dem Paddel, das eigentlich im Fluss liegen müsste. Weit flussabwärts, irgendwo am Ufer angetrieben. Bergmann drehte den Kopf, um zu sehen, was los war.

Es sind nicht die Worte, die alles verraten. Es sind die Blicke. Diese Blicke, die eigentlich ganz unschuldig sagen sollten: ›Wieso, sind halt vier Paddel?‹, die aber flehten: ›Verdammt, wir haben das Paddel vergessen, jetzt weiß er alles!‹ Wondrak wusste natürlich nichts, er ahnte nur. Aber selbst Bergmann merkte in diesem Moment, dass irgendetwas nicht stimmte.

Dann war der Moment des Skrupels auch schon verflogen und in Wondraks wundersamem kriminalistischen Apparat rastete leise ein Mechanismus ein. Ein Mittelding zwischen dem Auslösehebel in einem mechanischen Wecker, der den Klick kurz vor dem Klingeln verursacht, und einer vollelektronischen Zielautomatik, die einen unbemannten Flugkörper ins Ziel steuert. Jedenfalls folgte der weitere Ablauf einem professionellen Schema, das mit dem Menschen Wondrak recht wenig zu tun hatte. Wondrak, die unbemannte Verhörmaschine. Die drei Schwestern wurden voneinander getrennt und einzeln befragt, die Spurensicherung wurde geholt, an den Ort, der vom Unfallort zum Tatort geworden war, und am Ende des Automatismus stand ein Geständnis. Das wusste Wondrak schon, bevor er die erste Frage gestellt hatte. Die einzige Variable war, wie oft der Stundenzeiger bis dahin die Zwölf passiert haben mochte.

Es war Anna. Sie war begeisterte Kanutin. Im Urlaub oft einen ganzen Tag lang auf dem offenen Meer in den Wellen unterwegs. Linkshänderin. Bestens mit Strömungsverhältnissen vertraut. Und mit den Tücken, die so ein einsam im schnellen Fluss stehender Felsen zu bieten hatte. An der ungewöhnlichen Art, wie der Zugknoten geknüpft war, in dem sich der Fuß des Vaters wie zufällig verheddert hatte, konnte die Spurensicherung ablesen, dass er von einem Linkshänder stammte.

Die drei jungen Frauen hatten ihren Vater gemeinsam umgebracht. Nach dem Plan der jüngsten Schwester.

Es war ein ganz kurzer Moment des Zögerns gewesen. Nicht einmal 24 Stunden später waren alle Zweifel beseitigt. Und das anfängliche Mitleid einem Staunen über die kaltblütige Entschlossenheit der drei Frauen gewichen, die ihren Vater noch über seinen Tod hinaus hassten. Warum? Wondrak hatte von Anfang an, als er die verstohlenen Blicke der drei durchnässten jungen Frauen im Polizeibus bemerkt hatte, einen Missbrauch vermutet. »Sie täuschen sich, Herr Kommissar. Mein Vater hat uns nicht angerührt. Aber er hat unsere Mutter in den Tod getrieben.« So klar, wie es Anna formulierte, sahen es Swantje und Eva nicht. Sie waren wohl vom Hass ihrer kleinen Schwester mitgerissen worden, die den Vater für den Selbstmord der Mutter verantwortlich machte. Und jetzt waren sie durch ihre eigene Hand von Halb- zu Vollwaisen geworden. Wondrak klappte den Deckel der Kartonmappe zu, zog die zwei Gummibänder über die Ecken und legte sie auf den Tisch vor sich.

Er hatte sich längst daran gewöhnt, dass sich die Fälle in seinen Händen lösten wie Luftmaschen. Man musste nur am richtigen Ende ziehen, dann zog sich der Knoten auf und zurück blieb eine gerade Schnur.

Das war vor knapp drei Jahren gewesen und seitdem hatte sich in Wondrak etwas verändert. Es ging alles zu leicht. Es war alles zu einfach. Die Routine würgte ihn. Und der Spaß, der ihn früher so oft erfüllt hatte, blieb aus.

Es schien so, als hätten es alle darauf angelegt, Wondrak zu Tode zu langweilen. Eine raffinierte Art, ihren Bezwinger zu töten, musste er zugeben.

Die richtig schönen, verzwickten Fälle, die hatten immer die anderen. Die Frankfurter. Die Hamburger. Die Saarländer. Und natürlich die ›Tatort‹-Kommissare.

Jeden Sonntag bekam Wondrak angesichts der raffinierten Mordfälle seiner Fernsehkollegen vor Augen geführt, wie banal sein Tagewerk geworden war. Manchmal dachte er daran, selbst ein perfektes Verbrechen zu inszenieren, so wie die Feuerwehrmänner, die in langen, feuerlosen Wintern zu Brandstiftern werden. Aber dann regten sich doch Bedenken. Wer sollte ihm auf die Spur kommen? Sich selbst zu überführen und zu verhaften, so weit ging seine beginnende Persönlichkeitsspaltung nun doch nicht.

Also fing er an, sich darauf zu spezialisieren, seine Fälle so lange zu durchleuchten, bis er jede Einzelheit verstand. Bis er nicht nur das Motiv kannte, sondern auch alle Geschichten, die dorthin geführt hatten.

Alle Geschichten. In all ihren Einzelheiten. Nicht, um einen Fall zu lösen, der längst gelöst war. Sondern, um nicht verrückt zu werden.

Sein Chef in Fürstenfeldbruck, einer mittelgroßen Kleinstadt vor den großen Toren der kleinen Großstadt München, hieß Kriminaldirektor Norbert Stürmer. Er hatte die postkriminalistische Fleißarbeit zunächst monatelang als unnötigen Quatsch blockiert, aber die Staatsanwälte liebten Wondraks Recherchen, und vor zwei Jahren war auch der Chef der Kripo München auf seine psychologischen Talente aufmerksam gemacht worden. Er ließ durchblicken, dass sogar der bayerische Innenminister von seinen Berichten angetan sei. Ob er nicht als Erster Kriminalhauptkommissar zur Kripo München wechseln wolle? Hier sei er jetzt schon eine Berühmtheit. Sein Bericht über den ›Interregio-Mörder‹ wurde den Nachwuchs-Kriminalisten als Lehrstoff verabreicht.

Wondrak dankte, dachte an die Mietpreise in München, an den morgendlichen Stau auf der B2, an seine Mannschaft, mit der er sich einigermaßen wohlfühlte, und stellte seinen Chef vor die Wahl. Er bot ihm an, zu bleiben und Fürstenfeldbruck weiterhin die bundesweit höchste Aufklärungsquote bei Gewaltdelikten zu sichern. Aktuell waren es genau 88,3 %.

Und er wollte an der Polizeihochschule Fürstenfeldbruck den Nachwuchs schleifen. Im Gegenzug dafür
wollte er aber die Freiheit haben, jeden Fall so lange zu
bearbeiten, bis er persönlich ihn für abgeschlossen hielt.
Und nicht, bis der Täter überführt war.

Zähneknirschend stimmte Stürmer zu. »Aber Gnade
Ihnen Gott, wir verlieren unseren ersten Platz!«

Seitdem hatte Wondrak Narrenfreiheit. Und seine
Fälle wurden Geschichte.

Als er Marion sah, fühlte er, dass es eine sehr ergie-
bige Geschichte werden könnte.

»KHK Thomas Wondrak«, stellte sich Wondrak vor.

»Marion Brucker«, sagte die Dame vollkommen ruhig.
»Was heißt KHK?«

»Kriminalhauptkommissar. Ich bin der Leiter der
Mordkommission bei der Kripo Fürstenfeldbruck.«

Marion wies mit dieser Handbewegung, mit der man
sich gegenseitig bekannt macht, auf den Toten: »Das ist
Igor Oborowitsch, Konzertpianist im Ruhestand.«

Bei Lebenden sagte Wondrak normalerweise: ›Angenehm‹, das war in diesem Fall weniger passend, also sagte
er nur: »Aha.«

Während die Spurensicherung in der Küche arbeitete, gingen die beiden ins Wohnzimmer und setzten
sich auf das Sofa.

»Wollen Sie mir erzählen, warum?«

»Sie haben ein bisschen Zeit mitgebracht?«, fragte
Marion.

Die Kunst, Schwester zu werden

Es war ein merkwürdiger Brief. Glattes, schweres Papier. Der Umschlag sorgfältig mit einer großzügigen Handschrift versehen. Und doch wirkte er auf eine eigenartige Weise vernachlässigt. Vergilbt, mit abgestoßenen Kanten, wie ein Brief, der mit halb richtiger Anschrift von Postamt zu Postamt weitergereicht worden war, bis er endlich sein Ziel erreicht hatte.

Doch auf dem Brief stand ›Isabel Knopp‹, und die Straße stimmte auch. Vielleicht war er wochenlang in einer Tasche herumgetragen worden, bevor man ihn abgeschickt hatte, dachte Isabel. Sie drehte den Brief um und las noch einmal die Adresse des Absenders. ›Carl Elsmann aus Hamburg‹. Mit der Hand war hinter Hamburg ein Schrägstrich gesetzt und ein Ortsname ergänzt worden. ›Hamburg/Hermannsburg‹. Isabel kannte Hamburg zu wenig, um zu wissen, ob es einen Stadtteil dieses Namens gab. Sie kannte nur das Hermannsburg ihrer Großmutter, die dort seit bald 74 Jahren lebte. Isabel hatte oft ihre Sommerferien in dem kleinen Kaff am Rand der Lüneburger Heide verbracht und bei unzähligen Heidefesten das halbe Dorf kennengelernt (na gut, es waren deutlich weniger als 4.200 Leute gewesen, aber ein Carl Elsmann war nicht dabei, glaubte sie).

Isabel legte den Brief so behutsam auf den Küchentisch wie ein Findelkind in die Wiege und beschloss, ihn noch eine Weile ungeöffnet liegen zu lassen. Eilig schien es ja nicht zu sein.

Stattdessen griff sie zum Telefon und rief ihre Großmutter an. Wenn irgendetwas mit ihr sein sollte, dann wollte sie es von ihr persönlich erfahren und nicht aus einem Brief von einem Wildfremden. »Hallo Oma, wie gehts Theo?« Das war die Begrüßungsformel, um herauszufinden, wie es der Großmutter ging. Nie würde Oma sagen: ›Mein Bein schmerzt.‹ In diesem Fall sagte sie dann: ›Theo humpelt, sein Bein tut wieder weh.‹ Theo war ein wirklich unverwüstlicher Kater, um den man sich keine Sorgen machen musste. Im Gegensatz zu seiner Besitzerin.

Die Großmutter litt unter einer Mischung aus Geselligkeits-Mangelerscheinung und Privatfernseh-Überversorgung. Seit ihr Neffe ihr eine Satellitenschüssel zu Weihnachten geschenkt hatte, stand sie unter der geistigen Knechtschaft des privaten Fernseh-Unterhaltungskartells und hatte ihr Abonnement des ›Celler Kurier‹ gekündigt. Die medizinischen Ratgeber-Sendungen taten das Übrige, um aus Großmutter eine raunzige, hypochondrische Vogelscheuche zu machen, die sich nur noch für sich selbst und die Fernbedienung interessierte. Isabel seufzte, während Großmutter eine Liste all ihrer Wehwehchen herunterbetete. Nichts Ernstes. Wobei Isabel gar nicht auf die Fragen einging, wie man Katzen eigentlich den Blutdruck misst und ob sie wirklich Arteriosklerose haben können. Schade um Oma, dachte Isabel, versprach, bald wieder anzurufen, dachte, dass sie das bestimmt lange Zeit nicht tun würde und fühlte, dass sie von der schlechten Laune, mit der sie sich gerade angesteckt hatte, so schnell nicht wieder geheilt würde.

Doch damit hatte sie sich gründlich geirrt.

Denn die erste Zeile des Briefes, den sie nach dem Auflegen kurz entschlossen aufriss, bestand aus zwei unglaublichen Worten:

›Liebe Schwester!‹

Es war das erste Mal in ihrem Leben, dass jemand sie so nannte.

Nachdem sie 29 Jahre lang jeden Morgen als Einzelkind aufgewacht war, schlug Isabel die Augen auf und hatte keine Ahnung, wie sie sich jetzt fühlen sollte. Irgendetwas sagte ihr, dass der Brief von Carl Elsmann kein schlechter Scherz war. Sie hatte einen großen Bruder. Immer schon gehabt. Und jetzt kam die Zeit, ihre Familie kennenzulernen. Oder das, was von ihr übrig war. Ihr Vater war seit mehr als 20 Jahren abgetaucht, erst in Rotwein, dann in Kanada, und ihre Mutter hatte seitdem all ihre Energie daran gesetzt, eine vollkommen zerrüttete Mutter-Tochter-Beziehung aufzubauen. Insofern konnte Isabel ihrer Mutter gar nicht richtig böse sein, dass sie ihr den Bruder verschwiegen hatte: denn um jemandem böse zu sein, muss man ja eine gewisse Nähe zu ihm haben, und die war zwischen Mutter und Isabel vergleichbar mit der Entfernung des Weltraum-Teleskops Hubble zu seiner Bodenstation. Ab und zu wurde ein Lebenszeichen rübergefunkt, das war aber meist so unscharf, dass man sich kein Bild machen konnte, was dort eigentlich los war.

Seit drei Jahren rief ihre Mutter sie nicht mal mehr zum Geburtstag an. Isabel schickte ihr trotzdem einmal im Jahr eine Karte.

Der Schmerz beim Schreiben war beträchtlich.

›Selbst vergessen zu werden wird umso deutlicher, wenn ich mich an die erinnere, die sich nicht mehr an mich erinnern.‹

Sie hatte beschlossen, sich nicht auf das Niveau ihrer Erzeugerin zu begeben, und lebte nach ihren eigenen Regeln, die drei Hauptkapitel umfassten:

1.) Disziplin
2.) Lebenslust
3.) Ausschweifung

Wer sie nur tagsüber und aus der Ferne kannte, hätte die Krankenschwester für ein Mauerblümchen halten können. Hundertprozentig zuverlässig, klug, aber spröde im Umgang mit Menschen. Doch die Männer, die ihr näherkamen, spürten, dass hinter der disziplinierten Fassade mehr steckte. Alle ahnten es. Ein paar wussten es. Junge Assistenzärzte mit unverfälschtem, erotischem Wahrnehmungssinn bekamen rote Flecken im Gesicht, wenn sie mit ihr arbeiteten.

Auf männliche Patienten hatte sie eine verblüffend heilsame Wirkung, die der von homöopathischen Mitteln bei Weitem überlegen war. Erst, wenn die Patienten entlassen werden sollten, verschlechterte sich ihr Zustand wieder schlagartig. Die Oberärzte ihrer Abteilung hatten für die mit Isabel verbundenen Blutdruck-Schwankungen den Fachausdruck ›Isatonie‹ entwickelt. Dabei versuchte Isabel ganz bewusst, nicht den geringsten Anlass dafür zu bieten. Während des Dienstes gab sie nicht den kleinsten ihrer Reize preis. Sie trug auch in der größten Sommerhitze weiße Leinenhosen, und mehr als einen

Blick auf den Ansatz einer Halskette gab der Ausschnitt ihrer weißen Blusen nie frei.

Es war die Art, wie sie sich bewegte, die das Männerblut in Wallung brachte. Der Eindruck einer ungeheuren, lauernden, gebändigten Kraft. In einer Mischung aus Lust und Angst begaben sich Männer in ihr Magnetfeld, Lust, diese Kraft zu entfesseln, und Angst, sie nicht beherrschen zu können. Es war die Kraft einer Frau, die gelernt hatte, alleine auf der Welt zu sein, und ihre Stärke genau daraus gewann.

Sie war nur eine Stationsschwester in der Kreisklinik Fürstenfeldbruck. Aber auf geheimnisvolle Art hatte sie sich die natürliche Autorität eines Chefarztes in der dritten Generation angeeignet.

Einige Männer hatten diese Kraft bereits am eigenen Leib erleben dürfen. Die jungen Ärzte, die mit ihr durch die Clubs zogen und sich von ihrer ausgelassenen Art, Party zu machen, mitreißen ließen. Die älteren Ärzte, die mit ihr in die besten Restaurants essen gingen und sich daran berauschten, wie sinnlich Nahrungsaufnahme sein konnte.

Und die wenigen Auserwählten, die mit ihr ins Bett durften.

Betäubt von Isabels Intensität, prallten sie alle zurück, gingen danach ein paar Tage auf Distanz, um dann immer wieder ihre Nähe zu suchen. Wie junge Stiere am elektrischen Weidezaun. Keiner hielt es mit ihr aus. Und keiner ohne sie.

Es ging ihr also ganz gut ohne ihre Mutter. Und doch

gab es manchmal Fragen, die nur eine Mutter beantworten konnte. Der Brief von Carl zum Beispiel eröffnete einen ganzen Katalog solcher Fragen.

Wondrak räusperte sich. Er war mehr als verwirrt. Noch machte nichts von dem, was Marion gerade erzählt hatte, Sinn. Der Tote hieß nicht Carl, und die Frau vor ihm hieß nicht Isabel. »Marion, haben Sie zwischenzeitlich den Namen gewechselt? Sind Sie die Isabel?«

Marion sah ihn ruhig an. »Nein. Sie wollten doch, dass ich ausführlich erzähle. Oder soll ich abkürzen?«

»Nein, nein!«

»Also: Isabel ist so etwas wie meine Tochter. Sie würde natürlich vehement bestreiten, dass ich ihre beste Freundin bin. Dafür bin ich zu alt und zu anders. Isabel würde nie mit mir shoppen, nicht mit mir abends ins Kino gehen und schon gar nicht mit mir auf einen Drink in die Stadt, sie will überhaupt nicht mit mir gesehen werden. Aber dann und wann kommt sie zu mir und will sich von mir bekochen lassen und die nächsten Schritte besprechen.«

»Sie sind Isabels Ersatzmutter?«

»Genau das. Und Mütter kann man sich nicht aussuchen, nicht wahr? Mütter hat man.«

Isabel fuhr hinaus in die graue Zwischenhölle, wo Stadt und Vorstadt aneinandergeraten. Ein gemischtes Gewerbegebiet an der Hubertusstraße, ein Baumarkt, ein Reifenmarkt und gleich ums Eck ein Haus mit 80er-Jahre-pistazienfarbenen Eingangstüren. Genau hier lag ›Nails perfect‹, Marions kleines Schönheitsimperium.

Marion hatte gerade keine Zeit, sie war in einer Behandlungskabine.

Zwei Permanent Make-ups und eine Damenbartentfernung später hielt sie den Brief in der Hand. »Wenigstens ein Foto hätte er mitschicken können. Jetzt weißt du nicht einmal, ob es sich lohnt.«

Isabel bereute bereits, dass sie gekommen war. »Guck dir nur mal das Papier und die Handschrift an. Der hat Stil.« Isabel lächelte mit schmalen Lippen. Sie saßen in Marions Küche in der großzügigen Etage, die sie sich über dem Nagelstudio eingerichtet hatte. Auch Marion lebte allein. Über ihr Liebesleben wusste Isabel wenig bis nichts. Und die paar Geschichten, die Marion freiwillig rausgerückt hatte, klangen alle so tragisch, dass Isabel aufgehört hatte, sie danach zu fragen. Eines Tages würde sie es freiwillig erzählen. Vielleicht wäre der Brief so ein Anlass?

Was Marion mit Isabel gemeinsam hatte, war unterschwellige, unaufdringliche Energie. Auch Marion war auf geheimnisvolle Art aufgeladen. Doch Isabel wusste nicht, wie und wann Marion diese Energie freiließ. Oder behielt sie sie etwa ganz für sich? Manchmal konnte Isabel sehen, wie Marions Schultern nach vorne klappten und plötzlich alle Straffheit aus ihr wich. Isabels Gefühle für sie schwankten zwischen Mitleid und Genervtsein. Und doch wusste sie immer, wenn sie von ihr wegfuhr, was sie an ihr hatte. Wenn sie allerdings zu ihr hinfuhr, fragte sie sich immer erst mal eine Stunde lang, was sie hier wollte.

Im Moment ging ihr der Tanz ums Geld und das dazugehörige Geprotze gehörig auf den Geist. Jeder wurde von Marion zu allererst auf sein Vermögen taxiert.

»Ich sehe so etwas sofort. Der ist Millionär und Junggeselle. Vielleicht ist er ja was für mich?«

»Quatsch, wahrscheinlich ist er Lehrer oder Bibliothekar. Daher die schöne Handschrift. Und er wohnt in einer Zweizimmermaisonnette, die ihm eine alte Tante untervermietet«, seufzte Isabel. An der Tür klingelte es und der Pizzabote brachte Salat und Pizzabrot. »Mit diesen Nägeln kann man einfach nicht kochen.« Marion fuhr ihre Krallen aus und polierte sie an ihren Seidenleggings. Sie waren doch tatsächlich elfenbeinmetallic lackiert, wie das Golf-Cabrio, das mit dem Format füllenden Heckscheibenaufkleber ›Der See ruft!‹ einen Monat lang in Marions Straße gestanden hatte, um sich dann Ende Mai in die Golf-Scirocco-Polo-Kolonne Richtung Wörthersee einzureihen. Es kam nie wieder zurück. Wahrscheinlich wurde es an Ort und Stelle in einem Akt heidnischer Verehrung angezündet und im See versenkt. Das sollte man auch mit diesen Nägeln machen, dachte Isabel, während sie im Salat herumstocherte. »Wir fahren am Wochenende hoch und gucken uns den Knaben an!«

»Nein, nein, ich fahre allein. Ich brauche kein Kindermädchen.«

»Aber du brauchst ein Auto. Wie willst du denn sonst in die Heide kommen? Da bist du doch tagelang unterwegs.«

Mit einem Mal war Isabel klar, was sie tun wollte. Sie antwortete ganz ruhig: »Mit dem Zug. Bis Hannover mit dem ICE, dann nach Celle und dann mit dem Bus weiter. So, wie ich immer zu Oma gefahren bin.«

»Gut, aber bring mir wenigstens ein Foto von ihm mit«, brummelte Marion beleidigt.

Bruderliebe

Isabel saß im Zug und ließ die Landschaft an sich vorbeifliegen. Draußen verdorrte in Zeitlupe das Land. Sie war in einem satten, fetten Grün gestartet, und je länger sie aus dem Fenster sah, umso brauner wurde alles. Dabei sah es gar nicht so heiß aus. Das Blau des Himmels war nicht zu sehen, die Sonne leuchtete kalkweiß durch eine dünne, milchige Schleierwolkenschicht, und hätte man nicht gewusst, dass die Klimaanlage so viel Kälte lieferte, wie die 15.000 Volt-Oberleitung nur hergab, man hätte glauben können, draußen hätte es 19 Grad, wie drinnen.

Als sie in Hannover umstieg, dachte sie, Flammen schlügen ihr entgegen. 20 Minuten später im Regionalzug nach Celle hatte es wieder 16 Grad Temperaturunterschied zwischen drinnen und draußen. Nur in umgekehrter Reihenfolge. In einer Minute war sie in Schweiß gebadet. Das war wohl die ausgleichende Gerechtigkeit für das leichte Frösteln im ICE. Sie öffnete das Fenster, stellte sich in die Zugluft und ärgerte sich, ihre Wasservorräte nicht wieder aufgefüllt zu haben. Sollte sie es bereuen, nicht auf Marions Angebot eingegangen zu sein, im klimatisierten Mercedes mitzufahren?

Niemals!

Mit klebrigem Gaumen und trotzigem Blick kam sie in Celle an und kaufte am Bahnhofskiosk zwei Flaschen Vittel. Der Himmel hatte mittlerweile eine ockergelbe Farbe angenommen, und in diesem Licht verwandelte sich die niedersächsische Residenzstadt in ein Beduinendorf.

Es sah so aus, als würde gleich ein Sandsturm losbrechen. Sybille hatte trotzdem Lust auf einen Eiskaffee. Ihr Bus sollte erst in einer Stunde gehen, also setzte sie sich vor die Eisdiele und sah amüsiert zu, wie um sie herum alles weggeräumt wurde.

Die ersten Windböen trieben Staubwolken über den Platz und so beeilte sie sich, einen trockenen Platz für sich und ihren Koffer zu finden. An der Busstation stand ein kleines Wartehäuschen, das einigermaßen wind- und wetterfest aussah, und hierhin zog sie sich zurück, als der Eiskaffee geschmolzen, getrunken und bezahlt war.

Da stand plötzlich ein Mann in einem hellen Sommeranzug vor ihr und lächelte sie an: »Entschuldigen Sie, mein Name ist Carl Elsmann, bist du Isabel?«
Die Verblüffung ließ sie sich nicht anmerken: »Allerdings, Bruderherz. Wo warst du so lange?«
Er strahlte sie offen an und schüttelte ihre Hand. »Eigentlich wollte ich dich schon in Hannover abholen, aber die Züge waren alle viel zu pünktlich für mich. Ich habe deine Bahn nur noch von hinten gesehen.«

»Warum hast du mich nicht angerufen und mir gesagt, dass du mich abholst? Dann hätte ich gewartet.«

»Mit mir kann man keinen Termin ausmachen. Besser, du lässt dich überraschen. Überraschung gelungen?«

Isabel musterte ihn von oben bis unten und sagte: »Ja.«

Die ersten Regentropfen schlugen schwer auf dem Pflaster auf und verdampften sofort. Sie rannten über den Bahnhofsvorplatz zu Carls Wagen.

Die Art, wie Carl die Reisetasche auf die schmale Rückbank hievte und den Rest vorne unter der Haube verstaute, verriet den geübten Porsche-Fahrer. Isabel hatte kurz überlegt, ob er sich den Wagen nur ausgeliehen hatte, um sie zu beeindrucken, doch als er patschnass – sein heller Sommeranzug war mittlerweile dunkelbraun gesprenkelt – ins Auto schlüpfte, merkte sie, dass er solche Spielchen nicht nötig hatte.

»Willst du ins Hotel oder bei Oma?«

»Das heißt: zu Oma. Und wieso kennst du Oma?«

»Natürlich kenne ich sie, wir haben dieselbe Mutter, also auch dieselbe Oma.« Isabel war wie vom Donner gerührt. Nun kannte sie diesen Kerl gerade mal fünf Minuten und schon musste sie die Großmutter mit ihm teilen.

»Seit wann kennst du sie?«

»Seit vier Wochen. Seit ich aus Brüssel zurück bin. Und du?« Erst jetzt fiel ihr der leichte Akzent auf, der seinem akkuraten Deutsch eine weiche Note gab. Was war das? Es klang eher Amerikanisch als Französisch.

Draußen strömte der Regen und setzte das Land unter

Wasser. Die Straße wurde kilometerweit von verdorrtem Heidegestrüpp gesäumt. Flächen, die sonst grün-violett schillerten, hatten den Farbton von sizilianischen Schafweiden im August angenommen.

»Ich kenne Oma auch erst, seit ich fünf bin. Mama hat nie viel von dem klassischen Großfamilienmodell gehalten. Sie hat uns von ihrer ganzen Sippe abgeschirmt. Bis eines Tages eine ältere Frau vor der Tür stand, die sagte: ›Hallo, ich bin Oma.‹ Und seitdem haben wir uns regelmäßig gesehen. Meistens in den Sommerferien, da war ich zwei Wochen bei ihr. Als Mutter entdeckt hat, wie praktisch das im Sommer ist, hatte sie plötzlich nichts mehr dagegen. Komische Frau. Ich weiß ja nicht, was ihr Metier war, aber Kinder großzuziehen, war jedenfalls nicht ihr Ding.«

»Ich schätze, sie hat einfach die Abtreibungstermine verpennt«, meinte Carl trocken. »Und mich dann gleich nach der Geburt weggegeben. Eigentlich hätte ich gute Lust, sie auch mal zu treffen.«

»Lohnt sich nicht wirklich«, meinte Isabel mit einer abfälligen Kopfbewegung. Der Scheibenwischer leistete Schwerstarbeit, um die Flüsse, Bäche und Seen von der Scheibe zu schaufeln. Carl fuhr langsam durch die anbrechende Dunkelheit.

»Und dann, wo bist du dann gelandet?«

»Ich hatte Glück. Da war ein Paar aus Hamburg, das schon einen Adoptivsohn hatte und nun ein zweites Kind wollte. Er ist Amerikaner, sie Hamburgerin, und so waren wir ziemlich viel über dem Atlantik unterwegs. Ich war 18, als sie es uns beiden sagten und ich beschloss, es nicht zu glauben. Für mich waren sie Mama und Papa, und damit basta. Meinen Eltern war das natürlich recht. Tim hat da ganz anders reagiert. Den haben wir verloren.«

»Was ist passiert?«

»Von einem Tag auf den anderen hat er uns misstraut. Er hat sich von allen hintergangen gefühlt. Von Vater, von Mutter, sogar von mir. Er vermutete ein Komplott, dachte, ich wäre der echte Sohn und würde nur so tun, als wäre ich adoptiert, um ihn zu beruhigen. Mit 20 Jahren! Und dann hat er sich bei der Suche nach seiner wirklichen Herkunft verlaufen.«

»Und das Gleiche hast du jetzt vor?«

»Im Moment«, und er sah ihr dabei ruhig und ein wenig zu lange in die Augen, »habe ich das Gefühl, genau auf dem richtigen Weg zu sein.«

»Haben wir die gleichen Väter?«, fragte sie, und in diesem Moment fiel ihr auf, wie vertraut sie schon waren und gleichzeitig nichts voneinander wussten.

Er sah sie an mit einem merkwürdigen Flackern in den Augen. »Das kann wohl nur unsere Mutter beantworten. Aber ich glaube, dass nicht einmal sie imstande gewesen wäre, im Abstand von zehn Jahren den gleichen Fehler zweimal zu machen.«

»Ich hoffe es auch«, murmelte Isabel mehr zu sich selbst als zu Carl. Die Fluten draußen hatten keine Chance, im Erdreich zu versickern. Der Boden war zu einem harten Grund verbacken, und so hatte sich die Heidelandschaft in eine Wasser abstoßende Sandsteinplatte verwandelt, auf der das Wasser stieg und stieg.

Langsam pflügte sich der niedrige Wagen seinen Weg über die Straße. Seit gut 20 Minuten war ihnen schon kein Auto mehr entgegengekommen.

»Hast du einen Freund?«

»Kein einfaches Thema. In der Klinik sind zwei Oberärzte hinter mir her, die so eine Art modernen Zehnkampf um mich austragen. Aber ich schätze, es geht mehr um den Sieg über den anderen und weniger um mich. Mit einem jungen Assistenzarzt gehe ich regelmäßig ins Bett und mit dem Chefarzt, der gerade in Scheidung von seiner zweiten Frau lebt, gehe ich einmal im Monat essen. Dann gibt es noch einen DJ, für den ich eines seiner drei Lieblingsgroupies bin, und einen Reisebürobesitzer. Aber als Freund würde ich keinen bezeichnen. Und du? Hast du eine Freundin?«

Carl sammelte sich kurz. Das war wirklich die präziseste Beziehungs-Lagebesprechung, die er je gehört hatte. Er gab sich Mühe, ebenso offen zu sein.

»Sogar drei. Babette, Christiane und Suse, drei wirklich ideale Frauen, Mitte 30.

Babette ist eine wunderbare Unterhalterin. Wenn sie einen Raum betritt, ist es, als hätte jemand das Licht eingeschaltet und den Vorhang aufgezogen. Christiane ist der warmherzigste Mensch, den ich kenne, eine Seelenverwandte und die vermutlich perfekteste Mutter, die man sich denken kann. Und Suse ist mein Red Bull. Ein rothaariges Aufputschmittel.«

»Klingt toll. Ein flotter Vierer.«

»Na ja. Ich fürchte, die sehen in mir nur den Ernährer. Den Porschefahrer und Goldesel.«

»Hörst du ihre Uhren ticken?«

»Ihre biologischen Uhren? Ich höre sie lauter, als sie sie selbst hören. Aber wahrscheinlich bilde ich mir auch alles nur ein. Vielleicht merke ich einfach nicht, dass sie mich lieben. Und dass ich wenigstens eine von ihnen wirklich liebe. Im Moment fühle ich mich von ihnen mehr besetzt als geliebt. So, wie man eine Wohnung in einem leer stehenden Haus besetzt. Man zieht ein, weil sie frei ist und nichts kostet, und nicht, weil sie die ideale Wohnung ist, die man immer schon mal haben wollte.«

Kein sehr schmeichelhafter Gedanke. Da stehe ich doch lieber leer, dachte Isabel.

Ihr war aufgefallen, wie zärtlich Carl die Vornamen der Frauen genannt hatte. Sie merkte, dass er sie mehr mochte, als er zugeben wollte. Das ewige Spiel von Liebe und Erwiderung. Carl hatte nicht richtig aufgepasst, als die Spielregeln erklärt wurden.

Die Straße führte auf einen kleinen Hügel hinauf, und plötzlich merkten sie, dass sie gegen einen Fluss stromaufwärts fuhren. Mit Mühe und im Schlamm durchdrehenden Reifen erreichten sie die Anhöhe. Als sie auf der anderen Seite wieder hinunterfahren wollten, bot sich ihnen ein verblüffender Blick. Da war das Meer. So weit das Auge durch die Regenschleier reichte, war Wasser. 200 Kilometer von der Küste entfernt tanzten Schaumkronen auf einer schier unendlichen Fläche. Aufgetürmt durch den Gewittersturm brandeten Wellen an den Fuß des Hügels. Die Straße vor ihnen verlor sich im Wasser wie eine Slipanlage im Hafen, auf der Boote zu Wasser gelassen werden.

»Ich hätte wohl besser mein Küstenpatent machen sollen.«

Carl war ein paar Sekunden lang angespannt, dann hatte er die wichtigsten Koordinaten für das Überleben geprüft. Genug Benzin, das Handy war vollgeladen und hatte guten Empfang, die Vittel-Flaschen von Isabel und eine Tafel Ritter Sport Sommerjoghurt-Schokolade waren auch noch da.

»Ich denke, wir sollten einen kleinen Stopp einlegen und die Aussicht genießen.« Mitten auf dem Hügel stellte Carl den Motor aus.

Hinter ihnen war Wasser. Vor ihnen war Wasser. Und dazwischen waren sie die einzigen Menschen. Trotz des prasselnden Infernos war Isabel kein bisschen beunruhigt. Sie hatte das Gefühl, nicht mehr allein zu sein. Sie hatte einen großen Bruder, der auf sie aufpasste. Einer, der sich um Essen, Trinken, Wärme kümmerte. Einer, der dafür sorgte, dass ihr nichts passierte, der alles wiedergutmachen konnte, sogar das Wetter. Sie stellte sich vor, wie es wohl wäre, jetzt mit ihm. Geschützt und abgeschirmt durch den Ozean um sie herum, begleitet vom Trommeln auf das Wagendach, gehüllt in einen Vorhang aus Regen.

Sie sah ihn an, spürte, dass er vielleicht gerade dasselbe dachte und verwarf den Gedanken gleich wieder. Sie ging danach ihren Männern gern aus dem Weg, drehte sich auf die Seite, stand auf, um zu rauchen, ging ins Bad, zog sich an, las auf der Toilette, setzte sich vor den Fernseher, machte irgendetwas, Hauptsache weg. Und das ließ sich zwischen den zwei schmalen Schalensitzen nun nicht so einfach bewerkstelligen. Außerdem waren die Verstellmöglichkeiten der Rückenlehnen im Porsche recht begrenzt, also beschloss sie, es bei der Fantasie zu belassen. Vorerst. Denn Verbote waren für sie immer schon eine Einladung gewesen, sich über sie hinwegzusetzen. Und dass es verboten war, mit seinem Halbbruder ins Bett zu steigen, das hatte ihr Marion schon vor der Abreise Länge mal Breite eingeschärft.

Sie schwiegen, aber es wurde nicht langweilig. So, wie sie vorhin schon gegenseitig die Fragen und Antworten des anderen erraten hatten, so führten sie nun eine Art unhörbaren Dialog. Es war, wie vor einem Kaminfeuer zu sitzen. Sie lernten sich kennen durch das gemeinsame Anschauen der Scheibenwischer, die alle fünf Sekunden einmal die Scheibe freimachten. Dabei war die Aussicht begrenzt, denn wie mit einer langsamen Unschärfe-Blende hatte sich auf das Glas, das noch kalt von der Klimaanlage war, von innen ein feiner Kondensnebel gelegt.

Irgendwann schaltete Carl auch den Wischer aus und dann sahen sie den Wasserschlieren zu, wie sie sich immer wieder neue Wege die Scheibe hinab suchten.

Wie im Oberlauf des Amazonas sich viele klein verästelte Flüsse zu einem großen verbinden, so liefen die vielen Rinnsale über die Scheibe und den Lack hinab, um sich unter dem Wagen in einem großen Strom talabwärts zu vereinen. Und mit diesem Netz von Wasseradern, das sie umhüllte, wurde alles fortgewaschen. Nächte, in denen sie wach wurden und niemand da war, dem sie ihre Ängste zuflüstern konnten. Albträume, in

denen sie als Letzte einer Gruppe von Kindern hinter-
herliefen und der Abstand immer größer wurde. Tage,
an denen sie vollkommen alleine auf der Welt waren.
Die Erinnerung wich einem Gefühl von Stärke, es fühlte
sich an, als würde es jeden Tag zunehmen können und
ein Leben lang halten.

Es hatte jemand gefehlt. Sie hatten sich jemanden
gewünscht. So sehnlich, wie sich kinderlose Ehepaare
Nachwuchs wünschten. Und eigentlich waren sie längst
in einem Alter, in dem dieses Wünschen von einem Partner oder gar einer eigenen Familie aufgefangen hätte werden können.

Bei Carl und Isabel war das anders. Mit jedem Freund,
mit jedem Kuss, mit jeder Liebe, mit jedem Fick war
die Gewissheit, allein zu sein, größer geworden. Es war
noch nicht so weit, dass sich Bitterkeit eingestellt hätte,
aber wenn man es recht betrachtete: Weit entfernt davon
waren sie nicht. Natürlich ließ sich die Trübheit durch
den Gefühlsüberschwang neuer Affären vertreiben. Aber
so, wie kalte Brillen in warmen Räumen auch nach dem
Putzen wieder beschlagen, so kehrte jedes Mal die matte
Gewissheit zurück, wieder nicht den Richtigen oder die
Richtige im Arm zu halten.

Das hatte sich seit heute gründlich geändert. Sie hatten
sich noch nicht geküsst und doch hatte sich schon das
Gefühl mit dem Namen ›Für immer‹ breitgemacht.

»Ich hätte dich heute Abend gern auf einen schönen
Heidschnucken-Braten eingeladen. Aber daraus wird
vermutlich nichts.«

»Wir sollten Oma Bescheid geben, sonst macht sie sich noch Sorgen.«

Oma machte sich überhaupt keine Sorgen. Sie lachte die beiden nur aus und meinte, dass der Wetterbericht für morgen weiteren Regen gemeldet hätte. »Ich schicke euch dann den Bauern Ahlers vorbei, der holt euch mit dem Trecker ab.«

»Ein Wasserflugzeug wäre wohl hilfreicher.«

»Hast du schon einmal in einem Auto übernachtet? Wenn nein, bist du herzlich eingeladen.«

Carl stieg aus, um unter der Vorderhaube im kleinen Kofferraum zu kramen.

Es war erstaunlich, was hier alles zutage kam. Eine Picknickdecke, drei Powerbar-Energieriegel und zwei Dosen Becks.

»Wenn es morgen nicht besser wird, rufen wir die Seenotrettung.«

Er klemmte die Bierdosen über dem Lüftungsschlitz an der Windschutzscheibe fest und schaltete Motor und Klimaanlage ein. Die beschlagenen Scheiben klarten auf, was man vom Wetter nicht behaupten konnte. Es goss weiter, und langsam setzte die Dunkelheit ein. Er blickte auf die Uhr. »Sorry, ich muss telefonieren. Könnte aber länger dauern.« Es klang Französisch und Isabel verstand kein Wort. Sie hörte aber an der Art des Quäkens aus dem Handy-Lautsprecher, dass Carl mit einem Mann und nicht mit einer Frau telefonierte, daher erlahmte ihre Neugier sofort und sie griff nach ihrem Buch. Ein breit erzählter südamerikanischer Familienroman, der drei Generationen umfasste. Hätte Carl das Gespräch auf Englisch geführt, ihre Konzentration wäre dahin gewesen. Aber so stellte die französische Unterhaltung eine Art Hintergrundrauschen her, das sich mit dem Trommeln des Regens mischte und ihr das Eintauchen in eine Geschichte erlaubte, die in einer kleinen brasilianischen Hafenstadt spielte.

Wenig später war sie in einem Traum angekommen, in einer Hafenstadt und bei einem Mann, der Kälteanlagen herstellte. Kälteanlagen für Kühlhäuser, Fischkutter, Eisdielen. Der Mann wurde von allen nur der ›Coldman‹ genannt. Isabel fand sich auf einer schwimmenden Fischfabrik wieder, auf der hinten der zappelnde Seelachs aus dem Wasser gezogen wurde und vorne in Würfel gepresste Tiefkühlpäckchen herauskamen.

Es ging anscheinend um den Großauftrag einer japanischen Fischereiflotte, denn es waren viele Japaner in Anzügen an Bord. Isabel war dabei, um die Gäste zu betreuen. Von der Brücke aus beobachteten sie, wie die Netze die Fischschwärme in das Boot schaufelten und der ›Coldman‹ sprach unaufhörlich in einer Sprache, die sie nicht verstand.

Weiter hinten am Horizont war ein Hügel zu sehen, der aus dem Wasser ragte. Oben auf der Kuppe erkannte man ein Auto. Eine junge Frau war zu sehen, an den Kotflügel gelehnt, ein Bein um den Mann geschlungen, der vor ihr stand und in sie eindrang.

Gebannt sah die Besatzung dem Pärchen zu und kam immer näher. Lustschreie drangen herüber. Schwärme von großen Fischen rutschten derweil übers Deck und verschwanden in einer Luke von den Ausmaßen eines Scheunentores.

Isabel spürte, dass sie die Frau auf dem Hügel war. Der Coldman hatte mit dem Dauerquasseln aufgehört und trieb es mit ihr. Beide waren fast vollständig angezogen. Er hatte nur seine Hose geöffnet und Isabel hatte das Sommerkleid gehoben. Das Schiff stand nun direkt vor dem Hügel, auf dem die beiden laut stöhnten, die Brücke war auf gleicher Höhe.

Isabel war sowohl auf dem Hügel als auch auf dem Schiff, und in diesem Moment begriff sie, dass Carl der ›Coldman‹ war. Sofort wurde Isabel von dem beißenden Gefühl überrollt, bei etwas Verbotenem erwischt worden zu sein, und begann, die Japaner von der Brücke zu stoßen, während sich das Pärchen auf dem Hügel unbeirrt weiter vergnügte. Begleitet von dem leidenschaftlichen Stöhnen der beiden landeten die Japaner in dem Haufen von Fischen an Deck und verschwanden in der Luke, wo sie vermutlich zu handlichen, kleinen Sushi-Kühlportionen verarbeitet wurden. Wie ein Strom von Spermien drängten um sie herum die Fische zappelnd in den Bauch des großen Schiffes und von den 100 Millionen sollte nur ein einziger an sein Ziel kommen, alle anderen hatten sich umsonst in den Tod gestürzt. Das Pärchen auf der Brücke sah dem Pärchen auf dem Hügel in die Augen. Dann verschwand der letzte Fisch in der Luke und das Tor schloss sich wieder.

Als sie aufwachte, hatte das Regengeräusch eine Pause eingelegt und die Fahrertür war ins Schloss gefallen. Isabel war in die Picknickdecke gehüllt, der Sitz etwas nach hinten geklappt und ihr Buch lag auf dem Armaturenbrett mit dem Lesezeichen an der richtigen Stelle. Es sah nicht wirklich nach einer wüsten Orgie aus. Sie bedauerte das kurz, nahm einen Schluck aus der Wasserflasche, dachte über den Traum nach und sah Carl zu, der draußen telefonierte. Diesmal auf Deutsch. Sie öffnete sein Fenster einen Spalt. Wäre es das Fenster auf der Beifahrerseite gewesen, hätte man es noch als Frischluftversorgung deuten können. So aber war es unverhohlene Neugier. Hastig beendete er das Gespräch und setzte sich wieder zu ihr in den Wagen. Auf der Borduhr sah sie, dass sie zwei Stunden geschlafen hatte. Hatte er die ganze Zeit über telefoniert?

»Was machst du eigentlich beruflich?«

»Ich bin Bankier.« Sein Blick sagte ihr, dass das nur die halbe Wahrheit war.

»Bei welcher Bank?«

»Einer Samenbank.«

Bankraub auf Flämisch

Am nächsten Morgen kam tatsächlich Bauer Ahlers mit dem Trecker auf dem Hügel vorbei, um Carls Porsche auf den Hänger zu laden. Der Wasserspiegel war gesunken, aber die Straße so verschlammt, dass an ein Durchkommen mit einem normalen Wagen nicht zu denken war. Carls Porsche hatte zwar Allradantrieb, aber bei einer Bodenfreiheit von gerade mal elf Zentimetern nützte das recht wenig.

Nun mussten sie zwei Stunden auf dem Anhänger in einem Porsche-unwürdigen Tempo durch die Landschaft zuckeln und als der Bauer sie auf Omas Hof ablud, wusste Isabel weniger als zuvor, was sie von Carl halten sollte. In ihr kämpften sexuelle Anziehungskraft gegen das Tabu des Inzests, andererseits wirkte Carl auf eine Art auch abstoßend. Er strahlte etwas Brüderliches, Starkes, Ruhendes aus, wirkte aber sexuell so desinteressiert, dass es schon wieder beunruhigend war. Wie ein Mönch. Oder gar wie ein Eunuch? Gab es Eunuchen mit tiefen Stimmen?

Beim Ausladen des wenigen Gepäcks aus dem Auto entdeckte Isabel einen Behälter, den ihr Arzthelferinnen-Auge sofort als Tiefkühlbox identifizierte. Und dann fiel ihr wieder die Samenbank-Geschichte von gestern Abend ein.

»He, Banker, ist das dein Kapital?«

Carl lächelte schmal.

»Ja, aber nur ein Teil davon. Das Stammkapital ist ungleich größer. Liegt alles in Hamburg auf Eis.«

Und so erfuhr sie, dass Carl in dieser Box den frisch abgezapften Samen berühmter Persönlichkeiten spazieren fuhr. Denn die besten genetischen Leistungsträger gingen nicht zur Samenbank. Sie ließen die Bank zu sich kommen. Vier Belgier, ein Deutscher und ein Franzose. Eingehüllt in wabernde Trockeneis-Nebelschwaden, warteten ein paar Millionen Spermien darauf, auf empfangsfreudige weibliche Eizellen von berühmten oder weniger berühmten angehenden Müttern losgelassen zu werden.

Großmutter war bester Laune. Die trübe Stimmung, die sie noch vor Kurzem am Telefon verbreitet hatte, war wie weggeblasen. Schuld daran war nicht Isabel, die von Oma flüchtig mit »Tach, Isa!« begrüßt wurde, sondern Carl. Dieser Charmeur schien sie schon seit einer Ewigkeit zu kennen. Was hatte er gesagt? Vor vier Wochen war er ihr zum ersten Mal begegnet? Carl berichtete in schillernden Farben von ihrem Abenteuer in der Wasserwüste der Lüneburger Heide und Isabel ging kurz aus der Küche, um Theo zu begrüßen. Eigentlich wollte sie sich nur davon überzeugen, dass der angeblich kranke Kater so wenig humpelte, wie sie das von Anfang an vermutet hatte.

Da fiel ihr die Kühlbox ins Auge, und weil sie Carl und ihre Großmutter in der Küche angeregt plaudern hörte, kniete sie sich vor die Box, holte tief Luft und ließ leise die Verschlüsse aufschnappen.

Neun Reagenz-Röhrchen steckten darin, sechs waren befüllt und ordentlich mit Namen und Datum beschriftet.

Drei Röhrchen trugen das Datum von vorgestern. Zwei das von gestern und eines das von heute.

Unter dem Datum stand: ›Justus Sander‹. Isabel traute ihren Augen nicht. Wie konnte Carl behaupten, heute an den Samen eines berühmten Dirigenten und Musikers gelangt zu sein, der die Hälfte des Jahres auf Lanzarote lebte? Sie war Carl in den letzten 18 Stunden nicht von der Seite gewichen. Und während sie auf dem Hügel im Auto geschlafen hatte, war Justus Sander wohl kaum mit dem Hubschrauber neben dem Wagen gelandet, um eine frische Spermaspende abzugeben.

Sie schloss die Kühlbox und nahm Theo auf den Arm, der sie schnurrend umkreiste und seinen Leib an ihren Beinen rieb. Nachdenklich kraulte sie ihn hinter den Ohren und beschloss, diesem Mann ab sofort kein Wort mehr zu glauben.

Carls Handy klingelte und auf knarzenden Ledersohlen verließ er die Küche. Oma war ein wenig einsilbig, was Isabels so plötzlich aufgetauchten Bruder anging. Sie behauptete, es immer schon gewusst zu haben und es Carl überlassen zu haben, den ersten Schritt zu tun.

»Aber dann hast du mich all die Jahre belogen, Oma.«

»Ich hab dich nicht belogen, ich hab dir nur nicht alles erzählt, was ich wusste, das stimmt.«

»Das ist doch dasselbe. Ich bin sauer auf dich. Du hast mir mein ganzes Leben lang nicht die Wahrheit gesagt.«

»Wahrheit ist ein Gewürz, keine Speise«, bemerkte die alte Dame nur trocken.

»Und seit wann kennst du Carl?«, fragte Isabel.

Oma nahm den Kalender von der Kreissparkasse Hermannsburg in die Hand und blätterte zurück. »Das war am Sonntag vor vier Wochen. Er rief mich an und sagte einfach: ›Hallo, Oma, ich bins, dein Enkelsohn!‹ Unter uns, Isa, der Bursche tickt nicht richtig unterm Pony. Er ist sehr charmant, aber ich traue ihm nicht über den Weg.«

Isabel war nun doch verblüfft, dass ihre Großmutter ihm nicht so auf den Leim gegangen war, wie es den Anschein gehabt hatte.

»Vielleicht liegt es daran, dass Carl halber Amerikaner ist, ich weiß es nicht. Wurzeln sind für ihn so wichtig wie für einen Fisch. Er hat keine. Er ist kalt. Er kapiert es nicht, dass wir seine wirkliche Familie sind, weder intellektuell noch körperlich. Du musst ihn nur in den Arm nehmen und ihn festhalten, dann weißt du's.«

Und um ihrer Enkeltochter zu zeigen, was sie meinte, umarmte sie sie fest, drückte ihr einen Kuss auf die Wange und flüsterte ihr ins Ohr »Meine Kleine, ich freu mich, dass du endlich wieder da bist!« Und Isabel fühlte das Blut ihrer Familie. Es war ein warmer, weicher Wasserfall, unter den man sich stellen und massieren lassen konnte. Um Oma mitzuteilen, dass sie ihn spürte, gab sie ihr den Kuss zurück und drückte sie fest an sich.

Wie bestellt trat Carl dazu. Isabel wusste, was Oma jetzt von ihr erwartete, aber es war ihr nicht recht, denn in den Blick von Carl war etwas Gieriges geraten. Sie wollte ihn nicht umarmen, er würde es missverstehen. Und sie hätte die Umarmung auch gar nicht richtig interpretieren können, denn auch in ihren Blick war etwas geraten.

Viel später würde sie erfahren, dass ›genetic sexual attraction‹ ein noch recht wenig erforschtes Phänomen war. Es gab jedenfalls eine Handvoll Sozio- und Psychologen, die behaupteten, dass Geschwister, die sich erst als Erwachsene kennenlernen, sich unwiderstehlich sexuell anziehen. (Bei Carl kam verstärkend hinzu, dass er am Telefon soeben einen 25.000-Euro-Deal perfekt gemacht hatte. Nennen wir die Wölbung in seiner Hose also ruhig auch eine 25.000-Euro-attraction-Beule).

Die unwiderstehliche Anziehungskraft führte die beiden jedenfalls, ob Isabel das wollte oder nicht, gegen 0.30 Uhr zusammen in ein Bett, wo sie sich höllisch zusammenreißen mussten, um ganz leise zu sein.

Was den Reiz der Begegnung enorm erhöhte.

Es durfte nicht nur kein Knarzen, sondern auch kein lautes Atmen, geschweige denn ein Stöhnen zu vernehmen sein. Isabel, die über eine sportliche, große Lunge verfügte und gewohnt war, lang und tief zu atmen, wusste nicht, wo sie die Luft für ihre Erregung herbekommen sollte. Wenn sie mit ihrem Halbbruder das Undenkbare tat, wollte sie dabei nicht gehört werden. Sie atmete gepresst, kurz und flach, hatte Angst, sich zu verraten und drohte zu ersticken. Es war herrlich!

Heimlichkeit und Sauerstoffmangel bedeuten für einen Orgasmus das, was ein Streichholz und Benzin für ein Lagerfeuer sind. Plötzlich war die Stichflamme da, und Isabel brannte lichterloh. Sie presste das Kissen auf ihr Gesicht und schrie stimmlos hinein. Sein Höhepunkt war ein Meisterstück an Selbstdisziplin. Mit einem lang gedehnten, gepressten Seufzer der Erlösung, den er direkt in ihr Ohr stöhnte, entlud er sich. Es war fast unhörbar, aber Isabel kam es vor, als brüllte ein Tier, und alle Härchen in ihrem Ohr stellten sich auf und schickten Stromstöße der Angstlust in ihren Unterleib. Das Schönste nach dem gemeinsamen Kommen war das gleichzeitige Um- Atem-Ringen. Denn eigentlich wollten sie schnauben wie Sprinter nach einem 100-m-Lauf, aber sie gestatteten sich nur verstohlene, angespannte Luftzüge, die wie ruhiges Atmen im Schlaf klingen sollten.

Isabel war überhaupt nicht überrascht, als Carl plötzlich aufsprang und, den Gummi auf seinem Penis festhaltend, ins Bad hechtete. Eigentlich war ja sie diejenige, die die postkoitale Bettflucht erfunden hatte, nun fand sie es ganz schön, alleine im Warmen liegen zu bleiben und ihre Lungen tief mit Luft zu füllen, während Carl geräuschvoll im Bad hantierte. Na, wenigstens macht so die Samengewinnung ein bisschen Spaß, dachte sie.

Eine wirklich böse Unterstellung, aber keineswegs unbegründet, wie sie am Morgen danach feststellen konnte. Da war nämlich in der Kühlbox schon das Röhrchen Nr. 7 gefüllt. Noch ohne Namen beschriftet, aber mit dem heutigen Datum.

Oh, wir arbeiten schon über dem Soll, da hat sich der Herr ja einen Ruhetag verdient, dachte Isabel trotzig und schauderte ein wenig bei dem Gedanken, wie kalt es jetzt in dem eisigen Zwischenlager war, in dem die Beute lagerte, die eigentlich für ihren Schoß bestimmt war.

Währenddessen machte sich eine Reporterin des Hamburger Magazins ›stern‹ auf den Weg zu ihrem Ressortleiter, um sich die Nebenkosten für eine Recherche abzeichnen zu lassen, die durchaus nicht uneigennützig gewesen war. Sie hatte im Rahmen einer großen Serie, die sich mit der Zukunft der Familie beschäftigte, einen Artikel über künstliche Fortpflanzung verfasst, der die unterschiedlichen gesetzlichen Freiräume in den verschiedenen Ländern beleuchtete. Die Geschichte war gedruckt, der Chefarzt einer Reproduktionsklinik in Brüssel war mit Foto und einem kleinen Interview im Blatt, und nun war die Zeit gekommen, um Dank und Lohn dafür entgegenzunehmen. »Gute Arbeit, Frau Jantzen. Gut recherchiert und gut getextet. Ist noch was drin in dem Thema, oder haben Sie alles ausgequetscht?«

Die Frage war ein Geschenk des Himmels. Sabine sprudelte drauflos.

»Wir haben ja erst den gesetzlichen Teil abgehakt. Menschlich ist das natürlich noch ein riesiges, offenes Feld. Allein der Fortpflanzungstourismus in England und Belgien ist ja schon eine eigene Geschichte. Aber auch die boomenden osteuropäischen Kliniken. Und die Sperma-Makler natürlich, die Mütter und Kliniken mit Genie-Sperma versorgen. Und wie geht es den ersten Retortenbabys heute? Das Thema hat so viele Facetten, allein da steckt schon eine eigene Serie drin.«

»Wir machen Folgendes. Ich lasse zunächst alle Reaktionen auf die Familien-Geschichte auswerten. Und in der Zwischenzeit schreiben Sie mir ein Konzept über Ihre Reproduktions-Story. Und beginnen mit der Geschichte über die Sperma-Makler. Das wäre wohl der logische Auftakt so einer Serie. Trauen Sie sich das zu? Dann können Sie gleich loslegen.«

Nichts lieber als das. Denn Sabine Jantzens nächster Schritt wäre ohnehin ein Anruf in Brüssel gewesen. Sie hatte noch etwas gut bei Professor Clohse.

Der war höchst erfreut über ihren Anruf und bedankte sich zunächst überschwänglich für die ›formidable Reklame‹, wie er sich ausdrückte. Die Telefone stünden seit Donnerstag nicht mehr still. Und dann wollte er natürlich sein Versprechen einlösen und fragte, ob sie sich denn schon entschieden hätte.

»Ja, das habe ich. Es ist die Nr. 144 auf Ihrer Liste.«

»Oh, ein Vintage-Spender«, schmunzelte Clohse. »Sie wissen, dass wir eigentlich empfehlen, bis höchstens 39 Jahre zu gehen. Und dieser Herr ist ja fast doppelt so alt.« Er blickte kurz auf ein Datenblatt. »Wir haben gerade eine frische Lieferung bekommen. Sehr jugendliche Spermien, sehe ich. Oui, ich werde sehen, was ich machen kann.«

Normalerweise waren Namenslisten von Spendern geheim, sie wurden nur nach Größe, Hautfarbe, Alter, IQ, Beruf und Aussehen kategorisiert. Als gute Reporterin hatte aber Sabine so lange gebohrt, bis ihre Quelle endlich sprudelte. Und sie genau wusste, wer hinter Nr. 144 steckte. Den alten Geheimdienstchef Martin Lux hatte sie sich aus zwei Gründen als Vater ihrer Tochter (und sie wollte unbedingt eine Tochter!) ausgesucht. Erstens fühlte sie sich selbst oft wie eine Geheimagentin, wenn sie vorher unbekannte Informationen aufspürte und öffentlich machte, und Martin Lux war so etwas wie der Doyen der großdeutschen Spionage. Und zweitens hielt sich bei ihr hartnäckig die von keiner ernsthaften Studie belegte Fama, dass ältere Väter klügere Kinder zeugten. Und ›stern‹-Gründer Henri Nannen war leider nicht mehr verfügbar.

»Ich arbeite übrigens an einer Fortsetzung der Geschichte. Da würde ich natürlich gerne Ihre Lieferanten kennenlernen. Meinen Sie, das ist möglich, Professor Clohse? Ein bisschen Prominenz könnte denen doch bestimmt nicht schaden!«

»Oui, ich denke, das lässt sich machen.«

»Wie viel verdienst du eigentlich pro Reagenzglas?«, fragte Isabel gegen Mittag, als sie wieder im Porsche auf dem Weg nach Hannover waren. Da klingelte sein Handy.

»Ja? Oui!« Es war nur ein kurzes Gespräch und sie hatte außer ein paar ›Oui‹ nichts verstanden.

»Also, was springt für dich dabei raus?«

»Meine Lieferanten erhalten je nach Prominenz zwischen 250 und 2.500 Euro. 250 für den jungen, perfekt gewachsenen Zuchtbullen mit Hochschulabschluss, 2.500 für Prominenz aus Film und Forschung.«

»Ja, ja, schon gut. Und was kriegst du?«

Carl überlegte lange, ob er ihr die Wahrheit sagen sollte und wie viel davon. Er hatte Angst, Isabel, kaum dass er sie gefunden hatte, schon wieder zu verlieren. Die meisten Menschen hatte er bisher durch Unwahrheiten verloren, aber er hatte gehört, dass es auch durch Wahrheit passieren konnte. Und dann sagte ihm eine plötzliche Eingabe, dass er mehr wollte als nur Wahrheit. Er wollte Isabel zur Komplizin machen.

»Das Ganze mal zehn. Von 2.500 bis 25.000 Euro.«

»Und die Nummer von gestern Abend, wie viel ist die wert?«, fragte sie geradeheraus.

Carl protestierte nicht. Er war nicht einmal überrascht, dass sie es wusste. Früher oder später hätte er ihr sowieso alles gesagt, wozu hat man schließlich eine Schwester?

Carl hatte nichts zu verlieren. Nur eine Bonnie zu gewinnen. Dann würden sie als Bonnie und Clyde der Spermazoten durch die Lande ziehen und wären nie wieder allein. Nie wieder.

»Gestern habe ich erfahren, dass es ein 25.000-Euro-Auftrag war.«

»Da hast du dir aber einen Spitzenjob ausgesucht, mein Lieber. Ich kenne niemanden, der auf angenehmere Weise sein Geld verdient.«

Und nun kam für Carl der entscheidende Bonnie und Clyde-Satz: »Die Hälfte davon gehört natürlich dir.«

Kleine Pause. »12.500 Euro? Für dieses Honorar hätte ich mich aber nicht in Omas Bett gequetscht, sondern mir die beste Suite im ›Vier Jahreszeiten‹ gebucht.« Isabel ließ offen, ob sie das Hamburger oder Münchner Hotel meinte.

Carl bekam einen ganz versonnenen Blick. »Oh ja. Mit Austern und Chablis. Das nächste Mal machen wir das. Wenn du das willst.«

»Das nächste Mal? Hast du vor, mit mir in die Serienproduktion einzusteigen?«

Der Gedanke gefiel ihr und stieß sie zugleich ab. Inzest blieb Inzest. Natürlich wurde er ein wenig gemildert durch das dünne Gummihäutchen zwischen ihnen und die Tatsache, dass sein Samen damit nicht bis in ihre Eierstöcke vordringen konnte, was die Blutschande auch biologisch komplettiert hätte. Bevor Isabel einen Bruder hatte, war das für sie das Unvorstellbarste gewesen.

Doch das hier war etwas völlig anderes.

Carl war ein Fremder und doch das eigene Fleisch, sehr anziehend und sehr verboten.

»Ich glaube, ich würde es auch für weniger Geld machen.«

Bei dem Gedanken an Gummi fühlte sie sich wohl. Sie wollte Carl ganz nahe sein, aber durch eine dünne Schicht von ihm getrennt. Vielleicht wäre ein Latexbadeanzug auch eine gute Idee. Und keine Zungenküsse, bitte.

»Du darfst nicht glauben, dass ich meine Kunden nur mit meiner eigenen Produktion beliefere. Zwei Drittel kommen von den Originalspendern. Und bei dem restlichen Drittel, da muss ich eben ein wenig improvisieren.«

Isabel war sprachlos. Natürlich wurde auch bei ihr in der Kreisklinik improvisiert. Aber nicht mit 33 Prozent. Und sicher hätte das nie ein Kollege auch nur ansatzweise zugegeben. Schon gar nicht mit der Offenheit von Carl. Bei keinem anderen Menschen hätte sie sich mit dieser Erklärung zufriedengegeben. Bei ihrem Bruder machte sie eine Ausnahme. Vorerst.

Schon am Nachmittag des nächsten Tages, Isabel war längst wieder zu Hause, war die Improvisation als kleine Beiladung in einem großen Arzneimittel-Lkw Richtung Brüssel unterwegs. Beschriftet mit dem Namen ›Martin Lux‹. Carl hatte Professor Jean Clohse erzählt, dass er einen kleinen Vorrat von besonderen Spendern in einem Supertiefkühlfach eingefroren hatte.

Das stimmte auch. Er hatte sich als Untermieter eines Tiefkühllabors in Hamburg einen guten Kubikmeter Kälte reserviert, in dem er seine Schätze sammelte. Mit unzähligen Prominenten aus Wirtschaft, Wissenschaft und Showbusiness stand er in Briefkontakt, und dann und wann ergab sich die Möglichkeit, sein Lager mit ihrer prominenten Hilfe um den einen oder anderen Milliliter zu ergänzen.

Der Ruf der ›Carl Elsmann Genetic Services‹ war makellos. Seine Referenzen umfassten Dankesschreiben aus fast zwei Jahrzehnten. Er hatte keinen Internetauftritt, keinen Prospekt, sein Geschäft basierte nur auf Weiterempfehlungen durch die führenden Fertilitätskliniken Europas. Er hatte vier Steuerprüfungen und 15 Prüfungen des Gesundheitsamtes hinter sich gebracht, ohne dass irgendwelche Zweifel an seinen Praktiken aufgekommen wären.

Doch indem Carl den Namen Martin Lux und das Datum 08.09.05 auf das Ergebnis der ersten Nacht mit Isabel geschrieben hatte, hatte er den Schlussstrich unter seine Karriere gezogen.

Denn als Isabel ihrer Ersatzmutter Marion alles (na ja, fast alles) erzählt und ihr, wie versprochen, sein Foto gezeigt hatte, hatten sich Marions Augen, für Isabel unsichtbar, leicht mit Tränen gefüllt. »Ich glaube, den kenne ich.«

Ein Handy klingelte. Er räusperte sich. »Wondrak!« Während er dem Anrufer lauschte, betrachtete er Marion. Sie war zweifellos eine wunderschöne Frau gewesen. Das meiste vom Wunder war weg. Schön war sie immer noch. Und vieles an ihr war alterslos. Ihr strahlender Blick, der einen so unverwandt ansehen konnte, dass man die Fältchen rund um die Augen gar nicht bemerkte. Ihre gerade Haltung, die die nicht besonders groß gewachsene Frau größer als ihn selbst erscheinen ließ. Und die schönen Hände, die trotz der seltsamen Nagellackfarben zum Festhalten einluden.

Wondrak achtete nicht so sehr auf das, was der Anrufer ihm zu erzählen hatte. Er nahm es hin, wie man einen Stapel Akten durchblättert, zu einem Fall, der einen nicht interessiert, während im Radio Editha Gruberova singt.

Am Apparat war Norbert Stürmer, sein Chef. Stürmer saß im prachtvollen Haupthaus, die Verhörräume waren dagegen in einem schmucklosen Anbau aus der Nachkriegszeit untergebracht.

»Sie wissen, dass der Tote ein weltberühmter Pianist war?«

»Ja, natürlich, Igor Oborowitsch. Sein Name steht sogar am Klingelschild. Ich hab, glaube ich, zwei Beethoven-Klavierkonzerte von ihm zu Hause. Schallplatte, natürlich.«

»Können Sie sich vorstellen, was bei mir los ist?«

»Presse?«

»Viel schlimmer, Mädchen!«

»Seine jugendlichen Fans?«

»Das sind keine Fans. Das sind Groupies.«

Eine Fuge zum Dessert

Entgegen ihrer sonstigen Gewohnheit hatte Isabel Marion mittags zum Essen begleitet. Allerdings nur, weil Marion in ein Restaurant wollte, von dem Isabel sicher sein konnte, dass sie keinen von ihren Freunden treffen würde.

Der konservative, man konnte ruhig ›spießige‹ Landgasthof sagen, entpuppte sich aber als echte Überraschung. Isabel fragte sich ernsthaft, ob sie nicht ihre Vorbehalte gegenüber dem bürgerlichen Leben überdenken sollte. Die Bedienung war aufmerksam aber unaufdringlich, die Einrichtung erinnerte an ein gemütliches Wohnzimmer, das Publikum war gelöst und das Essen überragend.

Die Zeit glitt sanft dahin wie an einem Urlaubstag, und nach zwei Gläsern Holundersekt und einer Flasche ›Rosso e Nero‹ kam der Koch ohne Vorwarnung aus der Küche gestürzt, küsste ihre Hände und begrüßte Marion überschwänglich. »Frau Brucker, wie schön, dass Sie wieder einmal bei uns sind. Hats Ihnen geschmeckt?«

Eine anheimelnde Atmosphäre breitete sich im Restaurant aus.

»Oh, es war sehr fein! Meine Finger brauchen jetzt ein wenig Auslauf, stört es Sie, wenn ich ein bisschen spiele?«

»Es ist uns eine Ehre. Brauchen Sie Noten? Ich glaube, unser Pianist spielt abends immer alles aus dem Gedächtnis.« Er schien sehr betrübt darüber zu sein.

»Dann werde ich das auch machen«, beruhigte sie ihn. Die fünf Tische, die noch besetzt waren, fühlten die Besonderheit des Augenblicks, als sich Marion ohne viel Aufhebens an das Klavier setzte. Es war wie in einem kleinen Club, in dem ein Star neben seiner großen Konzerttournee unplugged auftrat. Nur mit dem Unterschied, dass hier der Star sein Essen und Trinken selbst bezahlte. Und dass niemand wusste, wer hier spielte, nicht einmal ihre Ziehtochter Isabel.

Es war offensichtlich, dass Marion nicht an Restaurantpianos sondern auf den Konzertbühnen der Welt ihr Handwerk gelernt hatte. Sie verstand sich nicht auf das unterwürfige Claydermansche Klavier, das sich wie Spaghetti um die Zinken von Gabeln wickelte, ihr Spiel war beherrschend und forderte volle Aufmerksamkeit. Auch wenn sie sich öfter verspielt hatte, wurde am Ende lange geklatscht, Marion und Isabel tranken noch einen Espresso und gingen.

Bei aller Bewunderung für das virtuose Spiel – in Isabel grollte es. Vor der Tür brach es aus ihr heraus.

»Du hast nicht mal ein Klavier zu Hause. Stattdessen kümmerst du dich um Fußnägel. Hast du gar kein schlechtes Gewissen deinem Talent gegenüber? Wieso hast du aufgehört?«

»Ich war Schülerin von Igor Oborowitsch. Ich war die erste aller Oborowitschianerinnen.«

Isabel wusste nicht so recht, was Marion da erzählte.

»So leicht, als würde er die Tonart wechseln, hat er mich verlassen. Er hat mich wirklich geliebt, das weiß ich. Und er hat mich nie ausgenutzt oder schlecht behandelt. Er hat mich beschützt wie ein Vater, verehrt wie ein Teenager und geliebt wie ein Mann. Aber eines Tages war er weg.

Bis zu diesem Tag habe ich mich auserwählt gefühlt und meine Begabung als etwas Einmaliges geliebt. Danach wusste ich plötzlich, dass jedes Jahr ein neues Talent nachwachsen würde, dass ich schon bald überflügelt wäre und, ob ich wollte oder nicht, in die Zweit-

klassigkeit abrutschen würde. Ich hab das Alter gefühlt.
Faltig wie eine Ziehharmonika würde ich durch die Kurs-
alons geistern und den alten Männern zuzwinkern, die
eigentlich auf die jungen Brüste der Kellnerinnen schielten. Also hab ich mein Klavier verkauft und mein Spiel
weggesperrt. Ich kann gar nicht sagen, warum ich es
heute getan habe. Es ist halt wie ein Vulkan, der zweimal im Jahr ausbricht und ansonsten kalt ist.«

Isabel blieb stehen, als sie an einer Litfaßsäule vorbeikamen, auf der eine Konzert-CD beworben wurde.

»Ist er das?«

»Ja.«

»Er sieht gut aus. Überhaupt nicht so sensibel, wie
du ihn beschrieben hast. Eher wie ein Boxer. Wie einer,
der viel vertragen kann. Und so ein Mann soll geweint
haben, sagst du? War er unglücklich?«

»Wenn er unglücklich war, hat er geweint. Wenn er glücklich war, auch. Nur wenn alles ganz normal war, nicht.«

»Ah ja«, meinte Isabel mäßig bewegt. »Und das ist die
neueste Oborowitschianerin?«

»Das ist Vivian Klessner. Ich hab sie einmal solo gehört.
Sie spielt klug und gefühlvoll. Vulkan und Eisbach.«

Irgendetwas an der Art, wie Marion ›Vulkan‹ sagte,
irritierte Isabel. War es Neid? Oder Bewunderung? Oder
einfach nur der ewige Kampf der Alten gegen die Jungen,
des fast Erkalteten gegen das neu Geborene?

Kommissar Wondrak räusperte sich, er wechselte das
Band des Aufnahmegerätes und schenkte Marion noch

etwas Wasser nach. Sie hatten zusammen zu Abend gegessen, einen kleinen Salat und Tagliatelle mit Lachs, die der Italiener von gegenüber persönlich ins Verhörzimmer geliefert hatte. Nicht in den Aluminiumfressnäpfen, sondern in Porzellantellern. Ob das im Kommissariat in München auch so entspannt möglich wäre?, fragte er sich kurz und war froh, sich vor zwei Jahren nicht anders entschieden zu haben.

Normalerweise saßen hinter der verspiegelten Scheibe immer zwei oder drei Nachwuchs-Kriminalisten aus der Polizei-Fachhochschule im ehemaligen Zisterzienserkloster, die verfolgten, wie er seinem Gegenüber jedes Detail entlockte. Aber diesmal war der Fall so klar, dass die beiden außer einem Wachmann vor der Tür keine weitere Gesellschaft hatten.

»Wollen Sie noch einen Kaffee? Ich hole uns welchen. Kommen Sie mit?«

Irritiert stand Marion auf und ging mit ihm in die Küche. Als Enkel einer kleinen Wiener Kaffeehausdynastie war ihm der Automatenkaffee natürlich ein Graus. Also hatte er auf eigene Rechnung eine alte Faema-Espressomaschine angeschafft, die bei liebevoller Behandlung einen köstlichen Kaffee fabrizierte. Marion stand daneben und sah seinen routinierten Griffen zu, wie er den Kaffee aus dem Mahlwerk klopfte, wie er den Siebträger in die E61-Brühgruppe einsetzte und wie dann der dicke, braune, sirupartige Moccaschaum in die vorgewärmten kleinen Tassen floss. Das heiße Wasser presste sich durch das frische Kaffeemehl und teilte sich dann nach links und rechts in Marions und Wondraks Tasse.

Mörder, Totschläger, vorsätzliche und zufällige, hatten hier schon mit Wondrak ihren Kaffee geteilt. Und noch nie hatte ihm jemand den heißen Inhalt der Tasse ins Gesicht geschüttet, um davonzulaufen. Die Gelegenheiten wären da gewesen. Oft schon. Aber alle wollten bleiben und weitererzählen. Auch Marion registrierte den Vertrauensbeweis und wollte sich seiner würdig erweisen. Es war wie eine Sucht. Die eine musste erzählen. Der andere zuhören. Sie brauchten einander wie der Kaffee die Tasse.

Nicht wie eine Gefangene, sondern wie eine gute Bekannte ging sie mit ihm zurück ins Verhörzimmer.

Der Raum war nur halb so alt wie der Rest des Gebäudes. Die Verhörzimmer lagen im ›Invalidenheim‹, wie der Anbau unter den Kollegen genannt wurde. Nach der Säkularisierung diente ein Teil des ehemaligen Zisterzienserklosters nämlich als Invalidenhaus für die Veteranen der Königlich Bayerischen Armee und bis nach dem Ende des Zweiten Weltkriegs als Lazarett. Heute war zwar die Fachhochschule für öffentliche Verwaltung und Rechtspflege darin untergebracht, wie sich die Schule der Kommissare offiziell nannte, aber der Name war geblieben: ›Invalidenheim‹.

Und eigentlich arbeitete Wondrak tatsächlich wie ein Kriegsarzt. Er trennte das Valide vom Invaliden. Er war nicht für Heilung zuständig. Sondern für die schnellen Schnitte. Für Leben und Tod.

Faule Lügen amputieren. Tief sitzende Kugeln ans Licht holen. Und wenn alles zu spät war, sezieren. Das war sein Geschäft.

»Jetzt würde ich gern den Herrn Oborowitsch näher kennenlernen. Wie hießen seine Schülerinnen? Oborowitschianerinnen? Und was war mit Vivian?«

Die Klasse der Oborowitschianerinnen

Igor ging auf der Eichentreppe voran, um nicht auf ihre langen, nackten Beine blicken zu müssen, es würde auch so schon schwer genug werden. Vivian hatte so wenig an, dass es aussah, als würde sie auf den Sprungturm im Freibad hochsteigen, nicht ins Klavierzimmer. Ein kleiner, halbrunder Balkon in der Mitte der Hauswand lud dazu ein, hinauszutreten und einen Blick in den Rosengarten zu werfen. Und Vivian lud dazu ein, einen Blick auf ihre Brüste und auf ihren vom Volleyball gehärteten Po zu werfen. Sie streckte ihre Arme in die Höhe, räkelte sich in der Sonne und schloss die Augen.

»Ist das nicht ein richtiger Rachmaninow-Sommer? Mit einem Hauch Rimski-Korsakow?«

Igor würdigte sie keines Blickes, schloss die Glastür und zog die schweren Vorhänge zu. »Es ist ein Frühling im Sommer. Er hat noch nicht diese schwere Hitze, die alles einschläfert und jeden nur noch ›Siesta!‹ rufen lässt. Brauchen Sie eine Jacke?« Sobald die Vorhänge die Hitze ausgesperrt hatten, umfing eine angenehme Kühle die beiden, die Sandsteinmauern des 200 Jahre alten Hauses klimatisierten besser als manch FCKW-befreites Stück koreanischer Hochtechnologie. »Danke, ich denke, es geht so.« Vivian setzte sich mit kerzengeradem Rücken auf den Klavierhocker, öffnete den Deckel des schwarzen Steinway, stellte kurz die richtige Sitzhöhe ein, legte ihre Noten auf das Brett und ihre Hände auf die Tasten.

Die Wochen vor den Sommerferien waren jedes Jahr ein Spießrutenlauf für Igor. Die Schülerinnen barsten vor Unternehmungslust, der süße Geruch von Freiheit und Orgien lag in der Luft und Disziplin und Schamgefühl hatten sie in einer anderen Jahreszeit zurückgelassen. Igor saß in seinem dünnen langärmligen Hemd aus weißer ägyptischer Baumwolle, einer langen schwarzen Hose und schwarzen Ledersandalen im Lehnstuhl neben einer halb nackten Vivian auf dem Lederhocker und ahnte, was nun kommen sollte.

Die einzige kleine Unkorrektheit, die er sich gestattet hatte war, den Kragen zwei Knöpfe weit zu öffnen. Und jetzt hatte Vivian auch noch eine Gänsehaut mit den dazugehörigen Nippeln bekommen.

Igor zwang sich, an die Wand zu blicken, wo in alte Kunstrahmen gefasste Fotografien hingen. Sie zeigten nicht den 60-jährigen Klavierprofessor, sondern den 30-jährigen Jung- und den 40-jährigen Weltstar Igor Oborowitsch. Auf keinem der Konzertbilder war er älter als auf den Fotos, die man von den Schallplatten und den CD-Hüllen kannte. Seit 20 Jahren hatte er sich von den internationalen Bühnen verabschiedet und lebte als Legende. Ein-, zweimal im Jahr ließ er sich zu einem Benefizkonzert überreden, nur um sich in der Sekunde danach zu schwören, nie wieder eines zu geben. »Ich bin doch nur ein Welte-Mignon«, beschied er seinen Verehrerinnen, die ihn bestürmten, schon ganz bald wieder aufzutreten. Die Freiburger Orgelbaufirma ›Welte‹ hatte Anfang des 20. Jahrhunderts selbsttätig spielende Klaviere, die ›Welte-Mignons‹, auf den Markt gebracht. Sie spielten mit Papierlochstreifen das gesamte Repertoire der bürgerlichen Klaviermusik rauf und runter mit immer den gleichen feinen Rhythmusfehlern.

Igor war das berauschende Gefühl abhanden gekommen. Er pickte wie ein Automat die Noten vom Blatt, und wenn er die Augen schloss, wurde es einfach nur finster. Da waren keine Farben, kein Feiern, kein Flirren, keine Woge, die ihn umarmte und mitriss. So sollte sich Musik eigentlich anfühlen, und mit weniger wollte er sich nicht abfinden. Das Schlimmste aber war, dass es sein Publikum gar nicht bemerkte.

Waren sie wirklich immer mit so wenig zufrieden gewesen?
Und so war er in die Existenz des Klavierprofessors geflüchtet. Er lebte gut von den Tantiemen, die seine Aufnahmen abwarfen, eigentlich hätte er auf das Taschengeld verzichten können, das er sich als Lehrer für die begabtesten schöneren Töchter Oberbayerns dazuverdiente. Aber er umgab sich lieber mit Anfang 20-Jährigen als mit Leuten seiner Generation.

Vivian begann ihr Spiel. Und Igor legte die Stirn in Falten. Jetzt wusste er, was mit ›Rachmaninow-Sommer‹ gemeint war. Sie hatte tatsächlich den ›Frühling‹ von

Rachmaninow mitgebracht. Eine erstaunliche Wahl für eine derart junge Frau. Frühling im Sommer. Das war genau das, was er sich jetzt wünschte.

Es war nur eine einfache Klavierbearbeitung, aber die Art, wie sie sie spielte, machte ihn neugierig. Sie setzte Pausen, wo keine auf dem Blatt standen, und beschleunigte das Tempo an unerwarteter Stelle. Igor hob eine Augenbraue und las mit, während Vivian spielte. Es gefiel ihm, wie freizügig sie mit dem Notenmaterial umging. Wie die Virtuosen, Anfang des vergangenen Jahrhunderts, die sich einen Dreck um die Originalpartituren scherten und denen die Wirkung und der Effekt alles waren. Die ihre eigene Vorstellung davon hatten, was der Komponist mit der Melodie eigentlich erzählen wollte.

Sie spielte, als hätte sie ihre eigene Version im Kopf. Und plötzlich merkte Igor, wie seine Gedanken abschweiften. Er saß nun nicht mehr in einem abgedunkelten Zimmer, sondern an einem kleinen Bach im Schatten einer Weide. Die Sonne brach sich durch das Blätterdach einen Weg ins Wasser und schlug als blitzender Funke unten auf. Die Weide hatte in einem überschwänglichen Wachstumsschub ihre Triebe wie Arme in die Strömung streckten, wo sie sich hellgrün, zart und makellos im Wasser wiegten. So, als wäre sie eine Wasserpflanze. Das rasch fließende Bächlein bewegte die Luft über ihm und brachte eine sachte Kühle mit, doch dann veränderte sich das Bild. Ein Messer blitzte auf. Blaugrauer Stahl teilte die Luft. Eine Gestalt verdeckte die Sonne. Igor fühlte sich auf eine bisher nicht gekannte Art bedroht.

Er öffnete die Augen und blickte auf die Noten. Vivian hatte sich mittlerweile ziemlich weit vom ursprünglichen Stück entfernt, war aber eine gute Fährtenleserin, und von jeder Abzweigung fand sie wieder zurück. Weder die rechte noch die linke Hand wollte aufhören, aber irgendwann fanden sie dann doch die Gelegenheit für einen Schlussakkord.

»Wussten Sie, Vivian, dass der ›Frühling‹ ein vertontes Gedicht ist?« Ihr Spiel hatte verraten, dass sie viel mehr wusste, als in Noten auf dem Blatt vor ihr stand.

»Ja, das ›Grüne Rauschen‹ von Nekrassow.«

Das Gedicht erzählt von der Wut eines Mannes während eines langen russischen Winters. Er ist entschlossen, sich an seiner ehebrecherischen Frau zu rächen. Doch als der Frühling zurückkehrt, verwandelt er sich, er lässt das Messer fallen und überlässt es Gott, ein Urteil zu fällen.

»Ihr Spiel hört sich nicht so an, als glaubten Sie, dass die Kraft des Frühlings alles erneuert? Keine Vergebung? Keine Erlösung?«

»Nein, ich glaube an Treue. An Untreue. An Rache. An Vergeltung.«

Erlaubte Vivian sich einen Scherz mit ihm? Waren das die Gedanken einer 17-Jährigen? Oder war das nur eine neue, ganz besonders raffinierte Verführungstechnik, der Igor hier zum Opfer fallen sollte?

»Werden Sie mich in Ihre Klasse aufnehmen, Professor Oborowitsch?«

»Ich denke, ja«, erwiderte Igor und zog die Vorhänge wieder auf.

Die männliche Muse

Vivian wusste, welcher Ruf Igor vorauseilte. Ein Verführer mit dem Appetit eines spanischen Schlagersängers, wenn auch musikalisch anspruchsvoller. Mit fortschreitendem Alter waren die Geliebten, die man ihm zuschrieb, immer jünger geworden. Obwohl, bei genauerer Betrachtung waren sie immer schon Anfang 20 gewesen, nur der Altersunterschied war ständig gewachsen.

An Nachschub mangelte es nicht. Es waren die Mütter, die, von dem sagenhaften Ruf Igors angezogen, ihre eigenen Töchter dem Meister zuführten. Und die persönlich beleidigt waren, wenn er sie zurückwies. Es schien, als lebten diese schönen, leicht verwitterten, mittelalten Frauen ihre geheime Promiskuität durch die eigene Brut aus und als hefteten sie sich ihre gefallenen Mädchen wie Orden an die Brust.

Spötter sprachen von Puffmüttern und das traf es eigentlich sehr gut. Alle glaubten, Bescheid zu wissen, bis auf die Männer natürlich. Väter, Brüder und Freunde wurden aus dem Serail strikt herausgehalten, nur ab und zu verirrte sich ein Jüngling an die Pforte und wollte beim Maestro in die Lehre gehen. Doch dort wurde er brüsk abgewiesen mit der Weisheit: Männer können nicht Klavier spielen. Und wenn einer von den Verblüfften die Schlagfertigkeit aufbrachte, darauf: ›Aber Sie sind doch auch ein Mann, Herr Oborowitsch!‹ zu antworten, dann gab es nur ein trotziges: ›Ja, aber ich konnte es auch nie richtig. Jedenfalls nicht so gut wie meine Schülerinnen.‹

Das war natürlich eine irre Tiefstapelei. Aber eine gute

Handvoll seiner Schülerinnen erreichte tatsächlich annähernd die Weltklasse eines Igor Oborowitsch. Und dank ihres Aussehens waren sie die Zierde jedes Konzertes und machten sich prima auf den Ankündigungs-Plakaten in unschuldig-aufregender Pose. Maria-Helene Schumacher, blond und groß gewachsen, mit dunklen, fast schwarzen Augen hatte es sogar bis zu einer Asientournee gebracht, als deutsche Vergeltungswaffe für Vanessa Mae gewissermaßen.

Igor beherrschte das Kunststück, jeder seiner Schülerinnen das Gefühl zu geben, einmalig zu sein. Unter seiner Hand blühten sie auf und kamen dem nahe, was man beim Klavierspielen als Vollkommenheit bezeichnet und auf Fotografien als Schönheit. Niemand kam dabei auf die Idee, Igor als alten, geilen Bock zu bezeichnen.

Igor war weder alt noch geil noch Bock. Trotz seiner 60 Jahre war er ein Jüngling und auf eine rührende Art unschuldig. Wenn ihm ein Mädchen gefiel, bekam er Herzklopfen, wurde verlegen und traute sich kaum, ihr in die Augen zu schauen. Wenn sie auf Konzertreisen war, vermisste er sie und sein Herz krampfte sich im Liebeskummer zusammen. Wenn er in der Oper war, um Puccini zu hören, musste es schon eine sehr schlecht besetzte La Bohème sein, um ihn in Mimis Sterbeszene nicht in Tränen ausbrechen zu lassen. Die Mädchen spürten, dass er es ernst mit ihnen meinte und fühlten sich sicher bei ihm. Jede schenkte ihm ihren vollen Einsatz auf dem Konzertflügel, viele schenkten ihm ihr Herz, manche schenkten ihm ihre Jungfräulichkeit.

Auf diese Weise hatte er den internationalen Konzertmarkt in den letzten 15 Jahren um sieben Virtuosinnen bereichert, die CD-Regale und Konzertsäle füllten und dafür sorgten, dass der Mythos des Meisters Oborowitsch jung und lebendig blieb. Um das hässlich gewordene Mehrzweck-Wort ›sexy‹ zu vermeiden. Was neben älteren Damen verstärkt auch jüngere Herren in die Konzerte lockte.

Es klingelte, und Vivian stand vor der Tür. Sie sah ihn mit einem merkwürdigen Blick unter halb geöffneten Augenlidern an. Igor spürte, wie sich die Luft veränderte, als sie eintrat. Normale Menschen entziehen der Raumluft Sauerstoff und lassen sie angereichert mit Kohlendioxid zurück. Bei Vivian hatte er den Eindruck, als würde ihr Atem die Luft erfrischen und jede ihrer Bewegungen von einem besonderen Wind begleitet. Überhaupt – ihre Bewegungen. Wo andere gingen, schritt sie, wo andere schritten, schwebte sie, wo andere schwebten, stolperte sie.

Jetzt hatte auch Igor bemerkt, dass Vivian betrunken war. Die Luftveränderung, die sein hoch entwickelter Riechkolben bei ihrem Vorbeischweben registriert hatte, stammte von Wodka. Igor hoffte, dass es guter russischer war und dass sie ihn so pur wie möglich getrunken hatte. Dann waren die erwünschten Nebenwirkungen nicht ganz so unkalkulierbar. Seit er 13 war, wusste Igor, wie man Wodka aus Wassergläsern trank: in großen Schlucken und dazu den ganzen Abend keinen Tropfen Alkohol. Keinen Tropfen anderen Alkohol. Höchstens Wasser.

»Ich hasse Chopin. Ich hasse Bach, Mozart, Liszt. Ich

hasse weiße Tasten. Ich hasse schwarze Tasten«, sagte sie ohne jeden Zungenschlag, mit einem leicht wehmütigen Unterton in der Stimme.

Igor ging erst gar nicht mit ihr ins Klavierzimmer, sondern bat sie in die Bibliothek. »Noch etwas Wodka?«, fragte er rücksichtsvoll, während er sich einschenkte.

Sie fläzte sich in einen tiefen, dunklen Ledersessel und schmollte.

»Nur Wasser, bitte.« Die Haushälterin brachte einen Krug mit stillem Wasser, Kohlensäure hatte bei Igor Hausverbot. Dieses ständige Prickeln am Gaumen und in den Ohren machte ihn wahnsinnig. Igor trank das Glas Wodka in einem Zug aus. Dann fragte er Vivian: »Wie viele hast du schon intus?«

»Drei.«

Igor schenkte sich noch ein Glas ein und trank es aus. Und dann noch eines. Nicht hastig, nicht übertrieben genussvoll, eher so, wie man eine Medizin trinkt, die nicht übel schmeckt und die man zur täglichen Anwendung ärztlich verschrieben bekommt.

»Und mich hasst du auch?«, wollte er wissen und es klang eher wie eine Feststellung.

Sie schüttelte nur den Kopf. »Nein, das hat doch mit dir nichts zu tun. Nur mit diesem Klavierquatsch am Konservatorium. Werktreue. Wenn ich das nur höre. Eigentlich ist es gar nicht Bach, den ich nicht leiden kann. Es sind seine Noten.«

»Ich weiß. Da arbeitest du dein halbes Leben daran, sie perfekt zu beherrschen, und wenn du so weit bist, hasst du dich dafür.«

»Es ist, als hätte ich gerade laufen gelernt, wäre aber eingesperrt und dürfte nur im Flur auf und ab gehen. Dabei will ich in den Garten raus zum Spielen.«

»Wann hat es angefangen? Was hast du gespielt?«

»Das verfluchte Nocturne Nr. 21. Chopin.«

»Bleib hier!«

Igor verließ den Raum, ging hinauf und brachte ein paar Noten mit. »Schau her, das gleiche Nocturne. Aber in der Bearbeitung von Nathan Milstein.«

»Dem Violinisten?«

»Er hat das dröge Stück vor fast 70 Jahren für Klavier und Violine renoviert. Schau dir das mal an.«

Doch sie schloss die Augen. »Bitte verschon mich.« Igor trank noch ein großes Glas Wodka leer, dann ging er zum Pianino, das in der Ecke stand.

Er hatte drei Klaviere im Haus. Den Übungsflügel von Steinway & Sons im Musikzimmer, den großen Bösendorfer im Wohnzimmer und das Pianino in der Bibliothek. Er öffnete die Klappe und legte die Finger auf die Tasten. Er überflog das Stück kurz auf der Suche nach vergessenen Hürden, dann legte er los.

Vivian ließ sich ihre Verwunderung nicht anmerken. Nicht, dass das Stück so toll gewesen wäre. Es war grauenhaft. Es war nur, dass Igor noch nie für sie gespielt hatte. Er hatte überhaupt noch nie für eine Schülerin gespielt.

Er wusste selbst nicht, warum er für Vivian eine Ausnahme machte. Vielleicht, weil er spürte, dass sie auf die gleichen Fragen Antworten suchte wie er. Und weil er wusste, dass sie mit ihrem Talent alle anderen Oborowitschianerinnen überragte.

Was er nicht wusste, war, dass sein Unterbewusstsein dabei alle Ampeln auf Grün geschaltet hatte. Denn Vivians Mandelaugen glichen den seinen bis auf die Wimper. Es war ihm nur noch nie bewusst geworden, weil er seinen Blick immer scheu vor ihr zu Boden schlug, wenn sie ihm in die Augen schaute. Ihn verbanden also nicht nur eine innere Verwandtschaft, sondern auch ein paar äußere Merkmale mit ihr. Die Natur hat eben nur einen begrenzten Vorrat an Augenformen und da müssen es ab und zu auch ein paar Mandeln sein. Reiner Zufall. Denn Igor konnte schwören, nie etwas mit Vivians Mutter Gisela gehabt zu haben.

Igor spielte mit halb geschlossenen Augen und brummte leise dazu. Er blickte kaum auf die Noten und spielte verträumt, wie für sich selbst. Kein Konzert-Oborowitsch, sondern ein privates Spiel für zwei Hände und vier Ohren.

Nach vier, fünf Minuten war er fertig und begann erneut. Diesmal mit beschleunigtem Tempo. Das machte aus dem schläfrig dahinmurmelnden, geheimnisvollen Stück plötzlich etwas Munteres. Mittendrin stand er auf und schenkte sich noch etwas Wodka ein. Wie ein Barpianist trank er mit der Linken, während er die Rechte weiterplätschern ließ.

»Hör auf!«, rief Vivian, doch Igor ließ sich nicht von seinem Vorhaben abbringen. Wie ein Automat spulte er das getunte Nocturne herunter, obwohl seine Präzision unter dem Einfluss von Herrn Gorbatschow doch etwas gelitten hatte. Er lallte ein wenig mit den Fingern.

Vivian hielt sich die Ohren zu. »Wenn du willst, dass ich bleibe, hör auf damit!«

»Gut, dann spiele ich dir jetzt die Version von Milstein vor. Bleibst du dann?«

»Ich dachte, die hast du gerade gespielt. Was war das dann?«

»Das Original. Aus dem Gedächtnis. Denn die Noten für so ein triviales Volksstück hab ich natürlich gar nicht.«

Er hatte einfach das getan, was ihm am besten gefiel: improvisieren. Aber diesmal in umgekehrter Richtung. Die Bearbeitung von Milstein hatte er in Richtung Original zurückimprovisiert.

»Okay. Aber bitte nur einmal und genau in dem Tempo, das auf dem Blatt steht.«

Da ging ein Ruck durch den braun gebrannten, kahl geschorenen Mann. Dank seiner morgendlichen Bodengymnastik und den Boxstunden, die er zweimal die Woche nahm, (und – so munkelte man – dank der regelmäßigen Hüftbewegungen mit seinen jungen Gespielinnen) hatte er immer noch eine straffe Muskulatur, die seinem Körper eine bemerkenswert jugendliche Haltung erlaubte. Kerzengerade setzte sich Igor hin. Die Rollen Lehrer/ Schüler hatten mit einem Mal ihre Plätze getauscht.

Dann legte er los. Und auch Vivian veränderte ihre Haltung. Gerade noch war sie, halb hingestreckt zwischen Schlafen und Wachen, auf dem Sofa gelümmelt, nun öffnete sie die Augen (manche Menschen können mit offenen Augen besser hören als mit geschlossenen und Vivian gehörte zu ihnen), richtete sich auf und hielt sich an ihrem Glas Wasser fest.

»Klingt gut, dein Pianino!«, rang sie sich zu einem Kompliment durch.

»Ja, meine Klavierstimmerin ist eine Sensation. Immer wenn ich sie lobe, sagt sie nur: ›Erst wenn ich für die Frau Maier genauso gut arbeite, wie für den Oborowitsch, dann bin ich wirklich gut.‹ Wie fandest du den Chopin?«

»Ich fand ihn gar nicht. Er war nicht zu erkennen. Gott sei Dank. Genau das hat mir gefallen.« Sie war neben ihm auf den Klavierhocker gerutscht und sah sich den Notensatz an.

Dann nahm sie zögernd das Spiel auf. Zehn Minuten später beherrschte sie das Stück perfekt.

»Und jetzt?«, fragte sie, mit einem schnoddrigen Unterton in der Stimme.

»Jetzt machst du das Gegenteil von mir vorhin. Jetzt bearbeitest du die Bearbeitung weiter. Milstein hat sie weiter weg von Chopin gebracht. Und du bringst sie weiter weg von Milstein.«

Vivian wusste genau, was ihr Lehrer meinte. Sie war vorhin beim Spiel über ein paar Stellen gestolpert, die sie anders erwartet hatte. Etwas in ihr hatte gefragt, ihre Finger hatten sich gewundert, ihr Kopf wollte etwas anderes spielen.

Mit dem Bleistift fuhr sie über das Blatt, probierte ein paar Griffe aus und spielte das Ganze noch einmal.

Wieder war sie nicht zufrieden und korrigierte einige andere Stellen. Strich verschiedene Takte hier, baute dort eine Wiederholung ein, Igor brauchte kein weiteres Wort mehr zu verlieren. Nun war er es, der sich ein Glas Wasser einschenkte. Vivians anfängliche Largo-Verzweiflung war einer Allegretto-Laune gewichen, mit der sie sich abwechselnd über das Notenblatt und das Klavier hermachte.

Zwei Wassergläser später war sie fertig. Igor blickte in ihre vor Stolz blitzenden Augen und freute sich, dass er sie zurückgewonnen hatte.

»Das ist jetzt dein Stück. Komm!«

Sie gingen ins Wohnzimmer, wo er Vivian an den großen Konzertflügel führte. »Darf ich?«, fragte sie ein bisschen ehrfürchtig. Igor nickte ihr ermunternd zu und öffnete den Deckel.

Als Vivian die ersten Takte anspielte, erschrak sie so, dass sie abbrechen musste. Die Wucht, mit der sie ihr Stück nun erlebte, war unerhört. Das lag natürlich zum einen am Klang des großen Bösendorfer. Es war, als würde sich der Sound dank eines Verstärkers verdoppeln und als hätten sich durch ihn auch die eigenen Gefühle verstärkt.

Mit pochendem Herzen begann sie erneut. Ihr machte nicht die Aufregung zu schaffen, vor Igor zu spielen, das tat sie schließlich jede Woche zweimal, sondern es war das, was ihre eigene Musik in ihr auslöste.

Sie fühlte sich bedrückt und gleichzeitig befreit, als sie in die Tasten griff. Befreit, weil sie den Staub der alten Noten mit ihren Ideen durcheinandergewirbelt hatte. Bedrückt, weil das Nocturne durch ihre Eingriffe schwermütiger und sehnsüchtiger geworden war. Und weil das genau ihr derzeitiges Hauptgefühl widerspiegelte. Als sie fertig war, stand Vivian sofort auf, wie um einem bösen Spuk zu entrinnen, und sie sah, dass nicht nur sie Tränen in den Augen hatte.

Das waren normalerweise die Augenblicke, in denen Igors Schülerinnen alle Hemmungen fallen ließen, sich vor ihren Lehrer warfen und um die Kraft seiner Lenden bettelten. Doch Vivian war anders zumute. Sie trat hinter ihren Lehrer, legte ihre Hände sanft um seinen Nacken und stand so einige Minuten still, um die Wirkung des Nocturnes ausklingen zu lassen.

Mit seinem feinen Gespür für Pausen löste Igor die Stille auf.

»Mir ging es längst wie dir. Ich war ein Notenhasser. Wenn ich sie spielen sollte, ekelte ich mich. Sie waren tot, und sie abzuspielen hatte etwas von … Nekrophilie.«

»Ich will nie wieder etwas anderes spielen. Damit will ich auf die Bühne.«

»Aber du musst wissen, dass dich die Kritik dafür zerfetzen wird. Wir leben nicht mehr in den 30er-Jahren des letzten Jahrtausends. Da waren Pianisten die großen Entertainer, die sich einen Dreck um das Original scherten und mit Lust auf Wirkung und Gefühl zielen durften. Heute rezensieren Kritiker, als wären sie bei Stiftung Warentest. Werktreue ist alles. Und wehe, du vergreifst dich am Künstler. Das wird nicht einmal einem jugendlichen Genie gestattet. Einem Genie wie dir.«

Vivian überhörte das Kompliment geflissentlich. »Okay, dann treten wir eben gemeinsam auf. Ich spiele das Original und du spielst meine Bearbeitung.«

»Du brauchst dich nicht für mich zu opfern. Wir machen es genauso wie heute.«

»Erst trinken wir Wodka?«

»Nicht unbedingt. Erst spielen wir das Original …«

»So richtig süß und doof ... du die linke, ich die rechte.«

»Einverstanden. Und dann pfeifen wir auf die Werktreue.«

»Wir verkürzen und lassen das ganze Geschwafel weg.«

»Kennst du den Satz von Johann Sebastian Bach: ›Wenn eine Stimme nichts zu sagen hat, dann hat sie zu schweigen‹? Wir schälen den Kern heraus und spielen mit ihm, wie es uns gefällt.«

Igor überlegte ein wenig, und plötzlich zauberte er einen Begriff hervor, den er aus der modernen Architektur entliehen hatte, und der sich für alle Zeiten mit dem Duo Klessner/Oborowitsch verbinden sollte: »›Defragmenting Concerts‹. So nennen wir das Ganze. Abgemacht?«

»Abgemacht.«

Weiße und schwarze Tasten

›Die größte Klaviersensation seit Glenn Gould‹ – das war so ein typischer Superlativ, der die ersten Tourneewochen von Igor und Vivian begleitete. Die Presse streute dem Paar Rosen, wo es nur ging. Alles an dem Duo war sensationell. Die Boulevardzeitungen stürzten sich auf den Altersunterschied, die Frauenzeitschriften auf ihre

Schönheit, die Nachrichtenmagazine auf den musikalischen Wert und alle gemeinsam stellten sich die Frage: ›Ist sie seine Tochter?‹

Sie waren ein zauberhaftes Paar. Der alte, müde Großpianist, der schon lange keine Lust auf Tourneen mehr gehabt hatte, und die vor Spielfreude glühende Debütantin. Vivian hatte zwar noch keinen Abschluss am Konservatorium in der Tasche, aber die Tatsache, dass es ihr allein gelungen war, den alten Konzertverweigerer wieder auf die Bühne zu locken, wischte alle Fragen vom Tisch.

Sie begannen an zwei Flügeln. Beim Spiel miteinander wachte Igor langsam auf und fand zum Vergnügen zurück. Ein Vergnügen, das den gesamten Saal mitriss. Sie improvisierten, zerstückelten, setzten neu zusammen, wiederholten und variierten, und wenn sie sich festgefahren hatten, riefen sie laut: »Jetzt!« und tauschten die Plätze an den Instrumenten.

Der Höhepunkt war sicher die letzte halbe Stunde, in der sie vierhändig an einem Flügel spielten. Igor hatte sich beim Spiel in einem Maß verjüngt, dass viele seiner langjährigen Verehrerinnen wieder den kraftstrotzenden 35-Jährigen vor sich zu sehen glaubten.

Also nahmen sich die gemeinsamen Stücke an einem Flügel auch nicht mehr wie Vater-Tochter- oder Lehrer-Schülerin-Partien aus, sondern wie Liebesakte. Mal trieben sie sich gegenseitig über die Tasten, mal bewegten sie sich langsam durch die Klänge, das erotische Knistern war stets greifbar.

Erwartungsgemäß wurden sie von der Großkritik

geächtet. Aber es war virtuos, es war neu und es machte fast alle Beteiligten glücklich.

Trotzdem wurde es eine ziemlich unangenehme Woche für Helmut und Gisela Klessner, die Eltern von Vivian. »Ja, hallo, hier ist die Bild-Zeitung, Redaktion München. Wir würden gerne in unserer nationalen Ausgabe ein Exklusiv-Interview mit Ihnen machen. Hätten Sie Interesse daran?«

So begann es am Montag, und bis zum Freitag hatten sie insgesamt 34 Interview-Anfragen und nur eine davon angenommen.

Es war eine Homestory mit dem Magazin ›stern‹.

Die Ähnlichkeit zwischen Igor und Vivian war wirklich nicht so einfach von der Hand zu weisen. Igor besaß ein in oberbayerischen Breiten eher seltenes Gesicht: große Mandelaugen, eine stattliche Nase, einen olivbraunen Teint und kurze, silberne Haare, die seinen großen, runden Schädel wie einen Heiligenschein umkränzten. Und dieses seltene Gesicht besaß Vivian in der weiblichen Ausgabe: lieblich, jung, mit langen, dunkelbraunen, glatten Haaren.

Die Bildzeitung hatte sich schon den Spaß gemacht, in einer Fotomontage Vivian Igors Frisur überzustülpen, die beiden nebeneinander zu setzen und darüber die Frage zu formulieren: ›Muss man so aussehen, um ein Klaviergenie zu sein?‹

Sabine Jantzen ging das Thema im ›stern‹ natürlich feinfühliger an. Befragte die vollkommen unmusikalische kleine Schwester. Den Vater, der sich selbst als Gesangslegastheniker bezeichnete, und die Mutter, die außer im Blockflötenunterricht von der zweiten bis vierten Klasse noch kein Instrument aus der Nähe gesehen hatte.

Es wurde alles auf Uroma Anna geschoben. Väterlicherseits. Die hatte eine wunderbare Stimme, war eine Virtuosin auf der Violine und besaß außerdem eine große Ähnlichkeit mit Vivian. Angeblich. Natürlich bat die Reporterin um ein Foto, und nach einigem Blättern im Album fand sich ein Bild von Oma Anna. Gut, sie hatte dunkle Haare. Aber wo war die Nase? Und die Mandelaugen? Sabine Jantzen blickte zweifelnd. Der richtige Zeitpunkt für einen Themenwechsel schien gekommen.

»Neben Ihrer Homestory arbeite ich gerade an einer größeren Serie über künstliche Befruchtung.« Gisela Klessner zuckte unmerklich zusammen. Fast unmerklich. »Und da habe ich von einer Klinik vertraulich die Liste prominenter Spender bekommen. Stellen Sie sich vor, unter den Spendern ist auch Igor Oborowitsch. Aber das muss bitte auf jeden Fall unter uns bleiben, sagen Sie es auf keinen Fall Ihrer Tochter«, fügte die Reporterin treuherzig an.

Das hatte Gisela auch nicht vorgehabt.

Sie erzählte stattdessen, dass sie vor Vivians Geburt schon zwei Jahre mit ihrem Helmut glücklich und treu zusammengelebt hatte und dass sie Igor Oborowitsch als Vivians Lehrer erst vor 18 Monaten kennengelernt hatte. Etwas zu spät, um für eine Vaterschaft in Betracht zu kommen.

Sabine lieferte in der Redaktion einen zuckersüßen, unverfänglichen Bericht über die Kinderstube eines angehenden Superstars ab, hatte aber den Anfang einer ungleich bittereren Geschichte über deren wahre Herkunft in der Hand.

Denn Igor Oborowitsch war bereit, jeden Eid zu schwören, seinen Samen niemals irgendeiner Bank zur Verfügung gestellt zu haben. Zwar gestand er freimütig, der Vater einer stattlichen Anzahl von unehelichen Kindern in aller Welt zu sein, fünf von ihnen hatte er sogar offiziell anerkannt und zahlte Unterhalt für sie. Aber anonym zu spenden, das hatte für ihn keinen Wert. Weder sexuell – er hob sich seine Kräfte lieber für die Damen auf, die er persönlich kannte – noch finanziell. Vor 18 Jahren hatte er als Weltstar bereits ein Vermögen verdient – 2.500 Euro hätten da keinen Reiz gehabt, selbst wenn er sie ›schwarz‹ auf die Hand bekommen hätte.

Sabine Jantzen leuchtete das ein. Auch heute noch strahlte Oborowitsch ein erstaunliches Maß an sexueller Anziehungskraft aus. Wie musste das erst vor 18 Jahren gewesen sein? Er fragte sie, ob er Anzeige erstatten solle, sie bat ihn, noch zu warten, bis der Artikel erschienen sei, dann würde die Staatsanwaltschaft ohnehin den Fall in die Hand nehmen.

Sabine Jantzen war hin- und hergerissen. Glücklich und beunruhigt zugleich. Die journalistische Spürnase schnüffelte freudig erregt, aber etwas in ihr war verwirrt: die werdende Mutter.

Vor ihrem Besuch im Hause Klessner hatte sie der Klinik de Chevron in Brüssel nämlich einen Besuch abgestattet. Und sich bei Professor Jean Clohse mit einem kleinen Eingriff von der Frau zur Mutter machen lassen. Hoffte sie. Fürchtete sie.

Es war harmloser als ein Zahnarztbesuch gewesen. Wenngleich deutlich folgenschwerer. Denn wenn schon die erste Stichprobe Fragen aufwarf, was hatte das dann für die Spermien, die die Eizelle in ihrem Bauch befruchtet hatten, zu bedeuten? Was, wenn sie gar nicht von Martin Lux stammten? Und wenn sie nicht von Lux stammten, von wem waren sie dann? Weiter wollte sie gar nicht denken. Allein der Verdacht ließ sie frösteln.

Andererseits passte die verblüffende Ähnlichkeit von Vivian und Igor zur Liste der Samenspender. Und auch das Datum stimmte. Das waren ein paar Zufälle zu viel. Oborowitsch musste Vivians Vater sein. Ob er es wusste oder nicht.

Wie Inspektor Columbo setzte Sabine auf die trottelige Tour und fuhr bei den Klessners vorbei, um dort wie aus dem Nichts aufzutauchen. Diesmal war Gisela allein zu Hause.

»Stellen Sie sich vor, Frau Klessner, ich war bei Herrn Oborowitsch und hab ihm von seinem Namen auf der Spenderliste erzählt. Und er war vollkommen außer sich. Er konnte nicht fassen, wie da jemand mit seinem Namen Geschäfte macht.«

»Er war gar nicht der Spender?«

»Er schwört es.«

»Sie meinen, da hat jemand mit Sperma von Oborowitsch gehandelt und es war gar nicht von ihm?«

»Das könnte sein.«

»Ja, aber von wem war es dann?«

»Keine Ahnung.«

»Das gibt es nicht!«

»Wieso denn nicht?« Sabine setzte ihr unschuldigstes Gesicht auf. »Betrüger gibt es in jeder Bank. Warum nicht auch in Samenbanken?«

»Und Oborowitsch sagt die Wahrheit?«

»Ich hatte keinen Lügendetektor dabei. Aber seine Empörung war echt. Der hat nicht geflunkert. Ich glaube ihm.« Jetzt trat eine Pause ein. Sabine spürte, wie die Stille auf Gisela lastete. Doch sie sagte keinen Ton. Als das Schweigen so richtig quälend wurde, nahm Sabine den Faden wieder auf.

»Ich verstehe es selbst nicht. Es macht auch alles gar keinen Sinn. Warum sieht ihm dann Vivian so ähnlich und hat sein Talent?«

Gisela knickte ein. »Als Helmut und ich heirateten, wussten wir schon, dass es schwer sein würde, Kinder zu kriegen. Helmut war nach einer Hodenkrebs-Behandlung unfruchtbar. Die Klinik de Chevron in Belgien kam uns wie ein Geschenk vor. Sie wurde uns als hundertprozentig seriös empfohlen. Und als wir bei den Spendern die Wahl hatten zwischen Musiker, Physiker und Fotomodell, da fanden wir es witzig, einen Musiker auszusuchen. Wo doch Helmut so unmusikalisch ist.

Wir wussten nicht, wer es war, die Namen waren geheim, damals war die Klinik scheinbar diskreter als heute. Wir wussten nur, es war ein berühmter Solist.

Als Vivian dann das Klavier entdeckte und die Musik von Oborowitsch ins Haus brachte, ist uns die Ähnlichkeit natürlich auch aufgefallen. Aber wir glaubten noch an einen Zufall.

Als Sie uns heute aber sagten, dass er ein Spender war, da war es nur die Bestätigung dafür, was wir schon seit zehn Jahren geahnt haben. Und jetzt soll er es doch nicht sein? Ich weiß gar nicht, ob ich erleichtert oder beunruhigt sein soll. Es könnte ja auch ein anderer Musiker sein. Er ist doch nicht der einzige Solist mit einer dunklen Haut.«

»Das stimmt schon. Aber vom Datum her kommt nur noch ein weiterer Musiker infrage, und das ist ein blonder Rockgitarrist aus Kanada.«

Wieder trat eine kleine Pause ein.

Dann brach Gisela die Stille:

»Wenn Sie alles aufgedeckt haben, werden Sie eine große Geschichte daraus machen, nicht?«

Sabine nickte.

»Könnten Sie dabei bitte auch herausfinden, wer die wahren Spender unserer beiden anderen Kinder sind?«

Jetzt erst fiel Sabine auf, dass sich unter Giselas Kleid ein Bäuchlein abzeichnete. Ein Nachzügler. Sie bekam ein flaues Gefühl im Magen, wenn sie daran dachte, dass man in drei Monaten bei ihr auch schon eine erste Wölbung sehen dürfte.

»Ja, das mache ich ganz bestimmt.« Und so begab sich Sabine auf die Suche nach vier Vätern. Oder war es am Ende nur einer?

Das unknown-father-Syndrom

Kaum war Isabel von Carl wieder ein paar 100 Kilometer entfernt, hatte sein Zauber aufgehört zu wirken. Und darüber war sie sogar ein wenig froh. Es half ihr, das laute Summen von Gefühlen, Lüsten und Sehnsüchten in ihrem Kopf wieder leise zu stellen und klarer zu hören und zu sehen. Nun klang sie geschäftsmäßig, wenn sie mit ihm telefonierte. Seine überschwänglichen Begrüßungsrufe am Telefon tönten in ihren Ohren oberflächlich, amerikanisch. Sie erinnerte sich an ihre erste Umarmung und an das komische Gefühl dabei. Ihr Blut war in Wallung geraten, aber das Herz war seltsam kühl geblieben.

War er der Freund, der Verbündete fürs Leben, den sie sich in ihrem verlorenen Bruder erhofft hatte? Sie war sich so sicher gewesen. Und nun wusste sie nicht mehr, ob sie vielleicht nur ein bizarres Sexspielzeug war. Also wollte sie sich zunächst von Carl fernhalten und gründlich über ihn nachdenken. Und von einer weiteren Kapitalvermehrung Abstand nehmen. Selbst, wenn sie im besten Hotel der Welt stattgefunden hätte.

Carl hatte naturgemäß eine andere Meinung. Er sah sich auf dem besten Weg, in die Fußstapfen von August dem Starken zu treten, der mit seinen Mätressen 364 Kinder gezeugt haben soll. Und seine neue Lieblingsmätresse sollte ihm dabei helfen.

Er brannte darauf, Isabel wiederzusehen. Und das nicht nur, um seine rechte Hand zu entlasten. Er vermisste sie als Ganzes. Als er merkte, dass sie einem Treffen in Hamburg aus dem Weg ging, flog er zu ihr.

Sie waren in Fürstenfeldbruck im Café ›Alte Liebe‹ verabredet. Zum Frühstück, um es so unverfänglich wie möglich zu machen. Er hatte den Wagen in der Bullachstraße geparkt und folgte einem Wegweiser zum alten Silbersteg über die Amper. Wie auf einen leisen Ruf hin stoppte Carl in der Mitte der Brücke und blickte ins Wasser. Er konnte keinem Fluss, der halbwegs klares Wasser hatte, widerstehen. Und dieser Fluss hier war klar. Er brachte das prächtige, grüne, warme Wasser des Ammersees mit. Am Ufer hatten ein paar Gartengrundstücke ihre Badeleitern zu Wasser gelassen, eines verfügte sogar über ein Sprungbrett. Vielleicht könnte er Isabel dazu überreden, mit ihm ein Bad zu wagen.

Im Schatten der Büsche, die das Ufer säumten, standen zwei große Forellen Seite an Seite und hielten mit fast unmerklichen Flossenschlägen der Strömung stand. Carl hatte die Sonne im Rücken – er wusste, dass sie ihn sehen konnten. Ob sie auch wussten, dass er ihnen nichts tun würde? Als er sich bewegte, schossen die beiden quer durch das Flussbett und verschwanden hinter dem Silbersteg im Glitzern.

Marion erkannte ihn sofort wieder. »Isa lässt sich entschuldigen, sie kann leider nicht kommen. Ich bin Marion Brucker, ihre Freundin.«

Carl sah sie länger an als nötig: »Wieso habe ich das Gefühl, dass wir uns schon begegnet sind?«

»Weil wir uns wirklich schon mal getroffen haben.«

»Geschäftlich?«

»Es muss rund 18 Jahre her sein. Sie standen mit Ihrer Geschäftsidee noch am Anfang und ich brauchte Geld.«

Er sah sie fragend an.

Marion antwortete darauf: »Igor Oborowitsch.«

Carl fragte: »Eine indirekte Spende?«

»Ein Pianist.«

»Richtig, ich erinnere mich.«

Indirekte Spende war blumig formuliert. Heutzutage nennt man das ganz schnörkellos Samenraub. In fünf Fällen. Die Tatwerkzeuge waren Kondome ohne spermizide Beschichtung. Zu Marions Entlastung darf man mildernd anführen, dass der Bestohlene keinerlei Verlust zu beklagen hatte. Im Gegenteil – statt in einem Präservativ, das, mehr oder weniger liebevoll in ein Kleenex gewickelt, im Mülleimer verschwand, konnten seine Gene bei diesem Spiel über die Bande sogar ihren natürlichen Bestimmungsort erreichen, wenn auch im Schoß einer Dame, die er gar nicht kannte.

»Wenn Sie mir die Namen der Frauen verraten, die Igors Samen bekommen haben, helfe ich Ihnen, Isa zurückzugewinnen.«

»Warum sollten Sie das tun?«

»Weil ich fürchte, dass Igor im Begriff ist, mit seiner eigenen Tochter ein Verhältnis anzufangen.«

»Aha. Ich wüsste nicht, was Sie das angeht. Und was ist so schlimm daran? Ich liebe doch auch meine Schwester Isabel.«

Marion hob die Stimme, so laut es die gedämpfte Atmosphäre des Cafés eben zuließ: »Ihr seid erwachsene Leute, ihr könnt tun, was ihr wollt. Aber Vivian kann es nicht. Denn weder sie noch Igor wissen davon, dass sie Tochter und Vater sind.« Sie fügte an: »Möglicherweise sind. Sie sollten es aber wissen. Und ich muss es wissen.«

Carl blickte Marion neugierig an: »Warum? Warum müssen Sie es wissen, Marion?«

Marion atmete tief durch: »Ich muss einfach Klarheit haben. In gewisser Weise fühle ich mich …«, sie kämpfte damit, das Wort über ihre Lippen zu bringen, »wie eine Mutter verantwortlich. Damals hab ich mir nicht viel dabei gedacht. Fand es eher witzig, empfand es wie einen Streich, den eine Schülerin ihrem Lehrer spielt. Doch jetzt spüre ich, dass das ein Fehler war und ich möchte ihn gerne korrigieren.«

Carl versprach, bei der Klinik nachzuforschen. Und Marion versicherte dafür, bei Isabel ein gutes Wort für ihn einzulegen.

Auf dem Weg zum Flughafen klingelte Carls Telefon.

»Hier ist Sabine Jantzen vom ›stern‹ in Hamburg. Haben Sie Zeit für ein Interview?«

Selbstverständlich hatte er Zeit. Gleich morgen. Sein Ein-Mann-Unternehmen war schließlich Marktführer in Deutschland, und es war an der Zeit, es aus der Anonymität zu befreien. Natürlich würde er keine Firmengeheimnisse ausplaudern. Aber ein bisschen was müsste er schon offenbaren, er wusste, dass das zu einer guten Geschichte gehörte.

Die indirekte Spende zum Beispiel. Dieses Thema ließ

sich auch gar nicht umgehen, weil die Reporterin sofort den Namen Oborowitsch ins Spiel brachte. Carl fand es klug, in diesem Fall mit halb offenen Karten zu spielen. Um sein größtes Geheimnis zu schützen.

»Ah, Vivian und Igor. Die Vater-und-Tochter-Geschichte macht ja halb Deutschland verrückt.«

»Und – ist sie seine Tochter?«

»Als ich gestern in Fürstenfeldbruck war, hat mir eine Frau die gleiche Frage gestellt. Sie werden verstehen, dass das ein Patientengeheimnis ist und bleibt. Ich kann Ihnen nur allgemeine Auskünfte über meine Geschäfte geben.«

»Ich habe eine Spenderliste aus Belgien. Da steht Oborowitsch drauf. War das Igor Oborowitsch?«

»Das müssen Sie Ihre Quelle in Belgien fragen. Mein Geschäft besteht zu 1% aus Ejakulation und zu 99% aus Diskretion. Nur eines kann ich Ihnen mit Sicherheit sagen: Wenn die Spende von mir geliefert wurde, nur mal angenommen, sie wäre von mir geliefert worden, dann war auch zu 100% das drin, was drauf stand.«

Carl war sich seiner Sache so sicher, dass er gar nicht merkte, wie die Frau vor Anspannung zitterte.

Das war auch kein Wunder, schließlich hatte sie auf der Fahrt zu ihrem Treffen das Radio eingeschaltet und folgende Meldung gehört: ›Martin Lux ist tot. Wie erst heute bekannt wurde, starb der frühere Chef der DDR-Auslandsspionage vor einer Woche in seinem Haus am Tegernsee an den Folgen einer Lungenentzündung.‹

Er hatte sich mit Kopfschmerzen und Fieber ins Bett gelegt, und eine Woche lang hatte ihn keiner vermisst. In der Zwischenzeit war er an der Infektion gestorben. Als Sterbedatum wurde der 8. September festgelegt.

Das Datum, das auf der Samenspende stand, war also mit Sicherheit falsch. Und der Inhalt? Vermutlich auch. Und so kamen auf den mikroskopisch kleinen, zwei Tage alten Zellhaufen in ihrem Bauch einige bittere Fragen zu: War der Vater ihres Kindes womöglich der Mann, der ihr nun gegenübersaß? Ein Betrüger und Hehler statt eines Meisterschnüfflers? Charmant, gut aussehend, frech, ein Butch Cassidy der Samenbanken?

Um es genau zu wissen, steckte sie den Kaffeelöffel, den Carl abgeleckt hatte, in einem unbeobachteten Moment ein.

Als das geschafft war, spielte Sabine ihre Reporterrolle souverän zu Ende und fragte noch nach dem Namen der anderen Frau, die wissen wollte, ob Vivian Oborowitschs Tochter war.

Und so kamen einen Tag später Sabine und Marion ins Gespräch. Obwohl: Gespräch war zu viel gesagt. Als hätte Marion einen unverbrüchlichen Treueschwur geleistet, erzählte sie nur das, was die Reporterin schon wusste. Dass Marion selbst eine Oborowitsch-Schülerin gewesen war, dass sie und ihr Lehrer vor fast 20 Jahren ein Liebespaar gewesen waren, all das hatte Sabine im Hamburger Archiv schon vorher recherchiert. Die dazugehörigen Farbfotos waren von erstaunlich guter Qualität, auch das damalige Styling der beiden hatte eine zeitlose, attraktive Wirkung, das würde die Geschichte blendend schmücken, ob Marion nun viel erzählte oder nicht.

Marion war eine Schönheit gewesen. Vor knapp 20 Jahren war sie einen Sommer lang ein Star. Im Herbst verblasste ihr Glanz, und dann suchten sich die Magazine neue Heldinnen und die Konzertsäle füllten sich mit neuen Klängen. Ihr Name stand zu kurz auf den Programmen, um sich im demenzkranken, kollektiven Musikgedächtnis dauerhaft einzunisten.

Vielleicht war das der eigentliche Grund, warum sie wissen musste, ob Vivian Igors Tochter war. Vivian wäre der lebende Beweis für Marions Existenz gewesen.

»Ich habe in einer belgischen Fertilisationsklinik eine Liste von Spendern gesehen«, begann Sabine aufs Neue. »Und darauf steht auch der Name ›Igor Oborowitsch‹. Das war genau zu der Zeit, als Sie mit ihm zusammen waren. Können Sie sich vorstellen, dass das stimmt? Oborowitsch bestreitet, jemals eine Samenspende abgegeben zu haben. Wer lügt nun? Oborowitsch oder Carl Elsmann, dieser Samenbankier?« Marion wusste nicht, was sie sagen sollte. Sie konnte und wollte Carl nicht ans Messer liefern. Denn er war ihr noch eine Antwort schuldig. Die gleiche Antwort, die die Reporterin suchte. Sabine fühlte, dass es in Marion rumorte. Also ließ sie sich ein wenig in die Karten schauen.

»Gisela Klessner, die Mutter von Vivian, hat mir verraten, dass sie vor der Schwangerschaft in Fertilitätsbehandlung war. Und dass sie von einer belgischen Klinik den Samen eines Musikers bekommen hatte. Das passt doch alles unglaublich gut zusammen, nicht?«

Die letzte Oborowitschianerin

»Dieses Hocho stammt aus dem Inneren des japanischen Marktes und von einem Schmied, dessen eminenter Ruf auch in der Heimat die Auftragsbücher üppig füllt: aus Teiichiro Yamaguchis über 300 Jahre alten Yoshisada-Schmiede in Kyoto. Japanische Schmiede bauen ihre Klingen aus mehreren Lagen auf, wobei als Grundlage extrem harter Kohlenstoffstahl dient. Dabei wird der Kohlenstoffstahlkern mit einer überlappenden Lage aus Eisen feuerverschmiedet; während des Schmiedevorgangs wird die Klinge zur Verbesserung der Gefüge strukturgehämmert und auf erstaunliche 62–63 HRC (Rockwell) gehärtet. Das Ergebnis, nach abschließendem Schliff von Hand, ist eine Klinge, die jeder rostfreien Chrom-Nickel-Stahlklinge in Schärfe und Standfestigkeit weit überlegen ist.«

Mit diesen kunstgeschmiedeten Worten wird das ›Seiryu-Santoku Messer‹ vom Katalogtexter gefeiert. Das Exemplar, das Igor gerade zum Zwiebelschneiden benutzte, war noch um einiges kostbarer. Denn es war nicht von einem seiner Schmiede, sondern von Meister Yamaguchi persönlich geschmiedet worden. Bei einem Gastspiel in Tokio hatte Igor es, in einer klavierlackschwarzen Holzschatulle verpackt, als Geschenk überreicht bekommen. Zuvor hatte sich der japanische Veranstalter freundlicherweise bei Igors Management erkundigt, ob er ein Messer nicht als Bedrohung empfinden würde, aber Igor war ein leidenschaftlicher Hobbykoch und wusste gutes Werkzeug zu schätzen. Es klingelte an der Tür.

Igor ging zur Gegensprechanlage und schaltete den Monitor an.

»Marion, bist du das?«

»Ja, Igor, darf ich reinkommen?«

»Aber gerne.«

Marion missverstand ein wenig die Tatsache, dass Igor Tränen in den Augen hatte. Es war nicht die Wiedersehensfreude. Das kam vom Zwiebelschneiden. Sie küsste ihn liebevoll auf beide Wangen: »Ich war gerade zufällig in der Gegend und dachte mir, du hättest vielleicht ein wenig Zeit?«

»Da hast du aber Glück, dass du mich erwischst, ich bin im Moment viel unterwegs. Willst du einen Espresso?«

Marion wollte. Während Igor an der Maschine hantierte, erzählte er lachend, dass einer der schärfsten Kritiker der ›defragmenting concerts‹ ein psychologisches Gutachten in Auftrag gegeben hätte.

»Die haben wirklich Zweifel an meiner geistigen Gesundheit. Und haben nun allen Ernstes vor, herauszufinden, ob ich noch ganz richtig bin hier oben. Wie bei Glenn Gould damals, einfach köstlich!«

Er lachte dröhnend.

»Natürlich meine ich es nicht ernst! Es heißt ja Klavierspiel und nicht Klavierarbeit. Das Einzige, was ich ernst nehme, ist das Spielen! Und was ist mit dir?«

»Ich habe damit aufgehört.«

»Oh, das ist aber schade.«

»Aber es gibt immer wieder Rückfälle. Neulich stand da ein Piano in einem Restaurant …«

Marion merkte, dass sie vom Thema abkam. Sie wollte

eigentlich etwas ganz anderes erzählen, aber sie schweifte ab, sie schaffte es einfach nicht. Also erzählte sie einfach irgendwas.

»Und da dachte ich, vielleicht könnte ich wieder bei dir Unterricht nehmen?«

Igor lachte schallend: »Ahhhh, das ist charmant! Die älteste Oborowitschianerin aller Zeiten!« Er merkte gar nicht, dass das ganz und gar nicht charmant war. Igor hatte wohl zu viel Umgang mit jungen Mädchen und ahnte nicht, was das Alter für ein älteres Mädchen wie Marion bedeutete.

»Aber ich habe auch ein gewisses Recht dazu. Schließlich bin ich die Erste aller Oborowitschianerinnen! Kannst du dich nicht mehr erinnern? Venedig 1988? Mein Gastspiel in La Fenice?«

Igor hielt inne. »Warst du das mit dem Gummitick? Immerzu wolltest du vögeln und immer nur mit Pariser?«

»Ja, ich war das mit dem Gummitick. Haben es deine anderen Oborowitschianerinnen etwa ohne gemacht?«

In Marion begann das Unaussprechliche zu brodeln wie das Wasser in der Espressomaschine. Langsam füllte der Dampf all ihre Leitungen.

Igor lächelte sanft. »Oh, das weiß ich nicht, wie die es gemacht hätten. Du warst nicht die einzige Klavierspielerin, mit der ich geschlafen habe. Aber die einzige Oborowitschianerin.«

Marion lächelte. »Meister belieben zu scherzen. Die ganze Welt spricht von den amourösen Eskapaden mit deinen jungen Gespielinnen.«

»Ich erinnere mich genau«, antwortete Igor in sich gekehrt. »Damals ist etwas kaputtgegangen. In mir, in dir, in deinem Spiel und in unserer Zusammenarbeit. Und das wollte ich nicht noch einmal erleben.«

Das Messer war so scharf, dass er gar nicht spürte, wie es in ihn eindrang. Es steckte schon bis zum Griff in seiner Brust, als er es bemerkte. Igor schauderte ein wenig, schließlich klebte noch der Zwiebelsaft an der Klinge. Hätte sie das Messer nicht wenigstens vorher abwaschen können?

Nein, das hätte Marion nicht. Marion hatte es gar nicht geplant. Es war ihr einfach passiert.

Sie hatte nur das getan, was Igor am liebsten tat: improvisieren. Und da ihr die Worte dafür fehlten, was sie ihm sagen wollte, hatte sie es mit dem Messer ausgedrückt.

Das Gurren zweier Tauben drang mit einem Schwall nach Walnusslaub duftender Herbstluft durch das angelehnte Fenster in die Küche. Die Luft war durch und durch warm. Im Schatten kaum kühler als in der Sonne.

Die Tauben flatterten auf.

Igor fühlte sich kurz an Venedig erinnert, den Himmel über dem Markusplatz, das Gesicht einer Geliebten über sich, die Luft von einer Wolke aufflackernder Tauben in ein flirrendes Blaugrau getaucht.

Sie fing ihn auf und legte ihn vorsichtig auf den Boden.

Als sie sich zu ihm hinunterbeugte, tat sie das ohne einen Gedanken. Sie legte die Lippen an sein Ohr und küsste es.

Und sagte nicht: ›Vivian ist deine Tochter‹, wie sie

eigentlich die ganze Zeit vorgehabt hatte, den ganzen Tag schon, sondern: »Ich liebe dich.«

Und dann war das Gurren weg und es wurde still.

Kommissar Wondrak räusperte sich. Er hatte das Tonband dreimal gewechselt und jetzt gut viereinhalb Stunden aufgezeichnet. Es war wie bei einem Abend mit alten Geschichten, bei dem man einfach die Zeit vergisst. Seine Armbanduhr zeigte 1.30 Uhr.

»Sie müssen müde sein. Ich bringe Sie in Ihr Zimmer.«

Er vermied den Ausdruck ›Zelle‹, das hätte dem Gespräch noch nachträglich den Beigeschmack eines Verhörs gegeben. Was es ja in den Augen der Juristen leider auch war. In den Augen von Wondrak war es jedoch eine gute Geschichte. Und er liebte Geschichten. »Es ist schön, wenn man jemanden liebt. Ich will nicht sagen, dass Sie das Richtige getan haben, aber ich verstehe ein wenig, warum Sie es getan haben.«

Er wünschte eine gute Nacht und schloss die Tür ab. Während er das Tonbandgerät zusammenpackte, fiel sein Blick auf seinen Notizblock.

Er setzte sich noch einmal, um den Abend Revue passieren zu lassen, und überflog seine Aufzeichnungen. Irgendwo auf dem Block standen ›Martin Lux‹, ein Kreuz und der 8. September und ganz am Anfang stand der Name ›Igor Oborowitsch‹ mit dem heutigen Datum.

Wondrak sah es. Er sah die hauchdünne Verbindung, die sich zwischen den beiden Toten spannte wie der Faden einer Spinne. Aber er sah nicht das lose Ende des

Fadens, den sie aufsteigen lässt, um einen neuen Eckpunkt für ihr Netz zu finden.

Also genoss er das Gefühl, dass der Fall abgeschlossen war. Alle Fragen beantwortet. Alle Geschichten erzählt. Wondrak war besänftigt. Für den Moment hatte er nicht mehr das Gefühl, unter seinen Möglichkeiten zu arbeiten. Es war kein schwieriger Fall gewesen. Aber einer, der ihn berührt hatte. Das trübe, aufgewühlte Wasser würde sich nach und nach setzen und nach einigen Tagen würde es klar sein. Und vielleicht würde er dann sogar verhindern können, dass die beiden Toten weitere Gesellschaft bekämen.

Wondrak ging zur Faema, um sich noch einen Espresso zu machen.

2.

Schlachten

Die glücklichen Gatten

Das Pärchen weißer Tauben,
Du siehst, es fliegt dorthin,
Wo um besonnte Lauben
Gefüllte Veilchen blühn.
Dort banden wir zusammen
Den allerersten Strauß,
Dort schlugen unsre Flammen
Zuerst gewaltig aus.

Johann Wolfgang von Goethe

Schon der Geheimrat wusste, dass Tauben dem Menschen haushoch überlegen sind, was Treue angeht. Sie leben monogam und sind ihrem Partner ein Leben lang treu. Nimmt sich das der Mensch zum Vorbild? Ach was, warum sollte er. Er nutzt lieber ihre Dummheit aus für Brieftauben-Wettflüge.

In der Wettkampfzeit von Anfang Mai bis Ende Juli werden Männchen und Weibchen streng getrennt gehalten. Kurz vor dem Rennen dürfen dann die Herren zu ihren Damen. 10 bis 15 Minuten brauchen die Männchen für das Vorspiel. Und dann, nach heftigem Balzen und Turteln, wird das Pärchen getrennt. Es beginnt eine Form von Doping, die in Deutschland lange Zeit verboten war: Die ›Witwerschaft‹.

Das Taubenmännchen wird, kurz bevor die Liebesnacht beginnt, aus dem Liebesnest entführt. Und in einer

Nachtfahrt zum Startplatz gebracht, der bis zu 600 Kilometer weit entfernt sein kann. Klar, dass der Vogel im Rekordtempo wieder nach Hause fliegt. Denn dort angekommen, darf er mit seiner Liebsten für einige Stunden zusammenbleiben, bis die Vorbereitungen für den nächsten Wettkampf beginnen. Und weil das mit den Dopingkontrollen einfach nicht zu machen war, ist das ›Witwer-Doping‹ heute weltweit erlaubt.

Wondrak legte die Tageszeitung beiseite und dachte kurz nach.

Hatte nicht bei der Fußball-WM 2002 der brasilianische Trainer seiner Mannschaft strenge Enthaltsamkeit verordnet? Und wer wurde Weltmeister? Genau.

Auch Wondrak lebte monogam. Seit fünf Jahren war er mit Charlotte liiert. Charlotte, der Glückskatze. Dreifarbig also, mit einem weißen Körper, weißen Pfoten und einer schwarz-rot gefleckten Satteldecke. So nannte Wondrak den Flecken etwas despektierlich, der genau an der Stelle, an der Pferde ihren Sattel tragen, über die Katze gebreitet war.

Sollte etwa seine sexuelle Enthaltsamkeit mit seiner sagenhaften Erfolgsquote in direktem Zusammenhang stehen? Wondrak überlegte: Um das herauszufinden, müsste er wohl die Gegenprobe antreten. Er legte die Beine aufs Sofa, während er Charlotte hinter dem rechten Ohr kraulte. Die zarte Katze ließ ein kräftiges Bassschnurren hören, während Wondrak seinen Gedanken weiter entwickelte. Er würde also endlich mit Fräulein Veigl eine Affäre anfangen. Die zarten, zufälligen Berüh-

rungen am Fotokopierer. Die unausgesprochenen, aber
spürbaren Einladungen, die sie sich gegenseitig machten.
Die Augen, die in denen des anderen versanken. All das
schrie doch nach Erfüllung, oder nicht? Wondrak nahm
noch einen Schluck Sherry. Er war schon ein bisschen
betrunken, aber auf diese hellsichtige, unbenebelte Art,
die nur Sherry erlaubt.

Taugte er zum Liebhaber? Zum Romantiker, ja. Zum
Fantasten, ja. Aber zum Romeo? Oder gar zum Ehemann? Er hatte das bereits drei Jahre lang ausprobiert.
Und dabei die aufgekratzte, lustige Heike, die er vor gut
15 Jahren im Kloster Fürstenfeld in der schönsten bayerischen Barockkirche geheiratet hatte, in eine depressive,
giftige Stubenhockerin verwandelt, die ihn am Telefon
anfauchte, wenn er später nach Hause kam, und ihn an
der Tür anfauchte, wenn er früher nach Hause kam. Es
gab keinen Zweifel daran, dass nicht Heike, sondern er
selbst für diese Veränderung verantwortlich war. Ab und
zu schrieben sie sich noch. Telefonieren ging gar nicht,
da fingen sie sofort wieder zu streiten an. »Du hast dein
Leben überhaupt nicht geändert!« Wondrak verstand
den Vorwurf gar nicht. Was hätte er denn ändern sollen
und warum? Er hatte doch immer schon so gelebt. Vor
Heike. Mit ihr. Also auch nach ihr. Heike dagegen hatte
ihr Leben völlig umgebaut. Sie war jetzt in einer Tan-
go-Truppe, einer Yoga-Gruppe und noch drei anderen
Bewegungen, sodass sie nur zwei Tage in der Woche frei
hatte. Für Wondrak eine grässliche Vorstellung. Aber er
war froh, dass sie wenigstens einen Teil ihrer Fröhlich-
keit wieder zurückgewonnen hatte, er vermutete, dass

wohl auch ein Mann daran beteiligt war, doch Genaueres wollte er nicht wissen, vor seiner Exfrau machte seine unerschöpfliche Neugier auf Geschichten seltsamerweise Halt.

Dann Fräulein Veigl also. Er würde ihr beim nächsten Treffen am Kopierer sanft seine Finger um ihre Handgelenke legen und dann möglichst beiläufig knurren: ›Veronika Veigl, ich verhafte dich wegen Diebstahls.‹ Sie würde ihr kehliges Lachen hören lassen, das nach Rauch und Nacht klang, und mit Unschuldsmiene fragen: ›Aber Herr Kommissar, ich hab nichts gestohlen!‹ ›Doch‹, würde er antworten, ›du hast mein Herz gestohlen. Du wirst zu einem Abendessen nicht unter vier Gängen verurteilt.‹ Wondrak merkte, wie ihm die Begeisterung fehlte, sich den weiteren Verlauf des Abends auszumalen. Im Schnelldurchlauf ging er die Etappen durch. Erste Nacht bei ihm, zweite Nacht bei ihr, dritte Nacht bis zum Frühstück, zwei Wochen später verlängertes Wochenende im Tessin, Weihnachten gemeinsam in West-Jotunheimen, Kennenlernen ihrer Eltern, gemeinsame Wohnung und so weiter.

Und für all das sollte er seine wunderbare Erfolgsstatistik opfern? War es das wert, dass während seines Geturtels die Zahl der unaufgeklärten Verbrechen auf ein Niveau hochschnellte, das möglicherweise Bremen alle Ehre gemacht hätte? Oder gar Saarbrücken?

Charlotte sprang mit einem Mal auf, machte einen Buckel, streckte ihre Krallen aus, dehnte sich ausgiebig und trabte lasziv durch die Katzenklappe, die in der gläsernen Terrassentür eingelassen war, nach draußen. Ohne sich auch nur einmal umzudrehen. Wondrak stand auf, um ihren Fressnapf, der nur noch halb voll war, nachzufüllen. Er nahm die Wasserschale, spülte sie gründlich aus, trocknete sie ab und befüllte sie sorgfältig wieder. Dann trat er an die Glastür und blickte hinaus in die Dunkelheit. Draußen stand Charlotte und sah ihn ruhig an. Er wusste, dass jede Art der Willensbeeinflussung bei der Katze sinnlos war. Man durfte es nicht einmal denken, schon tat Charlotte das genaue Gegenteil. Prompt deutete sie Wondraks Blick auf ihre Art, drehte sich um und verschwand.

Er war sehr stolz darauf gewesen, dass Charlotte nach der Trennung von Heike beschlossen hatte, bei ihm zu bleiben. Er hatte seiner Exfrau fast alles mitgegeben, was sie gemeinsam angeschafft hatten: die Sofas, das Esszimmer, sogar die Biedermeierkommode seiner Mutter. Es bedeutete ihm nichts, er wollte es aus den Augen haben, das Alte. Er wollte nicht ständig daran erinnert werden, dass er den Traum vom Zusammenleben und Gemeinsam-alt-Werden gründlich vermasselt hatte. Trotzdem schaffte er es nicht, aus der gemeinsamen Gartenwohnung in Emmering auszuziehen. Er liebte es, dem Garten dabei zuzusehen, wie er mehr und mehr verwilderte. Er genoss es, an warmen Sommerabenden in der Hängematte zu dösen und zu warten, bis sich die Sterne gegen die Dämmerung durchsetzten. Und er begriff, dass es wohl weniger er war, dem Charlotte die Treue hielt, als das Haus, in dem sie beide lebten.

Wondrak blickte weiter in die Dunkelheit. Fehlte ihm etwas? Charlotte? Veronika? Heike? Er rief die Namen in sich hinein und horchte auf das Echo. Nein, es fehlte ihm nichts. Ein kleines Verbrechen vielleicht. Ein kleines Schwerverbrechen, dessen große Geschichte aufzudecken sich lohnte, vielleicht. Aber er fürchtete, dass nun lange nichts kommen sollte.

Die Sinuskurvigkeit der Liebe (1983)

Sven hatte sich in Ann-Marie verliebt, als er 21 war. Am Anfang war es eigentlich gar kein Verliebtsein, mehr so eine Vorahnung davon, ein Sehnen. Ann-Marie, die damals 14 war und gerade zum ersten Mal ihre Tage bekommen hatte, spürte dieses Sehnen.

Es war ein großer, von langer Hand vorbereiteter Tanz, ein langsames Einander-Auffordern, das erst Jahre später in die Arme des anderen führen sollte.

Sie hatten sich im Wasser kennengelernt. In einem dieser seltenen bayerischen Sommer, in denen das Wasser des Starnberger Sees die 23-Grad-Marke erreichte. Das sollte über vier Wochen so bleiben. Und das genau in den Sommerferien. Sven kam gerade von einer Seeüberquerung zurückgekrault. Das ließ sich für einen Leistungsschwimmer wie ihn, hin und retour, in gut zweieinhalb Stunden machen. Er stieß förmlich mit der Nase auf Ann-Marie, die sich, auf der Luftmatratze liegend, sonnte. Es war ihr erster Sommer, in dem sie sich als Frau fühlte, und umso mehr genoss sie ihre Attraktivität, die sich in den Augen des keuchenden jungen Mannes offensichtlich widerspiegelte.

Die Familien der beiden hatten am See Ferienwohnungen auf aneinander angrenzenden Grundstücken, die durch Büsche, Bäume und Badehütten so kunstvoll voneinander separiert waren, dass ein Kennenlernen auf dem Landweg praktisch ausgeschlossen war. Also wurden ihre Treffpunkte die Stege der beiden Seegrundstücke. Sven nahm sie zum Segeln mit.

Er brachte ihr hinter der Roseninsel das Wasserskifahren bei und perfektionierte ihre Technik am Sprungbrett. Von Montag bis Freitag.

Am Wochenende reisten Svens Freundinnen an. Drei aufgedonnerte, scharfe Münchner Vorstadtgrazien mit viel zu großen Brüsten, Bikinis, die durchsichtig wurden, wenn sie nass waren, und einem schauderhaften Schwimmstil. Argwöhnisch beäugte Ann-Marie das Treiben auf dem nachbarlichen Steg, doch ihre Eltern waren darüber sehr erleichtert, war doch damit halbwegs sichergestellt, dass Sven kein Nachwuchs-Pädophiler war, der vor der Zeit über ihre Kleine herfallen würde.

Ihre Eltern waren die lässigsten, die sich eine 13-Jährige nur wünschen konnte. Im Grunde ihres Herzens Kommune-Eins-Fans, waren sie sexuell äußerst aufgeschlossen und materiell unabhängig durch zwei gut laufende Arztpraxen.

Sie konnten sich Sven sehr gut als Schwiegersohn vorstellen. Aber so spät wie möglich. Im Moment hofften sie, bei aller Unverklemmtheit, dass er es bei seinem Großen-Bruder-Stil belassen würde. Dass Ann-Marie mit einem halbwegs Gleichaltrigen ihre ersten Erfahrungen sammeln würde. Und dass der Sommer so schnell wie möglich vorüberginge.

Montags, spätestens dienstags, wenn die Freundinnen abgereist waren, begann die Manöverkritik. Sven kannte sonst nur die Meinungen seiner Kumpels, und die waren auf seine Bräute immer mächtig scharf.

Von Ann-Marie hörte er andere Töne. Sie hatte den 50-Meter-Blick. Von der sicheren Entfernung des benachbarten Steges aus konnte sie die Auftritte von Svens Gespielinnen studieren, ihre Körpersprache und ihre Posen beobachten, ihr gespreiztes Gelächter hören. Und wenn der Nordostwind, der sich jeden Tag um die Mittagszeit einstellte, ein paar Gesprächsfetzen herüberwehte, konnte sie sogar ihre Stimmen beurteilen.

»Warum sind die so verrückt nach dir? Wollen die dich heiraten?«

»Nein, nein. Aber sie wollen herausfinden, ob sie es könnten.«

»Wollen sie dir ein Kind anhängen? Und dich ein Leben lang bluten lassen?« Was die finanzielle Seite des Sexuellen anging, war sie ein erstaunlich frühreifes Mädchen.

»Ja, vielleicht auch das. Aber ich glaube mehr, es ist der Ort hier draußen. Ein Mädchen, das in Untergiesing geboren ist, muss sich hier draußen fühlen wie auf dem Olymp. Da möchte man nie wieder weg. Und dafür würden sie mich sogar heiraten.«

»Du meinst, es geht nur um Geld?«

»Meistens.«

Er blickte ihr in die Augen.

»Sehr oft.«

Sie blickte traurig zurück.

»Nicht immer. Stell dir einfach vor, da sind drei Katzen und eine Maus. Keine Katze wäre so blöd, die Maus gleich zu erlegen. Die drei wollen einfach so lange wie möglich ihren Spaß mit ihr haben.«

»Meine arme kleine, große Maus. Warum lässt du das mit dir machen?«

Nun kam der Sex ins Spiel, und Sven antwortete ausweichend. In den nächsten Sommern, bei den nächsten Freundinnen wurde er präziser, und mit 15 wusste Ann-Marie alles über Sex, was man nur wissen konnte.

Theoretisch.

Sie konnte sogar mit den Augen eines Mannes beurteilen, ob eine Frau sexy war oder nicht. Sie liebte dieses Spiel, und ab und zu tat Sven ihr den Gefallen ›hot or not‹ zu spielen. Dann saßen sie im Strandcafé und taxierten die Frauen nach ihrem Gang.

Was für ein erhabener Moment, wenn nach 95-mal ›not‹ einmal ›hot‹ entlangstolzierte. Gebannt starrte ihr Ann-Marie nach, studierte den wiegenden Gang, das genüssliche Setzen jedes einzelnen Schrittes, das leichte Wippen des Kopfes, das die Haare sanft ins Schwingen brachte. Ann-Marie meinte sogar zu bemerken, wie sich die Schenkel aneinanderrieben und sich von den zarten Innenseiten aus ein Kribbeln auf die Reise durch den ganzen Körper machte.

Das Erstaunlichste daran war ihre Entdeckung, dass dieser Gang altersunabhängig war. Kurzberockte, 18-

jährige Friseurinnen mit perfekten Schenkeln waren ganz oft kein bisschen ›hot‹, und dann kam plötzlich eine federnde 40-Jährige im Hosenanzug des Weges mit einer Energie, die man sich in keinem Fitnessstudio der Welt antrainieren kann.

Die männliche Spielart davon hieß ›Sex oder Nix‹ und stellte zur Diskussion, ob der Kandidat am heutigen Tag schon Sex hatte oder nicht und wenn ja, ob er gut oder weniger gut gewesen war.

Ann-Marie war ziemlich gut im Raten. Es dauerte nur einen Sommer und sie war besser als Sven. (Wobei man einräumen muss, dass man die Leute ja nicht fragen konnte, ob sie heute Sex hatten und ob er befriedigend war, also mussten sie es bei Mutmaßungen belassen, aber da war Ann-Marie die genauere Beobachterin. Und die fantasievollere: ›Der sieht nach Oralsex aus. Aber sie hat ihn gebissen.‹

Als krönenden Abschluss durfte sie fünfmal an Sven vorbeistolzieren und dabei die verschiedensten Aggregatzustände darstellen.

Sven war hingerissen, wie gut sie ihre Rollen spielte. Sogar die Männerparts – schwierigste Rolle: Sex ja, aber schlecht – meisterte sie. Und die Frauenrolle ›hot‹ trug sie so beunruhigend gut vor, dass der Platz vor dem Café danach in Flammen stand.

Nach jedem Sommer war Pause in der Beziehung der beiden. Sven studierte in Göttingen Chemie, Ann-Marie lebte mit ihren Eltern in Gröbenzell, und so konservierten sie den Sommer mithilfe von ein paar Fotos und gelegentlichen Telefonaten, die sich aber in den anderen Jahreszeiten sehr ungewohnt anfühlten.

Beide führten ihre ganz eigenen Leben, entfernten sich fünf Monate voneinander, zogen sich dann wieder fünf Monate gegenseitig an, um dann im Juli und August ein Herz und eine Seele zu sein.

Einmal hatten sie versucht, im Winter gemeinsam zum Skifahren zu gehen und das war ein zweifelhaftes Vergnügen gewesen. So, als würde man mit der Daunenjacke ins Schwimmbad springen. Fremd und deplatziert hatten sie sich in dieser Zeit gefühlt, so blass und durch zu viele Schichten Kleidung getrennt. Spätestens jetzt merkten die beiden, dass sich das Bruder-Schwester-Verhältnis wohl nicht mehr lange aufrechterhalten ließ. Denn ihr erster Impuls beim Wiedersehen war gewesen, sich gegenseitig die Klamotten vom Leib zu reißen.

Ann-Marie hatte alle Voraussetzungen, um den einen Mann zu finden, der der beste Erste für sie sein würde. Sie studierte einfach die Art, wie sie sich bewegten. Die Art, wie sie morgens vor der Schule vom Fahrrad stiegen. Die Art, wie sie aus dem Eiscafé schlenderten und das Eis aus der Tüte schleckten. Die Art, wie sie ein Buch lasen, das ihnen gefiel. Die Art, wie sie ein Buch hielten, das ihnen nicht gefiel. Die Art, wie sie eine Flasche Cola tranken. Die Art, wie sie verbergen wollten, dass sie verliebt waren. Die Art, wie sie sich prügelten.

Anfangs dachte sie, sie müsste nach einer Bewegung suchen, die sagte: ›Ich hatte heute noch keinen Sex, er wird aber gut werden.‹ Als sie endlich drauf kam, dass es das nicht gab, oder sie vielleicht die Bewegung noch nicht lesen konnte, entdeckte sie in einem Urlaub an der portugiesischen Atlantikküste die Surfer für sich. Wellenreiter und Windsurfer, die nach dem Kampf mit den Naturgewalten aus dem Wasser wankten, vollkommen geschafft, aber versöhnt mit sich und den Elementen. Sie sahen dann aus wie Jungs, die Sex sowohl hinter sich als auch vor sich hatten. Was ja auch meistens stimmte.

Die Zeit reichte aber nicht, um den Richtigen auszuwählen, also fuhr sie ohne Erfahrungen, aber mit einer Vorahnung nach Hause. Und dort stieß sie in Ermangelung der Meeressportarten auf den Fußball. Genau genommen: die Stürmer. Und noch genauer: die Stürmer nach einem hohen Auswärtssieg.

Die waren wunderbar entspannt und erschöpft, strotzten aber gleichzeitig vor Energie und barsten vor einer Überdosis Testosteron.

Sie hatten diesen Gang, der erzählte: »Ja, ich hatte guten Sex, und zwar innerhalb von 90 Minuten vier Mal.«

Ann-Marie klapperte alle Fußballvereine im Umkreis von 30 Fahrradminuten ab und endlich hatte sie den richtigen Verein und den richtigen Jungen gefunden. Er hieß Tom, war zwei Jahre älter als sie und einen Kopf größer, und nach dem zweiten Spiel, das sie am Spielfeldrand verfolgte, lag ihr seine gesamte Mannschaft zu Füßen.

Sie verloren beide Spiele, eine merkwürdige Unkonzentriertheit lag in der Luft. Anfangs machte sie sich noch einen Spaß daraus, bei übermächtigen Gegnern Tom auf dem Weg zum Spielfeld schmutzige Dinge zuzuraunen. Als sie aber merkte, wie doppelt niedergeschlagen er danach war, ließ sie davon ab. Tom wusste, dass sie ihn ausgewählt hatte. Die Siegerprämie war aber wohl zu verlockend und störte seinen Spieltrieb.

Schließlich erteilte ihr der Trainer Platzverbot und prompt gewannen sie das nächste Spiel. Somit war Ann-Marie das erste Groupie der Welt, das fernab vom Platz Spieler anfeuern konnte. Tom schoss drei von vier Toren und sie empfing ihn an der Ausfahrt des Sportclubs. In den darauffolgenden drei Monaten lernte Ann-Marie alles, was sie wissen wollte.

Danach hatte sie ihr Interesse am Fußball und seinen Spielern verloren. Sie hatte einen so sicheren Blick, dass sie schon vorher wusste, wie es werden würde, und da sie auf hohem Niveau eingestiegen war, wurde es schwer, sich zu steigern. Also wartete sie auf Sven. Und im Sommer, als sie 17 war, sollte es so weit sein. Vorher stellte er ihr noch seine neue Freundin Annabel vor, so wie er es immer machte. Er wollte einfach ihr Urteil hören, und oft schmeichelte es ihm, manchmal war es allerdings vernichtend. Der letzte Sommer hatte in einem handfesten Krach geendet, weil Ann-Marie Svens Studienfreundin Sofie immer ›Dofie‹ nannte und ihren aufreizenden Gang und ihre affektierten Bewegungen nachäffte. »Ist sie denn wenigstens so heiß im Bett, wie sie tut, oder ist sie eine Schauspielerin?«
»Nein, da wird nichts gespielt. Alles echt.«
    Und dann kam also Annabel. Sie war ein ganz anderes Kaliber. Geistreich, souverän, originell. Und voll-

kommen unsexy. 100% ›not‹. Man konnte fast sagen: hässlich. Ann-Marie traute sich nicht einmal zu fragen, wie es im Bett mit ihr lief. Jeden Tag verschwanden die beiden für zwei, drei Stunden im Haus und Ann-Marie malte sich das Schlimmste aus. Ihren rätselhaften Körper verhüllte Annabel in großen, kaftanartigen Roben, wie man sie nur von Opernsängerinnen kannte.

Sie hatte immer geglaubt, Sven gut zu kennen, aber nun hatte er sie wirklich überrascht. Ihre Gefühle für die beiden schwankten zwischen Hochachtung und Mitleid. Wenn sie sie Händchen haltend nebeneinander laufen sah, dachte sie: ein perfektes Paar. Passen zusammen wie Teer und Federn.

Neben Annabel hatte interessanterweise auch Sven seinen Sex verloren. Er wackelte neben ihr her wie ein Beamter jener Behörde, die sich jetzt ganz dynamisch ›Agentur für Arbeit‹ nannte. Fehlte nur, dass er schlurfte.

Zum ersten Mal dachte Ann-Marie über sein Alter nach. Vielleicht war ein 25-Jähriger doch schon ein alter Sack?

Nach einer Woche reiste Annabel ab.

Noch am gleichen Tag traf Ann-Marie Sven am Steg.

»Interessante Frau, deine Annabel. Und wie war sie so im Bett?«

»Keine Ahnung, wir machen es immer nur am Tisch.«

Aus Ann-Marie brach es heraus.

»Ich gebe zu, dass sie ja wirklich äußerst unterhaltsam ist. Aber wo bleibt dein Sinn für Ästhetik? Wozu studieren wir seit zwei Jahren Körpersprache, wenn du dich plötzlich wie ein Analphabet aufführst? Glaube ja nicht,

dass ich mir für dich 30 Kilo rauffuttere und künftig nur
noch in Zirkuszelten durch die Gegend wanke.«

Sven entgleisten die Gesichtszüge.

»Was ist?«, fragte sie wütend.

Er prustete los.

»Du bist auch unterhaltsam, wenn auch nicht so
geistreich, wie ich dachte. Annabel ist Medizinerin und
forscht mit mir an einem Projekt, das mehrere Fakultä-
ten umspannt. Wir haben letzte Woche unseren Bericht
gemeinsam zu Ende gebracht und uns dabei einen kleinen
Scherz mit dir erlaubt. Kannst du mir verzeihen?«

Ann-Marie sprang ihn an und riss ihn um. Dann
hockte sie sich auf ihn und trommelte auf seiner Brust
herum, während Sven lachte und zappelte. Als es ihm
reichte, warf er sie in den See und sprang hinterher. Dann
führte er sie ins flache Wasser, strich ihr die nassen Haare
aus dem Gesicht und zog sie an sich. Seine Füße standen
fest im kühlen Schlamm, zwischen seine Zehen quetschte
es kleine silbergraue Schlammwülste nach oben. Es war
ein glatter, fester Schlamm, wie Sand, wie das, was beim
Goldwaschen durch die Maschen des feinen Siebes fällt
und dann glitzernd in einer ruhigen Stelle des Flussbet-
tes liegen bleibt.

»Ab jetzt wirst du nie wieder eine Freundin von mir
kritisieren.«

Eine nasse Strähne seiner langen Haare fiel ihm ins
Gesicht. Es unterstrich den entschlossenen Ausdruck
in seinen Augen.

»Denn ab jetzt bist du meine Freundin.«

Am Abend gingen sie mit ein paar Kumpels ins ›470er‹,

eine Disco, heute würde man wohl ›Club‹ dazu sagen, und tanzten sich die Seele aus dem Leib. Sie hatten das schon oft gemacht, und es war jedes Mal ein vertikales Versprechen für die Horizontale gewesen, aber noch nie hatten sie so kurz davor gestanden, es einzulösen. Als sie sich mit einer Umarmung verabschiedeten, flüsterten sie sich ein: ›Bis morgen‹ ins Ohr und es klang wie ›morgen!‹

Und dann war das Morgen endlich da. Aber erst kam der Vormittag. Und dann Mittag. Bis es endlich Abend war.

Sven hatte sich ins Zeug gelegt. Er holte Ann-Marie mit dem Motorboot vom Steg ab und fuhr sie zum Bootshaus einer Gründerzeitvilla, deren kanadischer Besitzer sie nur zwei Wochen im Jahr bewohnte. Den Schlüssel hatte er sich vom Gärtner geliehen. Überall flackerten Laternen, und auf der Terrasse, von der aus man einen Blick nach drei Seiten über den See hatte, wartete unter einem Schirm ein weiß gedeckter Tisch mit ein paar Leckereien, die Sven sich von seiner kleinen Schwester hatte zaubern lassen. Ann-Marie trug ein dünnes Chiffonkleid über ihrem Bikini und als der Saibling in ihrem Mund auf den Champagner traf, streifte sie einen Träger ab. Sie fand das einen viel passenderen Kommentar als einfach nur ›Mhm! Köstlich!‹ zu stöhnen und die Augen zu verdrehen wie all diese Sinnesbanausen, die die In-Lokale dieser Zeit bevölkerten. Zum Nachtisch trug sie nur noch ihre Silberhalskette und die dazu passenden Kreolen, es hatte ihr also wirklich geschmeckt. Leider hatte sie es mit dem Champagner ein wenig zu gut gemeint. Denn als Sven sie auf die gepolsterte Liege trug, war sie schon ein wenig müde. Als er in sie eindrang, lächelte sie noch selig. Und als Sven wenig später den Orgasmus seines Lebens hatte, der Mond zog seine Silberspur über den ganzen See und Horden von Sternschnuppen schwärmten über den Augusthimmel, da schlief sie schon tief und fest.

Ab diesem Tag wurde der Sommer wolkig. Ein Schatten lag über Sven. Die Leichtigkeit wollte sich einfach nicht einstellen und Ann-Marie wurde erwachsen. Der See sollte der Ort bleiben, an dem sie sich später immer wieder trafen, doch Svens Gefühl trog ihn nicht: es wurde kein Paar aus ihnen.

Ann-Marie war darüber weniger bekümmert. Sie hatte schon vor dem ersten Abend geahnt, dass Sven nicht der war, von dem sie träumte. Sein Gang war bei Weitem nicht vergleichbar mit dem von Tom und er war auch nicht der lustige Unterhalter, der sie einen ganzen Abend fesseln konnte. Ann-Marie wollte weiterziehen.

Und so landete sie nach einigen Weggabelungen, Sackgassen und Einbahnstraßen zehn Jahre später bei Mario, der eigentlich Marius hieß, dem lokalen Eisdielenbesitzer und lockeren Lebemann. Selbst Sven musste zugeben, dass die beiden ein perfektes Team waren. Sie vergötterten einander, hatten einen ähnlichen Humor und brachten am anderen die besten Seiten zum Vorschein. Mario hatte Sven gebeten, sein Trauzeuge zu sein, denn er war es, der die beiden bei einer ›Verniceage‹, wie die Veranstaltungen zu Ehren einer neuen Eissorte bei Furtmanns hießen, bekannt gemacht hatte.

Und Sven blieb ein Vertrauter der Familie. Für Mario erfand er neue Geschmackskombinationen und für Ann-Marie blieb er ihr bester Freund.

Ein Mann zum Pferdestehlen. Und erst recht für größere, gefährlichere Dinge.

›Hier fliegen die Löwen und die Tauben gehen zu Fuß‹

Jean Cocteau

Venedig hat 127 Plätze, 411 Brücken und 100.000 Tauben. Normalerweise entspricht die Zahl der Tauben in Großstädten etwa einem Prozent der Einwohnerzahl. In Venedig dagegen sind sie die vorherrschende Rasse. Zieht man die paar Touristen mal ab, stehen ihnen 70.000 Venezianer gegenüber. Das sind dann also gut neun Millionen zu wenig, um auf eine gesunde Quote zu kommen.

Um ihre Unterzahl noch weiter auszubauen, haben Venedigs Federfreunde nichts Besseres zu tun, als ihre gurrenden Mitbewohner regelmäßig zu füttern. Und zwar zweimal täglich, vom Magistrat verordnet und gespeist aus den unergründlichen Touristik-Töpfen der Stadt.

Absurderweise gibt es daneben aber auch noch ein Taubenfütterungsverbot auf der Piazza San Marco, an das sich aber natürlich niemand hält. Vermutlich aus Angst, die Tauben könnten weiterziehen und mit ihnen die Heerscharen von Touristen. Nur wohin? Nach Mestre? Kein Platz, alles voller Straßen und Gleise. Nach

Triest? Das ist schon von Möwen besetzt. Also bleiben sie hier und vollenden ihren Inzuchtbetrieb, den sie im Jahr 1202 begonnen hatten.

Der Legende nach hatte der Doge Enrico Dandolo eine Brieftaube entsandt, um Venedig die Nachricht von der Eroberung Konstantinopels zu überbringen. Und von diesem stolzen Täuberich und seiner Gattin stammt 800 Jahre später das flügellahme Fußvolk ab, das wie schwangere Frauen breitbeinig über den Platz watschelt, um sich dann und wann zu erheben und nach kurzem Rundflug gleich wieder erschöpft zu landen, um die Körnerfastendiät auf dem Markusplatz fortzusetzen. Die Biester haben zwar den Weg nach Istanbul im Blut, der Trip wäre aber wohl schon am Lido wieder zu Ende. Aus Konditionsgründen.

Das zweitwichtigste Tier in Venedig, der Markuslöwe, hat zwar Flügel, bewegt sich aber noch weniger. Dafür ist er der Inzucht gänzlich abgeneigt, wie überhaupt jeder körperlichen Form der Vermehrung. Das hat ihm der Mensch abgenommen. Er fertigt ihn hundertfach aus Stein, Bronze oder Keramik und bevölkert damit die Schornsteine, Simse, Grabsteine, Balkone und Säulen der Stadt.

Der unumstrittene Anführer dieses Löwenrudels ist der Markuslöwe auf der höchsten, der östlichen Piazetta-Säule. Wenn er von einem Taubenschwarm umringt wird, sieht es aus, als würde er mit ihm eine Runde fliegen. Trotz seiner Größe macht er keinen Dreck und muss auch nicht gefüttert werden. Alle fünf Jahre ein neuer Goldanstrich, das genügt völlig.

Und dann gibt es da noch etwas Tierisches zu entdecken. Etwas, das in keinem Reiseführer zu finden ist. Wie eine vergessene Fliegerbombe aus dem Zweiten Weltkrieg, die in irgendeinem Dachstuhl steckt, wartet es darauf, dass jemand den Zünder findet, damit es seine Bestimmung endlich erfüllen kann.

Das Venedig-Manöver

Es hatte zwei Tage und Nächte geregnet und der Himmel war ein frisch gewaschenes blaues Tuch. Brigitte öffnete das Fenster und Winterluft füllte den Raum. Wenn sie sich hinauslehnte und zur Seite blickte, konnte sie den Canal Grande sehen. Die Luft war so klar, dass die ganze Stadt wie geschrumpft wirkte. Brigitte drehte sich um und warf Mario, der sich gerade in den Sonnenstrahlen auf dem Bett streckte, einen zärtlichen Blick zu. Sie hatten aus dem Regenwetter wirklich das Maximum herausgeholt. Tagsüber ging es in die Betten und abends in den Dogenpalast. Ein Benefiz-Gastspiel der Wiener Staatsoper wartete dort auf sie, der Erlös sollte dem Wiederaufbau des abgebrannten Opernhauses La Fenice zugute kommen. Es gab La Traviata zu sehen, die tragische Geschichte der Kurtisane Violetta, die den bürgerlichen Alfredo nicht lieben darf.

»Lass mich deine Violetta sein!«, gurrte Brigitte ihm ins Ohr, als sie erfreut feststellte, dass die Oper nicht plüschig und schwülstig inszeniert war, sondern recht modern mit Liebesszenen, die Appetit auf mehr machten. Mario biss sie zart ins Ohrläppchen. Ihre Härchen stellten sich auf und im Takt der Musik Giuseppe Verdis liefen kleine elektrische Wellen ihren Rücken hinab und rollten an der Küste ihres Pos aus wie Wellen im Sand des Lidos. Venedig im Januar! Warum war sie nicht schon früher draufgekommen?

Danach stürmten sie in die ›Osteria da Fiore‹ und machten sich über die Spaghetti neri her, jene Nudeln, die mit Sepiatinte schwarz gefärbt werden und als das typische Gericht der armen Venezianer und reichen Touristen gelten. Neben der venezianischen Kalbsleber mit Zwiebeln natürlich, aber aus Rücksicht auf Brigittes fanatische Tierliebe, die auch Bisamratten, Kolkraben und ganz bestimmt junge Kühe umfasste, hatte er darauf verzichtet, sie zu probieren. Bei Tintenfischen war Brigitte seltsam tolerant. Mit Begeisterung hatte sie auf den gartenschlauchartigen Tentakeln herumgekaut.

Nun war es Morgen und sie knabberten im Bett noch ein bisschen aneinander herum. Aber der Hunger war gestillt und so machten sie sich über das Frühstück her, das in der Beletage des kleinen Hotels mit Blick auf das südliche Ende des Canal Grande serviert wurde, und blätterten in den Zeitungen nach, was sie die vergangenen Tagen alles versäumt hatten.

Die Wintersonne war so gleißend, dass die zwei ihre Sonnenbrillen aufbehielten. Ein kurioses Bild: Ein junges Pärchen liest schweigend Zeitung. Ab und zu hebt es die Sonnenbrillen, um sich zu küssen. Dann kommt die Brille wieder auf die Nase und es wird weitergelesen. Aber zu der frühen Stunde war da kein Mensch, der sie beobachtet hätte. Weder im Saal noch draußen. Und Tauben in Venedig ignorieren Touristen grundsätzlich.

Als wären sie 50 Jahre verheiratet gewesen und als hätte sich damit sogar ihre Lesegeschwindigkeit synchronisiert, schlossen beide ihre Zeitungen, legten sie auf den Tisch und tranken ihren letzten Schluck Kaffee.

Verheiratet waren sie. Aber nicht miteinander. Auf Mario Furtmann wartete 550 Kilometer weiter nördlich seine Ann-Marie und der Mann von Brigitte war sogar noch um einiges näher. Was jedoch keiner von ihnen wusste.

Trotz der frühlingshaften Temperaturen hatten die beiden den Markusplatz fast für sich alleine. Zuerst spazierten sie in der Sonne unter den Arkaden entlang, aber es war zu hell, um in den Schaufenstern Genaueres zu erkennen. Also liefen sie quer über den Platz auf den Campanile zu. Ein Taubenschwarm stieg auf.

Die Tauben am Markusplatz fliegen bekanntlich zu jeder Jahreszeit nach dem Muster, das sie sich bei den Dreharbeiten zu Werbespots für Parfums, Haarsprays und Wollwaschmittel für Kaschmirpullis angewöhnt haben. Und das geht so: Eine Taube startet und einen Taubenaugenaufschlag später beginnt der ganze Platz zu kochen und alle flattern auf. Irgendwie sieht es aus wie die Zeitlupenaufnahme einer Explosion. Und dann, von dem Punkt an, an dem die Taubensplitter und -schrapnelle ihren Zenit erreicht haben, läuft der Film rückwärts und der Pulk setzt sich wieder auf dem Boden zusammen.

Aber dieser Schwarm war anders. Er hob sich wie eine

einzige große Platte. Wie eine massive, tonnenschwere, graugrünlich schimmernde Schieferplatte, die gegen jedes physikalische Gesetz den Senkrechtstart übt.

Irritiert blieben Brigitte und Mario stehen. Brigitte war eine überzeugte Tierschützerin mit manchmal fast missionarischen Zügen, und auch Tauben gehörten zu ihren Schutzbefohlenen. Doch was nun kam, stellte die Freundschaft zwischen Tier und Mensch auf eine ernste Probe. Wenn das Schauspiel vorbei sein sollte, würde sie kein Wesen mehr hassen als Tauben.

Die fliegende Schieferplatte schwebte in zehn Metern Höhe über dem Platz, wie eine verirrte Gewitterfront, schob sich über die beiden und verdunkelte den Himmel. Und dann setzte sie zur Landung an. »Lauf!«, schrie Mario, packte Brigitte an der Hand und wollte davonstürmen. Doch sie waren mittendrin im Getümmel. Es waren Tausende von Vögeln, die sie umflatterten und auf sie einpickten, als wären sie in Zuckerguss getaucht und mit ›Trill‹-Körnchen bestreut. Mario stolperte über Tauben, Brigitte rutschte auf Taubenkot aus, sie hatten Taubenkrallen im Haar. Um sie herum war die Luft voll von Gekreische und panischem Gurren, die Schreie der Tiere hallten über den Markusplatz wie das Echo eines hysterischen Orgelkonzertes in einer Kathedrale. In kürzester Zeit hatte die Angst der Tauben die beiden angesteckt. In Panik kämpften sie sich über den Platz, die Jacken über die Köpfe gezogen, und mit den Füßen versuchten sie, sich eine Schneise freizutreten. Sie fühlten sich auf dem großzügigsten Platz Venedigs gefangen wie in einem Vogelkäfig.

Urplötzlich war der Wahnsinn vorbei. Die Tauben hatten sich alle hingesetzt, dicht an dicht und guckten verstört, als wüssten sie selbst nicht so recht, was in diesen schönen Tag gefahren war. Es wurde still. Und in die Stille hinein klingelten plötzlich in allen Ecken Handys.

Ein Tourist am Rande des Platzes, der das Ganze im Schutz der Arkaden mit seiner Videokamera festgehalten hatte, machte, dass er davonkam. Brigitte und Mario hielten sich nicht mehr an den Händen. Es ekelte sie nur noch. Brigitte weinte und Mario fluchte halblaut vor sich hin, spuckte Federn und trat hasserfüllt ein paar Tauben tot, die das seltsam widerstandslos mit sich geschehen ließen.

Danach, im Hotel, war alles anders. Auch nach zwei Stunden im Bad hatten sie den Geruch noch in der Nase. Das frisch bezogene Bett hatte jeden Reiz verloren und die Sprachlosigkeit am Morgen im Café bekam nachträglich ein ganz neues Gewicht. Was eigentlich nur das erschöpfte Schweigen nach einer Überdosis Sex war, hieß nun: Sie hatten sich außerhalb des Bettes nichts mehr zu sagen. Es war, als hätten die Tauben ein Strafgericht abgehalten. Urteil: Betrüger, Ehebrecher, Lügner. Und nun fühlten sie sich schuldig und wollten so schnell wie möglich ihre Strafe antreten. Liebesentzug nicht unter sechs Monaten.

Noch am Abend des 29. Januar 2002 verließen sie Venedig. In genau dieser Nacht, sechs Jahre zuvor, war der Kabelbrand entfacht worden, der die Oper La Fenice bis auf die Grundmauern niederbrennen ließ. Natürlich war es Brandstiftung gewesen. Ein Elektriker hatte das Feuer gelegt, um zu vertuschen, dass er mit seinen Arbeiten in Verzug war. Dummerweise war aus dem kleinen Kabelbrand ein großer geworden, und schließlich konnte der Unglückliche nur noch sein Leben retten, nicht jedoch die Oper. So hatte sich das eine Feuer unabsichtlich vergrößert, während das andere mit Absicht gelöscht worden war. Denn es war kein Zufall, dass Brigitte und Mario von ein paar Tausend durchgeknallten Tauben auseinandergetrieben worden waren.

Was sie erlebt hatten, war der erste groß angelegte Versuch, Tauben als taktische Lenkwaffe einzusetzen.

Das Video, das Dr. Waldemar Ziegenaus, Brigittes Mann, zwei Tage später bei der Atlas Ltd. in San Diego präsentierte, zeigte eindrucksvoll, wie präzise dieses Werkzeug zu steuern war.

Der Titel der Präsentation ›Das Venedig-Manöver‹ war angesichts der Größe des Jagdgeschwaders keineswegs übertrieben. »Allerdings funktionierte unser System bis jetzt nur auf kleineren Plätzen, die von allen Seiten frei zugänglich sind«, räumte Ziegenaus bescheiden ein. Eine Bescheidenheit, die unangebracht schien vor einem Unternehmen, das 11.000 Mitarbeiter in zwölf Staaten beschäftigte und gerade von Lockheed-Martin für 1,8 Milliarden Dollar in Bargeld und Aktien übernommen worden war.

Ron Emerald Burston, der Mann, der das Bargeld kassiert hatte (die Aktien gingen an seine leitenden Mitarbeiter), deutete diese Bescheidenheit auf seine Weise. Es war für ihn eine Einladung, seine neu gewonnene Großzügigkeit unter Beweis zu stellen. »Doctor Ziege (Burston tat sich schwer mit diesen vertrackten deutschen Namen), wie viel würde es kosten, Ihr System für größere Einsätze weiterzuentwickeln? Sagen wir, für eine Stadt in der Größe von Washington D. C.?«

Ziegenaus wunderte sich schon, warum Burston ausgerechnet die Stadt seines größten Auftraggebers als Ziel ausgewählt hatte, da ergänzte Burston, der das Zögern wohl bemerkt hatte, mit einem Lächeln: »Natürlich könnte es auch Dresden sein. Oder jede andere Stadt mit einer halben bis einer Million Einwohner.«

»Das hängt weniger von der Einwohnerzahl als vom Durchmesser des Einsatzgebietes ab. Im Moment ist bei 500 Metern Schluss. Ich denke, wir könnten dieser Zahl sicherlich noch eine Null anfügen.« Burston griff in seine Jackentasche und holte ein schmales Mäppchen heraus. »Dann werde ich hier auch noch eine Null anfügen.« Burston schrieb eine Zehn vor die sechs Nullen und überreichte ihm den unterzeichneten Scheck. »Ich bin sehr zufrieden mit Ihrer Arbeit. Die Atlas Ltd. möchte Ihnen eine exklusive Partnerschaft anbieten. Sie werden bestimmt verstehen, dass wir uns alle Rechte an Ihrer Idee sichern wollen. Der Vertrag ist unterwegs.«

Ziegenaus nickte.

»Wer waren übrigens Ihre zwei Versuchskaninchen in Venedig?« Ziegenaus faltete den Scheck zusammen, steckte den Vertragsentwurf ein und sagte mit einem bitteren Lächeln: »Der Mann einer Bekannten und seine Geliebte.« Was er nicht verriet, war, dass die Geliebte dieses Mannes seine eigene Frau war: Brigitte.

Drei Jahre später war die Reichweite des Systems, das mittlerweile auf den Namen ›Dove missile‹ hörte, auf gut zwei Kilometer angewachsen und das hatte es vor allem dem Siegeszug des Handys zu verdanken. Die Sendemasten, die auf jedem zweiten Hausdach wuchsen, waren die perfekten Befehlsgeber für jenes künstlich geschaffene Magnetfeld, das den Orientierungssinn der Tauben neu ausrichtete. Das Prinzip war ganz einfach: Tauben navigieren mit einer Art Kompass in ihrem Schnabel, einem Sensorium, das auf schwächste magnetische Impulse reagiert. Ein Auslösereiz lässt sie aufflattern, und dann fliegen sie nach Norden. Oder dahin, wo sie den Norden vermuten.

Das alles hatte Waldemar Ziegenaus vor Jahren entdeckt, als er von einem Taubenzüchter erfahren hatte, dass sich bei einem Wettflug in Südschweden 1.500 Brieftauben verirrt hatten. Er hatte herausgefunden, dass sie in einem Gebiet gestartet waren, in dem neue Handymasten installiert wurden. Er hatte den virtuellen Nordpol entwickelt, der den Tauben zwischen den Sendern (es mussten mindestens vier sein) vorgaukelte, in die richtige Richtung zu fliegen. Er hatte einen Weg gefunden, Handymasten anzuzapfen und zu synchronisieren. Und er hatte das alles ganz alleine gemacht.

Die einzige Person, die eingeweiht war, hieß Ann-Marie Furtmann. Sie war dahintergekommen, dass Mario und Waldemars Frau Brigitte eine kleine Affäre angefangen hatten. Und nun hatte Waldemar den beiden einen Denkzettel verpasst, der sie noch vier Tage nach ihrer Rückkehr nach Taubendreck müffeln ließ. Die Mitarbeiter bei Furtmanns witzelten damals hinter Marios Rücken, ob er aus Venedig wohl eine neue Kreation mitgebracht hätte, das ›Taubendreck-Sorbet‹. Ann-Marie und Mario gingen sich danach monatelang aus dem Weg. Sie ließ in Anspielungen durchblicken, dass sie wüsste, was er getan hatte, ließ Mario aber im Unklaren darüber, wie viel sie genau wusste. Und das verstärkte Marios schlechtes Gewissen noch.

War es das verbindende Gefühl, betrogen worden zu sein, war es Dankbarkeit oder die Bewunderung für die Erfindungen des geheimnisvollen Mannes, Ann-Marie wusste es nicht, aber sie fühlte sich zu Waldemar Ziegenaus hingezogen, seit sie ihn das erste Mal gesehen hatte. Es war eines dieser Abendessen im Nachbarschaftskreis gewesen, zu dem sie jede Woche irgendwo anders eingeladen waren, und an jenem Abend hatten es die Gastgeber für klug gehalten, die Furtmanns mit den Ziegenaus' bekannt zu machen. Und tatsächlich: Mario und Brigitte verstanden sich prächtiger, als Ann-Marie hätte lieb sein können, aber davon merkte sie kaum etwas, weil Waldemar ihre ganze Aufmerksamkeit fesselte: Er hatte das Auftreten eines zerstreuten Professors, den schüchternen Blick eines 13-Jährigen und die Pranken eines Riesen.

Sie erinnerte sich noch genau an den Moment, als er bei der Begrüßung ihre Hand schüttelte. Vorsichtig, mit einer ungeheuren, gebändigten Kraft, schlossen sich seine Finger um ihre Hand. Sie waren warm und trocken, und in den zwei Sekunden, die der Händedruck dauerte, umfing sie eine angenehme Ruhe. Sie wollte gerne die Augen schließen und seufzen.

Den ganzen Abend über freute sie sich auf den Abschied. Und da war er wieder, dieser Druck, der nicht nur ihre Hände, sondern auch ihr Herz umfasste, und da erlaubte sie sich, kurz die Lider zu schließen und schläfrig wieder zu öffnen und Waldemar dabei in die Augen zu blicken. Errötete er, bevor er sich umdrehte und ging? Sie war sich nicht sicher.

Ein Jahr nach dem Venedig-Manöver waren Waldemar und Brigitte geschieden, den Scheck mit den sieben Nullen von Atlas Ltd. hatte er geschickt vor dem gegnerischen Anwalt verheimlicht. Dafür hatte er Beweisfotos aus Venedig präsentiert. Küsse im Café, ein nackter Oberkörper am geöffneten Fenster und so weiter. Die Bilder waren raffiniert so ausgewählt, dass Mario nicht genau zu erkennen war.

Ohne große Gegenwehr nahm Brigitte die Trennung und ihren Mädchennamen wieder an. So hatte Waldemar aus dem Venedig-Manöver einen doppelten Sieg davongetragen. Und irgendwann landete er mit Ann-Marie im Bett und sie führten ihren Rachezug zu Ende.

Deutschland, Land der Ideen

Seit Marios Partner Sven Klagenfurter im Alter von zwölf mithilfe von Backpulver seinen ersten Sprengsatz gebaut hatte, konnte sich seine Doppelbegabung ungehindert weiterentwickeln.

Seine Ambitionen als staatlich geprüfter Lebensmittelchemiker mit Einserdiplom befriedigte er als Geschmackstüftler für Marios kleines Eis-Imperium. Außer Mario und seiner Frau Ann-Marie wusste kaum jemand, dass die schrägen Geschmacks-Kreationen quasi als Abfallprodukt aus den Labors der CP AG kamen: ›Green Hot Chili Peppers‹ (die Kombination aus Waldmeister und Chili) oder ›Portofino‹ (ein Sorbet, das selbst an einem regnerischen Tag im Schwarzwald so schmeckte, als würde man in Portofino am Hafen sitzen und bei Sonnenuntergang ein Limetten-Sorbet schlürfen) waren sicherlich die Höhepunkte in Svens Nebenerwerbsleben. Und doch waren sie nur ein netter Zeitvertreib.

Seine Hauptleidenschaft war nicht die Erzeugung von Geschmacksexplosionen, sondern die Erfindung von durch und durch kriegerischem Zubehör. Er begann mit Sprengstoffen, entdeckte Anfang der 90er das weite Feld der chemischen Kampfstoffe und ließ sich nun die in Mode gekommene Vorsilbe ›Biotech‹ versilbern.

Er arbeitete geschützt durch eine Firma, die sich den Anstrich eines innovativen medizinischen Forschungslabors gab, durch das Deutschland wieder Anschluss an seine alten Tugenden Erfindungsgeist, Präzision und Zuverlässigkeit finden wollte. Die CP AG, die ›Chemical Perspectives Aktiengesellschaft‹, im fortschrittshörigen Gewerbegebiet Industriestraße angesiedelt, bezeichnete sich als führendes Labor in der Kryptokokken-Forschung und arbeitete als Patentzulieferer für zwei große Pharma-Unternehmen. Über ein Holding-Netzwerk war sie an die Glarus-Chem, einen multinationalen Mischkonzern mit Sitz im Schweizer Kanton Glarus angebunden.

20-Mann-Labors wie die CP AG wurden großzügig durch Subventionen aus EU-Töpfen gefördert, die wesentlich bauchiger ausfielen, als es die Forschungsergebnisse vermuten ließen. Sven war einer von zwei Vorständen der kleinen Firma, besaß ein überaus attraktives Aktiendepot und freute sich über die Quellen, die von allen Seiten nur so hereinsprudelten. Und die Schweizer ließen ihn in Ruhe, solange es sprudelte.

Auf der ganzen Welt wussten etwa zehn Leute, dass Dr. Sven Klagenfurter vom Wohle der Menschheit seine ganz eigene Definition hatte. Und acht davon lebten nicht in Deutschland.

Sven genoss einen makellosen Ruf. Zwar nicht in den Elite-Zirkeln des universitären Forschungsbetriebes, dazu war er kommerziell zu erfolgreich. (Die offizielle Sprachregelung unter Wissenschaftskollegen war natürlich, dass er zu wenig publizierte.) Aber dafür war er im Rotary Club und auf den Tennis- und Golfplätzen der Gegend ein gern gesehener Gast. Gerade weil Sven seine hier gewonnenen Kontakte wirtschaftlich überhaupt nicht nutzen konnte und nicht jedes Treffen zu einem Akquisitionstermin missbrauchte, war er für seine Gesprächspartner so überaus vertrauenswürdig. Dr. Sven Klagenfurter, ein Freund der Menschheit. Wer wollte so einen nicht selbst zum Freund haben?

Das war in den 80ern, als er zu forschen begonnen hatte, noch anders gewesen. Damals, als hinter jedem Dr. rer. nat. chem. ein potenzieller Seveso-Gift-Fabrikant

vermutet wurde. Damals, als er und seine Kommilito-
nen von Umwelt-, Natur-, Tier-, Gewässer- und anderen Schützern bis in den Hörsaal hinein verfolgt wurden.
Damals hatte er sich sein tiefes Misstrauen gegenüber
Lob und Kritik, egal von welcher Seite, zugelegt und
bis heute behalten.

Mittlerweile hatte sich das Blatt gewendet. Die
Umweltaktivisten mussten sich als Fortschrittsbremser
und Konjunkturvergifter beschimpfen lassen. Und die
Vorstände der CP AGs dieser Welt waren die neuen Hel-
den der Arbeit. Nicht, dass sich Sven darüber hämisch
gefreut hätte. Er sah es einfach und es war gut so.

Die Tür ging auf. In der ganzen Firma gab es nur einen
Menschen, der eintreten durfte, ohne anzuklopfen. Sein
Vorstandskollege Dr. Gerd Maxbichler. Er war Jurist, seit
eineinhalb Jahren an seiner Seite und kümmerte sich um
die Anmeldung der Patente, ihre finanzielle Verwertung
und ums Personal.

»Morgen, Sven! Die Frau Dr. Liebscher hat mir erzählt,
dass du das Tierlabor erweitern willst. Muss das wirklich sein? Ich hasse Tierversuche!«

Sven lächelte. Dass dieser trockene Anwalt Gefühle
wie Mitleid oder gar Barmherzigkeit kannte, war ihm
neu. Wahrscheinlich hatte er was mit der Liebscher.
»Keine Sorge. Wir foltern hier keine Katzenbabys. Wir
erforschen lediglich die Verdauung von Tauben.«

Gerd zog die Stirn in Falten. Er konnte es nicht leiden, wenn Sven mit ihm wie mit einem Kind sprach.
Obwohl er kein Entwickler war, verstand er etwas von

der Materie. Zumindest glaubte er das. »Ich weiß, dass wir mit Taubenscheiße unser Geld verdienen. Ich möchte nur wissen, auf wie viel mehr Scheiße ich mich einstellen muss!«

Was war denn los? So kannte Sven seinen Kollegen gar nicht.

»Auf doppelt so viel Scheiße, wie du es nennst.«

»Du weißt, dass wir dann neue Auflagen vom Tierschutz bekommen und uns das ganze Labor auf den Kopf stellen lassen müssen.«

»Müssen wir wirklich? Ausgerechnet in einer Phase, in der die Erprobung so richtig anläuft?«

»Wenn wir sauber bleiben wollen, ja. Und bis jetzt sind wir sauberer als jeder Waschmittelhersteller. Trotz der ganzen Kacke.«

Sven überlegte kurz. Seine Begriffe von ›sauber‹ und ›nicht sauber‹ waren sicher ganz andere als die von Maxbichler. Er wollte ihm aber das Gefühl geben, mit ihm auf einer Linie zu sein.

»Dir macht vermutlich der § 8a Sorgen.« Der brave Dr. Maxbichler nickte. Wenn er wüsste, wie viele Tierschutzgesetze in seinem Labor jeden Tag gebrochen wurden!

Absatz drei besagte: ›Mit Freiheitsstrafe bis zu drei Jahren oder mit Geldstrafe wird bestraft, wer die Zahl der Versuchsvorhaben oder die Art oder die Zahl der verwendeten Tiere nicht, nicht richtig oder nicht rechtzeitig angibt.‹

Sven grinste innerlich. Im § 7 war auch noch etwas ganz anderes geregelt: ›Tierversuche zur Entwicklung oder Erprobung von Waffen, Munition und dazugehörigem Gerät sind verboten.‹

Meist war er glücklich darüber, einen hundertprozentig korrekten Superjuristen als Partner zu haben. Aber jetzt bereute er es ein wenig.

»Okay, dann müssen wir uns mit unserem Tierschutzbeauftragten unterhalten.«

»Obwohl – vielleicht habe ich da eine Idee«, zwinkerte ihm Maxbichler zu. »Ich kenne jemanden beim Veterinäramt.«

Vergesst Zecken

»Cryptococcus neoformans wird per Inhalation übertragen.«

Routiniert klickte sich Sven durch die PowerPoint-Präsentation. Das Schaubild zeigte einen übertrieben pulsierenden Luftstrom, der in die Lungen eines Mannes vordrang. Sven hatte die Animation von seinem Laptop aus schon den unterschiedlichsten Auditorien vorgeführt: Ärzten, Fondsmanagern, Analysten, Rotary-Freunden. Diesmal sprach er vor der Deutschen HIV-Gesellschaft.

»Cryptococcus neoformans ist ein Pilz, der im Erdboden, in abgestorbenen Pflanzenteilen sowie im Kot von Ziervögeln, Hühnern und Tauben nachgewiesen wurde. Vogelkot ist dabei das bekannteste Erregerreservoir. Wir wissen heute, dass bei ca.19% der Tauben, also auch bei den 10 Millionen Brieftauben und damit bei ihren 60.000 Züchtern in Deutschland, dieser Erreger vorkommt.«

Er verringerte dabei die Lautstärke und gab damit den Zahlen einen bedrohlicheren Klang, sodass die 19% eine Wirkung wie 90% entwickelten. Das war als Einstimmung auf das Kommende gedacht.

»Die Infektion verläuft bei Menschen mit einem intakten Immunsystem meist unauffällig, bei immungeschwächten Personen ist sie fast immer der Beginn einer über den ganzen Körper streuenden Erkrankung, die in eine lebensgefährliche Lungen- oder Gehirnhautentzündung mündet. Die Sterblichkeit liegt je nach Studie bei bis zu 25%.«

Vor akademischem Publikum würzte er seine Rede oft mit exquisiten, nur einer Minderheit verständlichen medizinischen Fachausdrücken. Doch da er heute vor einem quer durch alle Schichten gemischten Publikum sprach, bemühte er sich um einen möglichst einfachen Vortrag.

»Jedes Schulkind kann heute den Namen des Virus H5N1 buchstabieren. Die ganze Welt lebt in Panik vor der asiatischen Vogelgrippe. Der Begriff der Pandemie ist überall Titelthema. Aber bei all der Angst vor einer möglichen Pandemie, die erst denkbar würde, wenn das Virus mutiert, was bis jetzt nur eine Vermutung ist, wird vergessen, dass es ganz reale, schon heute existierende Krankheiten sind, die uns viel mehr bedrohen.

Die Vogelgrippe hat bisher nur die Medien infiziert und ansonsten keinen menschlichen Organismus!«, donnerte er in den Saal.

»Von Kryptokokkose dagegen werden jedes Jahr schon heute mindestens 500 Personen befallen. Und zwar allein in Deutschland. Und wir haben deutliche Beweise dafür, dass nicht nur HIV-Patienten dafür anfällig sind, sondern jeder, dessen Immunsystem nicht 100% intakt ist. Bereits ein kleiner Infekt, der das Körperabwehrsystem beschäftigt, genügt, um ein ganzes Tor zu öffnen für einen Kryptokokkenangriff.«

Dabei verriet er dem Publikum aus dramaturgischen Gründen nicht die ganze Wahrheit. Die Tatsache, dass in Deutschland zwar 500 Kryptokokkose-Fälle jährlich gemeldet wurden, aber noch kein einziger Fall bekannt geworden war, in dem ein Taubenhalter daran erkrankt war (und Taubenhalter wären nun wirklich als Risikogruppe zu bezeichnen gewesen). Das hätte seinem Vortrag sicher die Sprengkraft genommen. Er wollte die Wirkung seiner Ansprache aber nicht durch solche Nebensächlichkeiten verwässern. Natürlich lautete die simple Erklärung, dass Taubenzüchter einfach seltener HIV-infiziert sind als der Bevölkerungsdurchschnitt.

Aber welcher Zwischenrufer wollte sich schon mit solchen Details gegen die Wucht der großen Zahl stemmen? Und so hingen die Zuhörer ungestört gebannt an seinen Lippen.

»Während an der Frühsommer-Meningo-Enzephalitis jedes Jahr ca. 200-300 Personen lebensgefährlich erkranken, sind es bei der Kryptokokkose mehr als doppelt so viele. Damit lässt sich stark vereinfacht feststellen«, so leitete er das Finale ein, »die Taube ist gefährlicher als die Zecke. Viel gefährlicher. Während aber heute jeder Mediziner in den FSME-Gebieten zu einer vorsorglichen Impfung rät, ist es um den Kryptokokken-Schutz noch sehr schlecht bestellt. Viele Ärzte wissen gar nicht, dass es ein Antimykotikum gibt, das einen breitbandigen Schutz gewährleistet.«

Und schon leuchtete die dottergelbe Packung von ›Krypto 3.000‹ an der Projektionswand auf. »Idiopharm hat seit zwei Monaten die weltweite Zulassung für dieses Präparat, das nun als einziges seiner Art auf dem Markt ist. Ohne das Risiko von Impfschäden, da es als Geltablette verabreicht wird. ›Krypto 3.000‹ ist lebensnotwendig für HIV-Patienten, eine Lebensversicherung für Taubenzüchter und für alle, die Tauben hassen, eine echte Lebenshilfe. Und Taubenhasser, das dürften wohl (kleine Kunstpause) 50% der Menschheit sein. Mich ausdrücklich eingeschlossen.«

An dieser Stelle machte sich üblicherweise ein Schmunzeln im Saal breit, so auch diesmal. Obwohl spürbar war, dass im hinteren Teil des Saales die Solidarität mit HIV-Infizierten mit der Liebe zu den Tieren wetteiferte.

Sven verbeugte sich. Applaus!

Das Manuskript des Nichtgesagten war länger gewesen als der ganze tatsächlich gehaltene Vortrag. Denn weder hatte Sven erwähnt, dass das Wirkstoffpatent von ›Krypto 3.000‹ unter seiner Führung bei der CP AG entwickelt worden war, noch hatte er klargemacht, dass er mit dem Hersteller Idiopharm über die gemeinsame Holding Glarus-Chem verbunden war.

Auch die Umsatzerwartung von 50 Millionen Euro jährlich, an der er als Patentlieferant eine hübsche Tantieme kassierte, blieb sein Geheimnis. So schürfte er von beiden Seiten des Berges an der Goldmine. Doch das alles hatte auch niemanden zu interessieren. Er war schließlich nur hier, um als Kryptokokken-Koryphäe Stimmung gegen die Tauben zu machen und über die Gefahren auf breiter Front zu informieren. Und das gelang ihm recht gut: Schon erschienen Artikel in den bunten Blättern, die mit hollywoodreifen Titeln wie ›Der Angriff der Killer-Tauben‹ überschrieben waren. Er hatte schon mehrere Termine im Gesundheitsministerium gehabt, wo er als unerschrockener Aufklärer in Erscheinung trat, und auch im Frühstücksfernsehen war er ein gern gesehener Gast. Eine kleine Portion Grusel hilft eben ungemein beim Aufstehen.

Sven war in seinem Metier zu einer Art Popstar geworden, er schrieb Kolumnen in Frauenzeitschriften und präsentierte sich mit zunehmender Routine nicht mehr mit der keuschen Zurückhaltung des Forschers, sondern mit dem Selbstbewusstsein des Machers. Und weil Tauben keine mächtige Lobby haben, formierte sich der Widerstand erst, als es schon zu spät war.

Ein paar Tierschützer rafften sich auf, aber nach einem verregneten Wochenende mit einem Infostand in der Fußgängerzone Münchens gaben sie auf. Wo Emotionen brennen, kann man mit Fakten nicht mehr löschen. Kryptokokken, die unbekannten Hefeteilchen, waren auf dem besten Weg, zum Pilz des Jahres zu werden. Und der Name Dr. Sven Klagenfurter, so flüsterte ihm eine zugeneigte weibliche Stimme aus dem Gesundheitsministerium zu, stand auf der Vorschlagsliste für das Bundesverdienstkreuz am Bande.

»Guten Morgen, hier ist die CP AG, mein Name ist Melbach. Herr Dr. Maxbichler möchte gerne mit Frau Dr. Zimmler sprechen, wäre das möglich?«

Wenig später stand die Verbindung mit der Leiterin des Veterinäramts Fürstenfeldbruck. Nach ein paar Minuten höflichen Geplänkels, bei der jeder dem anderen seine Hochachtung bekundete, kam Maxbichler auf den Punkt. »Frau Dr. Zimmler, ich habe leider erfahren müssen, dass sensible Unterlagen, die unser Forschungsprojekt betreffen, in die falschen Hände gelangt sind. Ein neuer Mitarbeiter, den wir von Vetinux in Stuttgart abwerben konnten, zeigte uns Kopien einer Studienanordnung, die wir vor 14 Monaten in Ihrem Veterinäramt eingereicht hatten.«

»Ach was, Herr Dr. Maxbichler. Das ist doch nicht möglich. Sie meinen, wir haben eine undichte Stelle, die Daten verschachert? Sind Sie sicher?«

Maxbichler blieb freundlich.

»Ob die Daten verkauft wurden, weiß ich nicht. Aber dass sie Ihr Haus verlassen haben, steht fest. Und genau deshalb möchte ich Sie zu einer Tasse Tee bei uns einladen. Gerne auch Kaffee. Hätten Sie Zeit und Lust?«

Zwei Tage später saß Zimmler im großen Besprechungssaal und war zu fast jedem Deal bereit.

»Das Unangenehme ist, dass wir unsere Studie nun nicht mehr unverändert weiterlaufen lassen können. Wir müssen davon ausgehen, dass Vetinux seine Schlüsse aus unserem Versuchsdesign zieht und Bescheid weiß. Wenn sich die nicht komplett dumm anstellen, können sie ihren

Rückstand verringern. Um wirtschaftlichen Schaden von unserem Unternehmen abzuwenden und natürlich, um zu verhindern, dass ein paar bayerische Patente nach Baden-Württemberg wandern, müssen wir das Studiendesign modifizieren und die Anzahl der Versuchstiere vergrößern.«

Den Hinweis auf den bayerischen Technologiestolz konnte sich Maxbichler unmöglich verkneifen. Seit Jahren schon entbrannte zwischen den Ministerpräsidenten der beiden Länder ein verbissen geführter Wettstreit um die geringste Arbeitslosenquote, die meisten Elite-Universitäten und natürlich auch die zahlreichsten Hightech-Patente. Spitzentechnologie war Chefsache.

»Wenn Sie das unbürokratisch lösen, verspreche ich Ihnen, dass wir aus diesem Vorfall keine große Sache machen. Sie wissen ja, dass wir nicht gern im Rampenlicht stehen. Und Ihnen persönlich, Frau Dr. Zimmler, wünsche ich das auch nicht.«

Zimmler, die hübsch gewesen wäre, wenn sie ihre Haare nicht so streng nach hinten gebürstet hätte, nickte verständnisvoll. Die Zoologin fühlte sich Juristen gegenüber oft ein wenig unterlegen. Bei Maxbichler war das etwas anderes. Er war ein Gentleman der alten Schule. Galant, rücksichtsvoll, und wenn er streng wurde und ihr etwas länger in die Augen schaute, als es eigentlich angebracht war, dann verspürte sie ein wehmütiges Ziehen unter der Bluse.

Nach einer Führung durch die Labors war Zimmler klar geworden, dass es kaum je eine einfachere Entscheidung in ihrer Karriere gegeben hatte, als diesem Musterbetrieb zu gestatten, seinen Tierbestand zu vergrößern. Die Tauben hatten es hier besser als in jedem Brieftaubenstall. Leiden oder gar Quälerei waren auch mit kritischem Blick nicht feststellbar. Manche Tiere wurden sogar unter Reinraum-Bedingungen gehalten, hier hätte Frau Zimmler sicher ohne Bedenken neben den Tieren ihr Mittagessen eingenommen. Sie lobte die Tierhaltung als vorbildlich und sagte zu, den Bewilligungsbescheid ohne weitere Prüfung morgen loszuschicken und nach einer internen Revision die undichte Stelle in ihrer Behörde zu stopfen.

Sven boxte Maxbichler freundschaftlich auf den Oberarm. »Sauber, das nenne ich beschleunigtes Genehmigungsverfahren!« Das Gespräch im Konferenzraum hatte zwar unter vier Augen, aber mit sechs Ohren stattgefunden, Sven hatte durch das Überwachungsmikro jedes Wort mitgehört, und sein Erstaunen war von Minute zu Minute gewachsen.

Was das der biedere Jurist Maxbichler, den er kannte? Der Vorsichtige, Zögerliche, Hundertprozentige? Der Mann, den er nun erlebt hatte, war ein ganz anderer. Ein gewitzter Zocker, der auch in brenzligen Situationen seinen Charme behielt. Er bluffte, führte in die Irre und log, was das Zeug hielt. Ein idealer Partner für Sven also. Trotzdem war der Zeitpunkt noch nicht gekommen, ihm die ganze Wahrheit aufzutischen. Und Sven wusste nicht, ob dieser Zeitpunkt je kommen würde.

»Sag mal, wofür brauchen wir denn all die neuen Tauben?«

»Du hast es schon richtig formuliert: um unseren
Vorsprung auszubauen. Ich nenne es ›Projekt Krypto
4040‹.«

Kleintiere und andere Perversionen

Brigitte hatte, nachdem sie mit Waldemar abgeschlossen hatte, eine ganze Reihe von Verehrern um sich
geschart, die mit heruntergelassenen Hosen für die eine
oder andere Schweinerei um Ablass baten. Friseure,
die ihre Bücher frisiert hatten, Floristen, die ihre Jung-
floristinnen deflorieren wollten, Schönheitschirurgen,
die zu viel Fett abgesaugt hatten. Sie alle wurden von
Brigitte auf den Markusplatz ihrer Fantasie verbannt,
wo sie gurrend auf Knien herumwatscheln und sich
für jeden Stiefeltritt bedanken mussten. Brigitte hatte
in ihrem Studio ein paar Webcams installiert, und ihre
Seite ›mistress of the doves‹ erfreute sich in England
der allergrößten Beliebtheit. Sie wurde vom Fachmaga-
zin ›Ms. SM‹ ausgiebig vorgestellt und zweimal als ›site
of the week‹ ausgezeichnet, was ihre Klickraten nochmals hochschnellen ließ. Die Seite war überaus appetitlich gestaltet, soweit das mit Gummi überhaupt möglich war, und das verdankte sie vor allem Sybille, einer
jungen Grafikdesignerin.

Sybille hatte zunächst nur die Internetseite und die
Plakate für den Wildpark Breitbrunn in einem kleinen

Nest am Ostufer des Ammersees gestaltet, den Brigitte leitete. Und daraus wurde schnell mehr.

Ihre gemeinsamen Interessen begrenzten sich nicht nur auf die Besuche der Münchner, Salzburger, Bregenzer und sonstiger Festspiele. Sie waren sich auch einig in ihrer Gleichgültigkeit den meisten Männern gegenüber. Sie fanden sie entweder ekelig, grob, geil, meist dumm, in jedem Fall aber verachtens- und bestrafenswert.

Sybille bot Brigitte alles, wonach sie sich bei Waldemar (und auch bei Mario) immer gesehnt hatte: Finanzielle Unabhängigkeit (Großvater hatte Sybille ein stattliches Vermögen hinterlassen) und jugendliche Energie.

Das ließ sich mit ihrem Job im Wildpark gut vereinen, denn das Klima hier war so asexuell wie in einem Lassie-Film. Hübsche Jungs und Mädels spielten tagsüber mit süßen Tieren, bestanden so manches kleine Abenteuer und fielen abends todmüde ins Bett. Ende.

Und das, obwohl die Tierwelt hier sich unglaublich vermehrte. An jeder Ecke wurde geröhrt, gebalzt und gerammelt. Seit zwei Jahren schon stand der Wildpark Breitbrunn im Ranking der nachwuchsreichsten Tierparks Europas auf Platz eins.

»Wie schaffen Sie das nur, Frau Losmann?«, wurde sie immer wieder von den lilasilbergrauen Starreporterinnen diverser Lokalblätter gefragt. Brigitte setzte dann immer ihr bescheidenstes Lächeln auf und antwortete: »Ach – wir haben unsere Tiere lieb, also haben sich unsere Tiere auch lieb.« Nach diesem Aufklärungsunterricht im Stil der 50er-Jahre verschlug es den Reporterinnen vor Rührung immer die Sprache, und dann wurden

die neuesten Gesundheitsbulletins zu den jungen Reh-
kitzen, den kleinen Häschen, den süßen Entchen und
den niedlichen Ferkelchen studiert. Die richtige Antwort wäre natürlich gewesen: In unserem Park kon-
zentrieren wir den Fortpflanzungstrieb auf die Tiere,
nicht auf die Menschen. Ach – wie gut hätte in dieses
Bild voller Süßlichkeit der zartbittere Geschmack einer
stark geschminkten, streng blickenden Zoodirektorin in
Latexstiefeln gepasst!

Aber nein: Brigitte hielt Arbeit, Vergnügen und Privatleben streng getrennt.

Mit beträchtlichem Erfolg. Der Zoo mit seiner Groß-
produktion an Nachwuchs zog die Kindergärten und
Schulklassen aus nah und fern an.

Ihr SM-Studio, das sie dreimal in der Woche in Germering, einem Vorort genau im Dreieck zwischen Ammersee, Fürstenfeldbruck und München, öffnete, florierte
und ihr strenges Internetportal verbesserte die Handels-
bilanz der Bundesrepublik um gut 80.000 britische Pfund
pro Jahr.

Brigitte hatte den Absprung von ihrem Leben mit
Waldemar prima geschafft. Es gab nur eine Sache, die ihr
zu schaffen machte: Und das war die Columbia Domes-
tica. Die gemeine Haustaube.

»Kannst du das Fenster zumachen?«

»Das Fenster ist zu«, antwortete Sybille schläfrig.

Wenn Brigitte das Gurren nur hörte, begann es sie
schon zu jucken. Plötzlich hatte sie wieder diesen Geruch
in der Nase und das Gefühl, keine Luft mehr zu bekom-

men. Und das an einem Sommersonntag um 8 Uhr morgens, an dem sie endlich einmal hätte ausschlafen können. In Brigitte stieg ein leichtes Venedig-Gefühl auf und sie kletterte aus dem Bett. Der umgebaute Bauernhof, den Sybille bewohnte, bot einen Blick über die Äcker, den See und die dahinterliegenden Berge, der jeder Postkarte Konkurrenz machte. Die Schönheit bemerkte man vor allem beim ersten Mal. Beim ersten Schnee. Am ersten warmen Frühlingstag. Am ersten Morgen, an dem sich die Ahornblätter nach einer Frostnacht rot färbten. Brigitte würde den ersten Morgen nie vergessen, als sie in Sybilles Bett aufgewacht war.

Brigitte drehte sich um, es war warm, und so schlurfte sie im Nachthemd mit bloßen Füßen über den Holzboden in die Küche, um Kaffee zu kochen. Im Gegensatz zum bauernbarocken Äußeren des Hofes war es innen modern, kühl und loftartig großzügig. Sybille hatte die obere Etage als einzigen großen Wohn-Schlafraum ausgebaut, mit einer kleinen, aber komplett ausgestatteten modernen Frühstücksküche. Das wenige sichtbare Holz war schwarz gehalten, die Wände grob verputzt und weiß. In den unteren Räumen befanden sich Atelier, Wohnzimmer, die große Küche und ein Esszimmer sowie zwei Gästezimmer.

In den Gewölben der ehemaligen Stallungen waren die Sauna und ein kleines Schwimmbad untergebracht. Alles in allem ein Paradies. Nicht umsonst nannten manche die Ecke ›Himmelreich‹. Leider war die Ecke auch ein Tauben- und Möwenreich.

Dabei musste man zur Verteidigung der Vögel sagen,

dass sich der Taubenbestand seit Brigittes Ankunft ohnehin schon drastisch dezimiert hatte. Man hätte fast von Völkermord sprechen können.

Denn eines Tages war ein schüchterner junger Zoologe in den Tierpark gekommen, der sich sehr für die Züchtungserfolge interessierte und nach einiger Zeit auf das Thema Tauben umschwenkte. Brigitte bekam sofort ihren Juckreiz und wollte den Mann schon rauswerfen, doch er ließ nicht locker.

Er präsentierte ihr die Studie eines englischen Institutes mit Sitz in Oxford, dessen Namen sie noch nie gehört hatte, die nachwies, dass Tauben die Vermehrung und Aufzucht von Kleintieren signifikant behinderten.

»Sehen Sie, deshalb finden Sie bei uns auch fast keine Tauben am Hof!« Der junge Mann sah sie seltsam wissend an. »Und deshalb ist Ihr Park bei der Brutpflege so erfolgreich! Und das wollen wir noch weiter unterstützen.«

Er wollte sie als Partnerin für eine Studie gewinnen, die das Ergebnis der Oxford-Forschungen erweiterte. Und die Gefährlichkeit von Tauben für Säuglinge und Kleinkinder nachweisen wollte. Dafür wollte er sie von dem lästigen Federvieh befreien. Die Aussicht, dass damit 100% der Tauben gemeint sein könnten, war wirklich verlockend. Aber offiziell konnte sie als weit und breit bekannte Tierfreundin natürlich nicht zustimmen

»Sie werden verstehen, dass ich das unter gar keinen Umständen unterstützen kann«, meinte Brigitte und reichte ihm beim Abschied Sybilles Visitenkarte. »Aber vielleicht hören Sie sich in der Umgebung mal um.«

Sybille hatte die Sache in die Hand genommen, um Brigitte nicht weiter damit zu belasten.

Beide waren erbitterte Gegnerinnen von Tierversuchen. Aber bei Tauben machten sie eine kleine Ausnahme. Der Arbeitgeber des jungen Mannes, die CP AG, hatte in Sybilles Hof auf eigene Rechnung einen Taubenschlag installieren lassen und auch die Genehmigungen vom Tierschutzbund organisiert. Und nun wurden einmal pro Woche die Gefangenen abgeholt und in einem Transporter nach Fürstenfeldbruck gebracht. Weitere Details ersparte Sybille ihrer Freundin.

Manchmal, wenn Brigitte nachts wach lag und etwas vermisste (war es etwa das einschläfernde Gurren der Tauben?), fragte sie sich, ob die CP AG von ihrer Taubenphobie wusste. Und wenn ja, woher. Und was dort wohl mit den Tieren passierte. Sie stellte sich die leeren Augen vor, die kühl wie Glas in die Gegend stierten. Um den Hals hatten sie dünne Lederbänder mit winzigen Silbernieten, die ein wenig zu eng waren. Sie bekamen gerade genug Luft, um keine Panik zu kriegen. Das Gurren klang durch die enge Schnürung tief und kehlig, versoffen könnte man fast sagen. Um die Beine hatten sie kleine Fußfesseln, die Krallen waren knallrot lackiert. Und dann kam ein Mann durch die Tür und mit ihm ein Strom weißen Lichtes, er wischte mit einer Handbewegung die Fesseln ab und nun waren die Tauben weiß und flatterten hoch in den Himmel. Mit einem Zittern auf den Lidern schlief Brigitte ein. In ihren Träumen sah sie den Mann, der mit erhobenen Händen den Tauben hinterherblickte. Obwohl sie im Gegenlicht sein Gesicht nicht erkennen konnte, wusste sie: Es war Waldemar, ihr Exmann.

Die Freuden der Ehe

Mario steckte mit ruhiger Hand den Schlüssel ins Türschloss. Er war so entspannt wie lange nicht mehr. Brigitte oder vielmehr Miss B., wie auf der Klingel stand, beherrschte den Ritt auf der scharfen Klinge zwischen Strafe und Belohnung perfekt. Der kleine Junge in ihm wurde verwöhnt und gehätschelt, und der große Junge ein wenig härter rangenommen.

Alles in allem ein gelungener Abend, viel besser als das Abendessen gestern, zu dem sie wieder einmal eine ganze Tafel voll Nachbarn und Bekannten geladen hatten. Die Gespräche drehten sich bei den Frauen um Kochrezepte, Lehrerinnen und Kindermädchen und bei den Männern um Tennis, Fußball, Autos und Kindermädchen. In der Nachbarschaft waren zwei 19-jährige bulgarische Aupairs angekommen, die im Viertel ein Beben der Stärke sechs verursacht hatten. Von den besorgten Ehefrauen wurden sie unverhohlen der Prostitution verdächtigt, von den Männern mit breiter Brust und lässigen, bei ihnen sonst nie gesehenen Handbewegungen und strahlendem Lächeln begrüßt und von den weiblichen Teenagern der Gegend misstrauisch beäugt.

Die männliche Jugend zwischen 15 und 25 war ihnen sowieso rettungslos verfallen. Wie lange würden die zwei Gastfamilien dem öffentlichen Druck wohl standhalten?

Mario schloss die Eingangstür zu seinem Haus auf und ging, ohne Licht anzumachen, in Richtung Küche. Von draußen beleuchtete die Straßenlaterne schwach die Räume, nur hinten in der Küche brannte noch ein kleines Licht.

Auf diesen 15 Metern wechselte der Fußbodenbelag noch drei Mal die Farbe. Dem cremefarbenen Marmormosaik, das so kunstvoll wie zufällig und unbehauen im Flur lag, folgte ein altes Fischgrät-Eichenparkett im Durchgang durch das Esszimmer, dann war im Wanddurchbruch der Boden mit einer alten Eichenbohle ergänzt worden. ›Ein Gedankenstrich zwischen Alt und Neu‹, wie der Innenarchitekt es geschraubt formuliert hatte. Dahinter war im modernen Anbau an die alte Villa in der Küche ein Travertin-Boden verlegt worden, der aussah, als wäre er aus einer einzigen großen Platte geschnitten. Die Fugen waren so perfekt gearbeitet und die Maserung so genau abgestimmt, dass man die Stoßkanten nicht mehr finden konnte. Alles in allem war das Ganze ein riesengroßes, geschmackloses Durcheinander, aber das konnte sich natürlich niemand eingestehen. Die Nachbarn nicht, weil sie vor Neid platzten (allein der Boden sollte mehr gekostet haben als ein Touareg-Geländewagen mit zehn Zylindern!) und die Furtmanns natürlich auch nicht, denn die hatten es ja bezahlt.

Außerdem war Familie Furtmann das ›role-model‹ für das ganze Städtchen, sie waren sakrosankt bis zum Bodenbelag. Ann-Maries Art, sich zu kleiden, wurde imitiert, die Sonnenbrillen von Mario waren Legende – ebenso extravagant wie schwer aufzutreiben (es dauerte immer mindestens drei Wochen, bis der Nächste auch eine hatte), und seit sie ihren neuen BMW-Geländewagen besaßen, war sogar moccametallic eine Trendfarbe geworden.

Mario trat in die Küche und die Pfanne traf ihn so fest auf die Wange, dass er zu Boden ging. Nachdem sie einen Sekundenbruchteil sein Gesicht betrachtet hatte und neben maßloser Überraschung so etwas wie Schuld darauf abgelesen hatte, war Ann-Marie zufrieden und spielte sofort die Bestürzte: »Ach, entschuldige, ich dachte, es wäre ein Einbrecher.« »Na, danke, dass du mich nicht mit dem Fleischklopfer begrüßt hast!« Mario liebte ihre dünn geklopften Kalbsschnitzel.

»War der Abend wenigstens ansonsten schön, mein Armer, Armer?« Sie beugte sich zu ihm hinunter, nahm seinen Kopf, drückte ihm einen Eisbeutel auf die Wange und streichelte ihn wie ein Kind.

»Na ja, es ging so.« Mario betete kurz die Kinokritik herunter, die er zuvor im Radio gehört hatte, und war wieder einmal dankbar für die perfekte Vorbereitung.

In der Sakkotasche hatte er einen Kinoticketabriss, das gehörte zum Package bei Miss B., und mit seinem alten Schulfreund Helmut, der ebenfalls Kunde bei Brigitte war, hatte er ein gegenseitiges Alibi vereinbart. Der einzige Nachteil war, dass er durch diese Tarntermine keine Zeit mehr hatte, um Helmut wirklich zu treffen.

Denn wenn jeder von ihnen nur alle 14 Tage bei Miss B. war, dann hieß das, dass Mario jede Woche einmal

›Helmut‹ im Terminkalender stehen hatte, und Helmut ›Mario‹.

Keinen Menschen traf Mario privat öfter als einmal in der Woche, also erforderten die wenigen Male, an denen sie sich wirklich mal treffen wollten, einen Aufwand an Geheimhaltung, der an ein Zeugenschutzprogramm erinnerte.

Erleichtert wurden die Planungen aber durch die Tatsache, dass sich ihre beiden Ehefrauen weder für einander noch für die Männer interessierten. Und deshalb fragte Ann-Marie nach einem Miss-B.-Abend nie genauer nach. Normalerweise. Doch heute hatte sie andere Pläne.

»Na, habt ihr auf die Vaterschaft von Helmut angestoßen?«

»Äh, wieso?«

»Na, der wird ja wieder Vater, habe ich gehört, ein Nesthäkchen, das ist ja eine wunderbare Neuigkeit. Läuft denn alles problemlos? Wie viele Kinder haben die denn dann? Ich kenne ja nur die Pianistin – wie heißt sie? Vivian? Ist jetzt eine Oborowitschianerin!«

Diese verdammte Schulmütter-Tratschtanten-Partie! Woher sollte Mario wissen, wie viele Kinder sein bester Freund hatte? Jetzt hieß es improvisieren. Und im Improvisieren war er eine absolute Niete.

»Drei. Drei sind es dann. Schön, gell?«

Glück gehabt. Die Zutaten Doofheit, Vergesslichkeit und Spielerglück hatte er wieder einmal ins richtige Mischungsverhältnis gesetzt.

Und in Ann-Maries Gesicht veränderte sich etwas. Sie sah ihn nun mit einem Blick an, den Mario als liebevoll deutete. »Ein Nachzügler. Wieder ein kleines Baby im Arm halten. Diesen herrlichen Duft riechen. Wie sagst du immer? Babys riechen nach Maggi?«

»Stimmt!« Mario musste lächeln, als es ihm wieder einfiel. »Am Hals. Am Hals riechen sie ganz leicht nach Maggikraut, wenn sie einen Tag nicht gewaschen sind.«

»Und – wie rieche ich?«, fragte Ann-Marie und warf ihre goldenen Haare nach hinten, sodass die Küche kurz aufzuleuchten schien.

Langsam ließ er seine Hand über ihren Hals gleiten. Er streichelte sie nicht zart mit einem Finger, sondern mit der ganzen Hand. Es war mehr ein Abreiben. Er wusste, wie gern sie das mochte. »Du riechst nach Frühling. Soll ich dich pflücken?«

»Mach mir auch ein Baby!«, flüsterte Ann-Marie.

Mario war Ende 30 und ganz sicher noch im Vollbesitz seiner Manneskraft. Aber er hatte bei Brigitte heute alles gegeben und wusste nicht, ob er das so ohne Weiteres wiederholen konnte.

»Willst du wirklich von einem k. o. geschlagenen Boxer ein Baby? Das kommt doch schon mit Nasenbluten zur Welt. Ich weiß echt nicht, ob ich das mit dem Brummschädel hinbekomme.«

Aber Ann-Marie nestelte schon an seiner Hose. Sie nahm ihn in den Mund, und siehe da – vermutlich lag es an den Perlenohrringen und dem zarten Flaum, den sie hinter den Ohren hatte, und an der Tatsache, dass sie es noch nie auf dem jungfräulichen Travertin getrieben hatten, vielleicht wollte er sich aber auch ein bisschen für die

Ohrfeige revanchieren, jedenfalls lief letztendlich doch noch alles zu beider Zufriedenheit.

Mario nahm sie auf eine Art, die man schon ›böse‹ nennen durfte und Ann-Marie nahm es in einer Art auf, die man als ›begeistert‹ bezeichnen konnte. Auf einmal war Mario froh, heute schon einmal alles gegeben zu haben, denn so konnte er nun umso länger alles geben.

Im Souterrain ging das Licht an, das Kindermädchen musste aufs Klo. Mario hatte es bemerkt, und der Gedanke, dass das Mädchen sie beobachten könnte, gefiel ihm. Sie trieben es, als wollten sie den Boden wieder in seine Einzelplatten zerlegen, und tatsächlich linste Valentina, eine Ukrainerin, die sicher nicht so spektakulär blond wie die beiden Bulgarinnen, aber trotzdem auf jedem arabischen Heiratsmarkt ein Vermögen wert war, um die Ecke. Sie sah zum ersten Mal den nackten Po ihres Gastvaters, einen kleinen, gut trainierten, festen Po, der sich jetzt immer schneller über der gepresst seufzenden Ann-Marie bewegte und sich unter ihren Blicken zusammenzog, um dann nach ein paar Zuckungen wieder an Spannung zu verlieren. Valentina zog sich diskret zurück, Mario sah noch ihren Schatten an der Wand und lächelte in sich hinein.

Am nächsten Tag griff er zum Telefon, sobald er im Auto saß.

»Helmut? Hier ist Mario. Danke wegen gestern. Ja, war klasse. Und bei dir? Sag mal, stimmt das, dass ihr Nachwuchs bekommt?«

Am anderen Ende der Leitung machte sich Stille breit.

Und nach einigem Zögern: »Ja, aber noch nicht offiziell. Sorry, aber wir sind erst im zweiten Monat und haben es noch keinem gesagt. Wo hast du das her?«

»Von Ann-Marie.«

»Unmöglich. Gisela und sie sehen sich zweimal im Jahr auf dem Kinderflohmarkt. Sie kann nichts wissen.«

»Warum sollte sie dann so etwas sagen?«

Helmut überlegte.

»Ahnt sie etwas von deinen Dienstagsausflügen?«

»Was heißt hier: *meine* Dienstagsausflüge? Das sind unsere Ausflüge. Wir sollten beide aufpassen. Fliegt mein Alibi auf, ist deins auch weg.«

»Wie hast du gestern darauf reagiert? Ist sie misstrauisch geworden?«

»Ich habe Glück gehabt. Ich bin darauf eingestiegen und hab so getan, als wüsste ich es. Und dann habe ich eine für beide Seiten befriedigende Antwort gefunden.«

Mario konnte durchs Telefon hören, dass Helmut grinste: »Respekt, mein Lieber. Auf dass dich auch in hohem Alter die Lenden nie im Stich lassen mögen! Auch wenn das Hirn dann und wann etwas schwächelt. Aber das mit unserem dritten Kind, das ist schon mehr als weibliche Intuition. Finde doch bitte heraus, ob sie dich einfach nur bluffen wollte, oder ob sie wirklich was weiß. Und wenn ja, woher.«

Mario versprach, sich drum zu kümmern und sie machten aus, den nächsten Dienstag nicht bei ihrem kleinen gemeinsamen Geheimnis zu verbringen, sondern tatsächlich gemeinsam bei ein paar Bieren im ›Fürstenfelder‹. Es war ja nur Helmuts Termin bei Miss B., der dafür geopfert werden musste. Nicht seiner.

Am Samstag zupften sie im Garten ein wenig am Unkraut herum, das sich in den Rosenbeeten eingenistet hatte, und als er gerade die tief reichende Wurzel eines Löwenzahns aus dem Boden brach, fand Mario einen zwanglosen Einstieg. »Helmut war ganz aus dem Häuschen, als ich ihm erzählt habe, dass ihr drittes Kind das neueste Stadtgeflüster ist. Er hat geschworen, dass es außer mir noch niemand weiß. Wer hat es dir denn geflüstert?«

Ann-Marie zögerte einen Moment zu lang. Sie war normalerweise an Schlagfertigkeit kaum zu übertreffen. Das galt auch für ihre Zunge. Doch Mario war klar, dass sie schwamm. Möglicherweise überlegte sie in diesem Moment gerade folgende Alternativen:

1.) Hat er durchschaut, dass ich ihn bloßstellen wollte? Und revanchiert er sich jetzt mit einem Gegenbluff? Dann fliegt er erst in sieben bis neun Monaten auf.

oder

2.) War er tatsächlich mit Helmut im Kino? Und ich habe ihn zu Unrecht beschuldigt?

oder

3.) Hat er einfach Glück gehabt, und ich hab zufällig die richtige Frage gestellt, auf die er zufällig die richtige Antwort parat hatte?

Möglicherweise dachte sie aber auch etwas ganz anderes. Jedenfalls antwortete sie: »Ach, ich hab das beim Frisör aufgeschnappt. Aber vielleicht habe ich die Frauen auch verwechselt. Es gibt ja doch einige Giselas. So heißt doch Helmuts Frau, nicht wahr?«

»Hast du es sonst noch jemandem erzählt? Gisela ist erst im zweiten Monat, und da finden sie es noch zu früh, um alle einzuweihen.«

»Verstehe ich. Nein, du bist der Einzige, dem ich es gesagt habe. Dann war es sicher eine Verwechslung.«

»Glaub ich auch«, sagte Mario und drehte vorsichtig ein Büschel Ackerschmalwand aus dem Boden. »Wusstest du, dass dieses Unkraut 27.000 verschiedene Gene hat und der Mensch nur 25.000?«

Nein, das wusste Ann-Marie nicht. Aber dafür wusste sie, dass sich die Gene von Mario, wie viele er auch immer besitzen mochte, nie fortpflanzen würden. Denn weder die achtjährige Svenja noch der sechsjährige Mika waren von dem Mann, der sich als ihr Vater sah.

Die Furtmanns-Methode

Kommissar Wondrak war natürlich schon oft in ›Furtmanns Eisdiele‹ am alten Marktplatz in Fürstenfeldbruck gewesen. Wobei Marktplatz nur eine Erinnerung an Zustände des 19. Jahrhunderts war. Heute war der alte Marktplatz eine Durchgangsstraße, aber die tapfer renovierten Häuser links und rechts der Straße weigerten sich, das anzuerkennen und boten dem Staub und Lärm ebenso die Stirn wie die Tische und Stühle, die bei schönem Wetter jeden Morgen aufgestellt wurden. Die Straße und die Amper, das waren die zwei Hauptachsen, die den Kuchen namens Fürstenfeldbruck in vier Stücke teilten. Wie ein Klecks Schlagsahne (Wondrak sagte natürlich ›Schlagobers‹ dazu), thronte das Klosterareal von Fürstenfeld daneben. Ein kleiner, hübscher Kuchen. Und ein riesiger Berg süßer, barocker Schlagsahne.

Früher hatte er auf Streife regelmäßig hier haltgemacht. Zunächst war es nur wegen des Eises gewesen. Später dann ein bisschen auch wegen Ann-Marie. Schon beim dritten Mal kannte sie seinen Namen und seine Vorliebe für Erdbeereis. Beim Eis war er so altmodisch wie bei seinem Handtelefon. Von den bizarren Geschmackskombinationen des Hauses wollte er nichts wissen, für die Verlockungen von ›Mango-Chili-Champagner‹ unerreichbar, verlangte er Erdbeereis und sonst nichts. Und ab und zu erhaschte er einen Blick von Ann-Marie und wechselte ein paar Worte mit ihr.

Mittlerweile konnte er schon von außen erkennen, an der Art, wie die Gäste das Eiscafé verließen, ob Ann-Marie heute bediente oder nicht. Wenn nicht, hatte er auch keinen rechten Appetit auf Eis.

Die einzige Variante, die er sich gestattete, war zum Erdbeereis etwas Sahne. Aber auch nur bei kühlem Wetter. Ansonsten fragte Ann-Marie: »Wie immer? Zwei Kugeln Erdbeere pur?«, und blitzte ihm dabei ihr Lachen entgegen, das ihn an das Funkeln eines Wassertropfens erinnerte, der sich an der Spitze eines Eiszapfens sammelt, bevor er zu Boden fällt.

Er hatte ›Furtmanns‹-Eis sogar schon für seine Spezialverhöre eingesetzt. Wenn die Pasta von gegenüber und auch der Espresso nicht half, dann ließ er sich in den Sommermonaten, wenn die Diele bis 23 Uhr offen hatte, einen Becher Vanille-Champagner-Sorbet bringen. Wondrak mochte es nicht besonders. Aber er hatte mal gelesen, dass Vanille die beliebteste Geschmacksrichtung der Welt war, noch vor Schokolade und Orange, absolut massentauglich, und das Sorbet duftete fulminant. Und während er im Becher herumstocherte – er hatte nur einen bestellt, aber mit zwei Löffeln – sagte er beiläufig: »Mhm, Vanille, müssen Sie probieren.« Dieses Teilen hatte etwas Magisches. Die Polizeischüler in Fürstenfeldbruck hatten anfangs darüber gespöttelt. »Essen Sie ruhig auf, ich muss sowieso auf meinen Bauch achten.« Aber als ihnen klar wurde, wie nahe Teilen und Mitteilen beieinander liegen, und als sie durch die verspiegelte Scheibe verfolgen konnten, wie mit den zarten Eiskristallen auch Vorbehalte und Vorsicht dahinschmolzen und sich die Zungen lockerten, da begriffen sie, dass ›die Furtmanns-Methode‹ nicht umsonst ein eigenes Kapitel in der Bayerischen Kriminalistik-Ausbildung bekommen hatte.

Auch wenn Wondrak manchmal hoffte, dass Ann-Marie ihm das Eis persönlich ins Verhörzimmer bringen würde, war er am Ende doch froh, dass sie jemanden vorbeischickte. Ein Besuch wäre ihm zu intim gewesen und wie eine Revierverletzung vorgekommen. Er hatte Angst, dass das Blitzen ihrer Augen in seinem Reich eine andere Farbe annehmen würde. Und er hatte Angst, sich eingestehen zu müssen, dass er von Ann-Marie im Grunde seines Herzens etwas ganz anderes wollte als Eis.

Lohn und Strafe

Nach außen hin änderte sich an Familie Furtmann überhaupt nichts. Ann-Marie blieb natürlich bei Mario, und der bettelte Brigitte an, auch nach deren Scheidung von Waldemar, gegenüber Ann-Marie nichts zu verraten.

Eine schöne Zeit. Für Ann-Marie zumindest. Mario war so von seinem schlechten Gewissen geplagt, dass sie tun und lassen konnte, was sie wollte, ohne seinen Verdacht zu erregen. Und so wurden die Treffen mit Waldemar von Woche zu Woche regelmäßiger, bis Ann-Marie schon bald eine Art Zweitwohnsitz bei ihm hatte.

Sie lebten das Leben von zwei frisch Verliebten. Den Schlüssel zu seinem Haus hatte sie längst und in sein Dove-missile-Projekt war sie ohnehin seit Venedig eingeweiht. Sie waren gut sieben Monate zusammen, da lud er sie nach München ins ›Tantris‹, einem der besten Restaurants Europas, zum Abendessen ein. Den ganzen Abend war er noch nachdenklicher als sonst, und als sie endlich beim Dessert angekommen waren, rückte er damit heraus. Mit einem Schreiben der UBS Zürich, die sein Wertpapierdepot verwaltete. Er legte es vor sie hin und gestand ihr, er wolle nach Kalifornien übersiedeln, in Bayern hielte ihn nichts mehr. Skifahren könne er in Utah genauso. Und die Kleingeisterei der Deutschen störe ihn zunehmend. Die Reglementierungswut. Der Zukunftspessimismus. Die intellektuelle und demografische Vergreisung. Er wollte sie bitten, mit ihm zu kommen. Ihre zwei Kinder selbstverständlich auch.

Ann-Marie blickte auf das Blatt Papier: 22,25 Millionen US-Dollar bei der UBS-Bank in Zürich. »Das gehört dir. Bitte versteh mich nicht falsch, ich will dich nicht kaufen. Ich will dir nur die Sicherheit geben, die du brauchst, um so einen großen Schritt zu machen.«

»Aber das ist doch dein Vermögen, Waldemar. Wovon willst du leben, wenn es mit uns schiefgeht?«

»In einem halben Jahr werde ich die Dove missile verkauft haben und dann kann ich vom Erlös und den Lizenzeinkünften auch ganz gut leben. Du weißt ja, ich bin bescheiden.« Um dem Nachdruck zu verleihen, schenkte Chefsommelière Paula Bosch persönlich noch zwei Schlückchen vom Sauternes nach, das Glas für 55 Euro.

»Du bist irre!«

Pause. Ann-Marie überlegte.

»Ich würde noch heute Abend mit dir aufbrechen. Wohin du willst. Ein neues Leben beginnen. Mich selbst neu erfinden. Jederzeit. Ich bekomme Herzklopfen, wenn ich daran denke. Aber wie sollen wir das mit Svenja und Mika machen? Sie kennen dich doch kaum. Was machst du, wenn sie dich ablehnen?«

Ann-Marie dachte dabei an eine Freundin, die Mann und Kinder verlassen hatte, um nach Hamburg zu ihrem Geliebten zu ziehen. Aus dem Liebestraum war der blanke Horror geworden: sie wurde von den Kindern ihres neuen Partners gehasst. Nicht gerade vereinfacht wurde die Sache dadurch, dass sie seit der Trennung auch von ihren eigenen Kindern gehasst wurde. Aber das wäre nicht weiter aufgefallen, hätte ihr Exmann nicht eine neue

Freundin gefunden, die natürlich von den Kindern ebenfalls verachtet wurde. Deshalb wollte er die Kinder nun
an seine Exfrau abtreten. Wenn sich ein Happy End erst
einmal weigert einzutreffen, dann zieht es auch noch mit
Macht alles lose herumliegende Unglück an. Folgerich-
tig lebte ihre Freundin nun mit vier Kindern zusammen,
die sie allesamt nicht mochten. Die Frage drängte sich
auf, ob in der Gesamtbilanz des Partnertauschs wenigstens eine schwarze Null unter dem Strich stand. Ann-
Marie bezweifelte, dass eine Stunde guter Sex täglich die
23 Stunden Ärger pro Tag wettmachen konnte. Und was,
wenn nur noch zwei Stunden guter Sex pro Woche übrig
blieben? Oder wenn der Sex eines Tages gar nicht mehr
gut, sondern langweilig würde? Wahrscheinlich stellte
ihre Freundin diese Art von Bilanzprüfung gar nicht an,
aus Angst vor dem Ergebnis.

Ann-Marie erbat sich Bedenkzeit.

Auf der Heimfahrt forderte sie Waldemar auf, den
Straßenstrich im Münchner Westend abzufahren. Es
war eine warme Nacht und die Schönen waren in vol-
ler Kampfmontur unterwegs. Natürlich erregte der neue
Bentley, den Waldemar fuhr, gehöriges Aufsehen und die
Frauen sprangen förmlich in sein Scheinwerferlicht.

Doch die dunklen Scheiben blieben oben, während sie
langsam durch die Straße glitten. Schließlich dirigierte
Ann-Marie den Wagen zum menschenleeren Parkplatz
eines Baumarktes, dort stieg sie aus und stellte sich in
den Lichtkegel des Wagens. Waldemar verstand, stieg aus
und legte sie auf die Motorhaube, ohne darüber nach-

zudenken, ob die das aushalten würde. Und so machten sie aus dem Platz der schnellen 50-Euro-Nummern einen Ort der 22,25-Millionen-Nummer. Ann-Marie war nicht klar, ob sie ihren neuen Beruf nun erregend oder abstoßend finden sollte, jedenfalls fand sie ihn neu und die Motorhaube war so schön warm.

Diese hielt der Belastung übrigens nicht stand, Ann-Maries Pobacken hinterließen durch eine Technik, die in der Metallbranche lyrisch ›Stahl-Kaltverformung‹ heißt, ihre Spuren im Blech, aber der Bentley-Händler meinte nur, das sei ein sehr typischer Blechschaden, eigentlich der einzige, der an neuen Bentleys überhaupt auftrete. Ob er den Wagen an ein Filmteam verliehen hätte?

Die Bedenkzeit von Ann-Marie zog sich über Wochen hin. Sie strapazierte in dieser Zeit die Blindheit ihres Ehegatten bis an die Schmerzgrenze: Sie ging mit den Kindern und Onkel Waldemar ins Schwimmbad, in den Tierpark und besuchte ihn bei sich zu Hause.

Aber das Projekt machte keine Fortschritte. Svenja und Mika interessierten sich so wenig für Waldemar wie er sich für sie. Es war fatal: Je mehr Zeit sie miteinander verbrachten, umso deutlicher wurde, dass es nichts werden konnte mit ihnen: Waldemar, Svenja, Mika. Alle waren nur an Ann-Marie interessiert. Und kein bisschen aneinander. Sie war ja auch wirklich eine Person, die man ganz für sich allein haben wollte.

Und dann, es war ein Nachmittag, an dem sie sich eigentlich zum Tennisspielen treffen wollten, ließ Waldemar sie warten. Es war völlig untypisch für ihn, sich 20 Minuten zu verspäten.

Zwei Wochen später kam er dann gar nicht mehr, sondern rief sie an.

»Du wirst dich nie entscheiden, hab ich recht?«

»Doch, aber ich brauche Zeit. Seit zehn Jahren bin ich mit Mario zusammen. Seit acht Jahren bin ich Mutter. Meinst du, das lässt sich in fünf Wochen vergessen?«

Ziemlich lange Pause.

»Ich habe Karin kennengelernt. Sie will mit mir nach Kalifornien gehen. Ann-Marie … ich möchte, dass wir Freunde bleiben.«

Das war der Tag, der alles änderte. Ann-Marie schüttelte die Ann-Marie, wie wir sie kannten, ab und ließ sie für immer hinter sich.

Rückblickend blieb von ihr nur das hübsche Äußere übrig.

Als Mario sie damals mit Brigitte betrogen hatte, handelte sie noch nach dem bewährten Prinzip: Auge um Auge, Zahn um Zahn. Und zahlte es ihm mit gleicher Münze durch die Affäre mit Waldemar heim.

Doch nun? Was sollte sie nun tun? Die Affäre ihrer Affäre mit noch einer Affäre ausgleichen? Die Waffen mussten nun deutlich schärfer werden, und die Bereitschaft, sie einzusetzen, wuchs bei ihr von Tag zu Tag.

Neben dem Verlust eines geliebten Menschen und eines geheimen Rückzugsortes spürte sie noch einen ganz anderen Verlust, und der lag auf der UBS-Bank. Was hätte man mit den 22,25 Millionen nicht alles Schönes anstellen können? Und das war ja erst die Anzahlung. Sie wusste von Sven Klagenfurter, der selbstverständlich

Svenjas Taufpate war, wie viel in der Waffenindustrie verdient wurde. Wenn die Dove missile an die richtige Adresse verkauft wurde, dann war das ein Milliardengeschäft.

Und das wollte sie sich nicht entgehen lassen.

»Zwei Kugeln Erdbeer, bitte.«

Wondrak wunderte sich ein bisschen, dass er Ann-Marie auf die Sprünge helfen musste. Sie war doch sonst so aufmerksam und las ihm seine immer gleichen Wünsche von den Augen ab. Erst, als sie ihm die Waffel mit den Kugeln über die Theke reichte, nahm sie ihn wahr: »Ah, Kommissar Wondrak!«, und steckte ein Löffelchen ins Eis. Sie wusste, dass er lieber kleine Portionen vom Löffel nahm, als mit der Zunge über die ganze Kugel zu schlecken.

»Alles in Ordnung?«, fragte er vorsichtig nach. »Ja, ja, alles bestens!«, entgegnete sie, und ihre Augen sagten etwas anderes.

»Wie gehts Ihren Kindern? Svenja ist jetzt in der zweiten Klasse?«

»Ja, ich fürchte, sie hat meine Geschwätzigkeit geerbt. Und Marios Konzentrationsfähigkeit.« Selbst Wondrak, der ihn kaum öfter als dreimal gesehen hatte, wusste, dass Mario ein Leichtfuß der sprunghaftesten Sorte war. Mit allergrößter Ablenkungsbereitschaft.

›Sie haben mir gefehlt‹, wollte Wondrak sagen. Um dann ganz selbstverständlich anzufügen: ›Gehen wir ein paar Schritte?‹

Und Ann-Marie würde ihre Eisverkäuferinnenschürze

zusammenfalten und mit ihm nach draußen gehen. Wondrak zog den Löffel über die schmelzende dunkelrosafarbene Eiskugel. Auf die Kälte des Eises konnte er verzichten. Sie betäubte die Zunge und schmerzte an den Zähnen. Er wollte nur den Geschmack und die Konsistenz. Das gelang mit dem Löffel besser.

»Haben Sie nie überlegt, eine Familie zu gründen?«

»Doch, doch, sicher. Ich komme ja selbst aus einer vielköpfigen Sippe. Die Großeltern im Haus, meine zwei Schwestern, meine Eltern und ich. Und oft die Söhne der Brüder meiner Mutter. Vier Cousins. Für mich war Familie immer so selbstverständlich, dass ich darüber völlig vergessen habe, mein eigenes Leben familientauglich einzurichten. Und jetzt, da ich mich frage: ›Wo bleiben eigentlich meine Kinder?‹, muss ich feststellen, dass ich mich so weit von diesem Ziel entfernt habe, dass es damit wohl nichts mehr wird in diesem Leben.«

»Aber Kommissar Wondrak, Sie können sich schon morgen unsterblich verlieben und neun Monate später den Anfang einer Familie haben«, meinte Ann-Marie. Wondrak lächelte matt. »Aber ich bin doch schon verliebt.« Beim Gehen berührte seine Hand ihre Hüfte und sofort brannte sie. Ann-Marie blieb stehen, nahm seine Hand und küsste sie sanft auf die schmerzende Stelle. Wondrak stöhnte auf. Dann bemerkte er, dass sich sein Erdbeereis in Erdbeersauce verwandelt hatte und über seine Hand tropfte, und Ann-Marie war gar nicht da.

Einen Moment hielt er inne und blickte auf die rote Fußgängerampel vor ihm. Ist das eine dieser Kreuzungen?, fragte er sich. Einer dieser kleinen Hinweise, die man ernst nehmen sollte? Oder begann er, sich in einen Kommissar Seltsam zu verwandeln? Energisch wischte er den Gedanken beiseite, warf das geschmolzene Eis in einen Abfalleimer und bog rechts ab.

Fünf Wochen später wusste er, dass er die falsche Abzweigung genommen hatte. Ausgerechnet Wondrak, der wie kein anderer das Unhörbare hören konnte und die feinen Töne zu deuten wusste, war unaufmerksam geworden. Und hatte verloren, was er liebte.

Die letzte Brise

An warmen Sommernachmittagen stellt sich am Starnberger See oft eine leichte Thermik ein, die mit ihrer sanften Brise die Münchner Segler aus ihren Büros, Kanzleien und Arztpraxen lockt. Der Donnerstag war ideal gewählt. Mittwochs war auf dem nördlichen See oft durch die Feierabend-Regatten des Bayerischen Yachtclubs ziemlich viel los. Und Freitagabend schwärmten die Dickschiffsegler mit ihren schwimmenden Wohnwagen aus, um die schönsten Buchten des Sees zu belagern und bis Sonntag nicht mehr freizugeben.

Sven hatte auf seine ›Aphrodite 101‹ zu einem kleinen Dinner-Törn eingeladen. Sie war mit zehn Metern Länge für den relativ kleinen See eigentlich zu lang, aber das nahm man ihr wegen ihrer schlanken Form nicht übel. Sie wirkte wie die moderne Ausgabe eines Schärenkreuzers, mit flachem Deck und zweckmäßiger Möblierung in der Kajüte. Natürlich gab es imposantere Schiffe auf dem See. Aber kaum eines, das so elegant und praktisch zugleich war.

Bei der Hafenausfahrt wurde der Champagner geöffnet, dann ging es unter Spinnaker Richtung Süden. Sven hatte Ann-Marie, ihren Exfreund Waldemar und dessen neue Freundin Karin eingeladen, um in zwangloser Atmosphäre eine mögliche Zusammenarbeit zu besprechen. Waldemar hatte sich zwar kurz gewundert, dass Ann-Marie so schnell umschwenken konnte von der verlassenen Geliebten zur Anbahnerin von Geschäften, aber er war zu neugierig, den berühmten Dr. Sven Klagenfurter kennenzulernen. Zumal es kaum einen Gesprächspartner geben dürfte, der über ihr gemeinsames Thema, die Tauben, mehr zu erzählen hatte.

Sven nahm ihm bei der Begrüßung Handy, Schlüssel und Uhr ab und verstaute sie in der Kajüte. Als Akt der fürsorglichen Gastfreundschaft, wie er es formulierte.

Letzten Sommer hatte er im Hafen seine geliebte Chronoswiss verloren. Direkt am Liegeplatz neben dem Boot war sie ins Wasser gefallen, doch weder ein starker Suchmagnet noch ein zu Hilfe gerufener Taucher konnten sie wiederfinden. Sie war im weichen Schlamm versunken. Der Boden hatte sich geöffnet, die Uhr aufgenommen und sich mit einer kleinen Staubwolke wieder über ihr verschlossen.

Zuerst fuhren Sven und Ann-Marie am Westufer entlang und zeigten den beiden die Stege, auf denen ihre Freundschaft vor fast 25 Jahren begonnen hatte.

»Warum habt ihr nicht geheiratet?«, fragte Karin leichthin. Flapsig hielt Ann-Marie dagegen: »Dafür kennen wir uns einfach zu gut.« Und mit einem nachdenklichen Blick zu Waldemar: »Und im Moment ist Mario einfach der bessere Familienvater.«

Die Abendbrise wurde schwächer und so beschlossen sie, nach Berg zu segeln, um vor der Votivkapelle schwimmen zu gehen. Die Kapelle war zehn Jahre nach dem mysteriösen Tod des Bayernkönigs Ludwig II errichtet worden. Ausgerechnet von Prinzregent Luitpold, den die Ludwig-Treuen als Hauptverdächtigen ausgemacht hatten. Die Kapelle thront im waldigen Ostufer des Sees mit Blick genau auf den Platz, an dem der König gefunden wurde. Die Stelle ist mit einem Kreuz im See markiert, damit der Autofocus der Touristenkamera etwas zum Scharfstellen hat.

Denn unscharf ist das Bild, das bis heute vom Tod des Märchenkönigs gezeichnet wird. Seltsam war schon, dass als Todesursache Ertrinken durch Selbstmord festgestellt wurde, aber in den Lungen kein Wasser zu finden war. Dafür waren im Rücken zwei Einschusslöcher. Behaupteten Augenzeugen.

Zu viele Beobachter. Zu wenig Zeit.

Auch das Verschwinden von sieben der 23 in der Todesnacht Anwesenden half nicht gerade, die Gerüchte einzudämmen. »Es war Mord! Der Preußische Geheimdienst!«, so tönt es bis heute aus jedem anständigen bayerischen Wirtshaus. Der Mörder wurde zwar nie gefunden, aber wenigstens Ludwigs Leiche. Und sogleich vom Wittelsbacher-Clan in einen Sarg gepackt, der bis heute nicht mehr geöffnet werden durfte.

Zeugen gab es keine, als Karin und Waldemar die Augen zufielen. Nach dem gemeinsamen Bad im Abendrot vor der Votivkapelle und einer darauf folgenden Schnaken-Attacke waren die Segler in die Mitte des Sees geflüchtet, wo sie, von den Stechbiestern unbehelligt, ein paar Snacks aßen und viel Rosé zu sich nahmen.

Ann-Marie hatte ausgiebig Zeit zu studieren, was ihr an Karin alles nicht gefiel. Stimme, Haare, Ausdrucksweise. Ganz zu schweigen von ihrem Schwimmstil. Und was Waldemar anging, so fand sie es einfach nur zum Kotzen, wie übertrieben er sich um seine Neue kümmerte.

Das Bittermandel-Aroma des Giftes, das sie in den Rosé gemischt hatten, harmonierte vorzüglich mit den thailändischen Snacks, die sie sich in einer großen Lunchbox vom besten Thaikoch Starnbergs hatten mitgeben lassen.

Schließlich war es dunkel und Zeit, den Anker zu werfen. Die Prozedur war diesmal etwas schwieriger als sonst. Denn Sven wollte zwei Anker werfen. An der tiefsten Stelle des Sees. Den leichteren hatte er Karin angelegt, den schweren bekam Waldemar an die Füße. Zusammen mit der dicken Ankerkette ergab das einen Ballast von gut 50 Kilo, das sollte die beiden zuverlässig am Grund halten.

Ihren Tod würden sie in einen bunten Traum ein bauen, der plötzlich in tiefem Schwarz endete. Ein Lungenzug mit Wasser und das war es. Ein Hummer musste bei seiner Zubereitung mehr leiden. Lebendig ins kochende Wasser geworfen zu werden, dagegen war die betäubte Seebestattung doch vergleichsweise human.

Sven und Ann-Marie arbeiteten schweigend, als sie
ihre Opfer mit geübten Seglerknoten so verschnürten,
dass sie sich auch im Prozess der fortschreitenden Auf-
lösung nicht von ihrem Gewicht lösen konnten. Zwi-
schendurch hielt ihnen Sven immer wieder ein Chloro-
form-Tuch vor Mund und Nase, um die Träume weiter
zu befeuern.

Dann kam der schwierige Teil: Die beiden Anker
mussten vorsichtig über Bord gehievt werden, ohne die
polierte Bordwand zu zerkratzen. Anker werden vorne
am Bug oder hinten am Heck zu Wasser gelassen. Welcher Segler wirft ihn seitlich aus dem Cockpit? Als das
geschafft war, schmissen sie die Gläser und das Besteck,
das Waldemar und Karin benutzt hatten, hinterher. Normalerweise achtete Sven sehr darauf, den See sauber zu
halten, aber hier machte er mal eine Ausnahme. Nun
mussten nur noch die Fingerabdrücke an Mast, Reling
und im Cockpit abgewischt werden, und sie waren bereit
zur Heimfahrt. Aber der Abend war mild, der Himmel
wolkenlos und vom Rosé war auch noch genug da. Aus
dem fernen Allgäu blitzten harmlose Wetterleuchten herüber, und die acht orangefarbenen Signallampen, die
rund um den See postiert waren, versprachen langsam
blinkend eine ruhige Nacht. Anker hatten sie ja keine
mehr an Bord, also machten sie an einer freien Boje vor
Leoni fest. Jetzt erst schaltete Sven die Musik ein. Sein
Arm zitterte noch, als er ihr Zigaretten anbot. Beruhi-
gend legte Ann-Marie ihre Hand auf seine.

»Danke, dass du mir geholfen hast.«
»Danke, dass du mir vertraust.«

Sie kuschelten sich in der Koje aneinander und fühlten sich unverwundbar und gerecht. Sie waren Richter, keine Mörder. Waldemar hatte einen tödlichen Fehler gemacht und musste nun die Konsequenzen tragen. Und Karin? Nun, wer sich mit dem Teufel einlässt, wird eben auch mit ihm ausgetrieben.

Ann-Marie schloss ihre Kinder ins Nachtgebet ein und fiel in tiefen Schlaf.

Am nächsten Morgen fühlten sie sich wunderbar. Sie erwachten bei Sonnenaufgang und sprangen in den spiegelglatten See, über den zarte Morgennebel dahinzogen. Ann-Marie war froh, dass die Bordleiter nicht seitlich, sondern am Heck des Bootes befestigt war. Sie wollte nur ungern den gleichen Weg wie Waldemar und Karin nehmen. Und auch beim Schwimmen hielt sie sich flacher an der Oberfläche als sonst. Aber noch drei-, viermal im See baden, dann würde sich das schon geben. Schließlich lagen im See unzählige Tote und jedes Jahr kamen ein paar Taucher, Segler und Schwimmer dazu. Ann-Marie kletterte aus dem Wasser, trocknete sich in der Morgensonne ab, nahm den Becher Kaffee in die Hände und blinzelte Sven unternehmungslustig an.

Als sie im Hafen das Boot vertäut hatten und auf die Autos zusteuerten, kam ihnen aus dem Schatten eines Bootshauses ein Mann entgegen: »Verzeihen Sie, sind Sie Waldemar?«, fragte der Mann in fast akzentfreiem Salon-Bayerisch.

»Ja«, bestätigte Sven. »Haben Sie das Geld dabei?«

»Selbstverständlich.« Aus dem Handschuhfach seines Maserati holte Sven eine UV-Lampe, mit der er die großen Scheine auf ihre Echtheit prüfte. Dann gab er dem Mann den Schlüssel für Waldemars Bentley.

Er hatte sich immer über diese Visitenkarte geärgert, die einmal im Monat an der Scheibe steckte, wenn er den Wagen am Parkplatz der Marina abgestellt hatte. ›Mir gefällt Ihr Auto. Wenn Sie es verkaufen wollen, bitte melden Sie sich. Ich biete sofort Bargeld.‹

Andererseits fand er es ja auch schmeichelhaft, dass die Karte nicht an jedem x-beliebigen Porsche oder Mercedes hing, sondern nur an seinem Maserati Quattroporte, und an dem gelben Lamborghini, der dann und wann dort parkte. »Meinen Maserati gebe ich nicht her. Aber meinen Bentley GT. Interessiert?«, hatte Sven die Telefonnummer auf der Karte gefragt. Ab da wurde man sich schnell einig. Der Wagen ging noch am Tag der Übergabe auf die Reise nach Weißrussland.

Er überquerte die Grenze nach Polen etwa zu der Zeit, als Svens Computerumzugsleute das letzte Kabel aus Waldemars Labor heraustrugen. Dann fegten sie es, wie es ganz besonders ordentliche Spediteure machen, auch noch sauber.

Ann-Maries Rachegelüste und Svens Geschäftsinstinkt hatten sich auf das Trefflichste verbunden. In Svens Kopf war eine neue Tür aufgegangen, als ihm Ann-Marie von den Taubenexperimenten ihres Freundes Waldemar erzählt hatte. Das war der Schlüssel. Damit hatte er nicht nur die Waffe, sondern auch gleich das passende Fluggerät zur Hand. In Verbindung mit der Dove missile würde sich ›Krypto 4040‹ zu einer wahren Superwaffe mausern.

Sven musste nur noch Waldemars Computer anzapfen, um an das Geheimnis der ferngesteuerten Taubenschwärme zu kommen, und der raffiniertesten Waffe seit Erfindung des Trojanischen Pferdes war Tür und Tor geöffnet.

Der Name ›Dove missile‹ passte wirklich vorzüglich. Sven wollte sie haben.

Ann-Marie kannte sich in Waldemars Haus bestens aus. Mit dem Nachschlüssel kamen sie hinein.

Einen Teil des Hauses, Schlafzimmer und Bäder, hatte sie eingerichtet. Mit Genugtuung stellte sie fest, dass Waldemars neue Freundin Karin noch keine Spuren in Waldemars Reich hinterlassen hatte. Keine neuen Möbel, keine neuen Vorhänge und keine neuen Tapeten. Sie hatte nicht mal einen eigenen Schrank hier. Nur eine Zahnbürste und Haarspray verrieten, dass sie dann und wann zu Gast war. Wahrscheinlich hatte sie noch ihre eigene Wohnung gehabt, Ann-Marie wusste nicht, wo. Gegen 18 Uhr klingelte Svens Mobiltelefon. »Jetzt kommt der Mann mit dem feinen Gehör«, grinste Sven. »Ich muss ihn in Buchenau von der S-Bahn abholen.«

»Feines Gehör, aber keinen Führerschein?«

»Na ja, der Mann hat Panik, von der Polizei angehalten zu werden. Einmal haben sie ihn rausgewunken, das ganze Auto war voller Panzerknackerzubehör, und seitdem fährt er dienstlich nur noch Bahn. Ist besser für die Nerven. Und auch viel sicherer, meint er!«

Svens Kontakte zu internationalen Waffenhändlern zahlten sich aus. Da gab es immer mal wieder einen Safe, dessen Kombination irrtümlich vergessen wurde und der dringend geöffnet werden musste. Und Todd war der Mann für solche Fälle.

Der Typ war Engländer (er war damals angehalten worden, weil er auf der falschen Straßenseite fuhr), mit einer Katzen-, Hunde- und Mäusephobie, aber auch einem absoluten Gehör für das Knacken von Kombinationsschlössern gesegnet. In weniger als zehn Minuten war der Safe offen und Todd mit seiner Reisetasche wieder auf dem Weg zur S-Bahn. Gut getarnt im unauffälligen VW Golf, den sich Sven von seiner Mutter geliehen hatte.

Ann-Marie hielt mit klopfendem Herzen den Depotordner der UBS Bank in der Hand. Zusammen mit den Übertragungspapieren, die Waldemar ihr vor Monaten geschenkt hatte, sollte es kein Problem sein, das Depot auf ihren Namen überschreiben zu lassen.

Sie atmete tief durch.

Die üblichen Affären

Ann-Marie verabschiedete sich zum Damenfrühstück bei einer Freundin, wo der neueste Klatsch der Vorstadt zu Tee und selbst gebackenen kleinen Hefeteilchen serviert wurde.

Hätte ihr Mann sich an diesem Morgen die Zeit genommen, das zu tun, was seine Frau auch immer machte, nämlich in fremden Sachen herumzuschnüffeln, dann hätte er vielleicht einen Hinweis darauf gefunden, wo Ann-Marie wirklich hinwollte.

Aber Mario schnüffelte nicht. Mario schnaufte. Er machte nämlich gerade mit Valentina nähere Bekanntschaft, dem Kindermädchen, dem der kleine, kräftige Hintern von Mario nicht mehr aus dem Kopf gegangen war, seit sie ihn auf der Herrin des Hauses auf und ab federn gesehen hatte.

Die beiden hatten es sich in Marios Büro im Dachgeschoss gemütlich gemacht, was Valentina, die ihr Zimmer im Souterrain hatte, als echten Aufstieg wertete. Er hatte sie hochgehoben und gegen den geöffneten Rahmen des Dachfensters gedrückt, sodass beide aus dem Fenster sahen. Mario stand hinter ihr und diesmal federte sein Hintern vor und zurück.

Von oben konnte man gut die Straße und das gegenüberliegende Wäldchen beobachten, womit sich Mario ein wenig ablenken konnte. Als er dachte, es ginge nicht mehr, spazierten tatsächlich Tita und Rita den Gehweg entlang. Die Chance, in diesem Viertel einen Fußgänger zu sehen, stand 1:100.

Das hieß: auf einen Fußgänger kamen 100 Geländewagen.

Und dann gleich zwei Fußgängerinnen!

Und noch dazu bulgarische Göttinnen, denen Mario sofort eine neue Eissorte gewidmet hätte. In diesem Moment blieben die beiden stehen und blickten nach oben.

Endlich. Die beiden konnten nur zwei Köpfe und zwei Schultern erkennen, aber die Bewegungen und die

Geräusche waren eindeutig. Und dann entließ Mario einen Lustschrei, der klarmachte, wer der Herr im Dschungel war.

Die Herrin im Dschungel hieß Ann-Marie und war natürlich nicht beim Damenfrühstück, wie sie gesagt hatte. Gefrühstückt wurde schon, aber irgendwann später. Zuerst ging es zu einem kleinen Hotel am Starnberger See. Dorthin hatte sie den neuen Tennistrainer des Clubs zu einem Freundschaftsspiel geladen. Es war das gleiche Hotel, in dem sie schon den Fußballtrainer, den Basketballtrainer und den Segeltrainer empfangen hatte. Und das, obwohl das Haus weder über einen Tennis- noch einen Fußballplatz, über keinen Korb und schon gar keine Stegliegeplätze verfügte. Es waren andere Liegeplätze, die Ann-Marie in dem Hotel schätzte.

Der Blick von den Betten aus durch die großen Glasscheiben war phänomenal und das Frühstück wurde rund um die Uhr ins Zimmer serviert. Ann-Marie liebte es, sich von Sportlern verwöhnen zu lassen, während sie auf den See hinausblickte, und dabei ihre kümmerliche Zwei-Millionen-Villen-Existenz abzustreifen und sich in eine Acht- bis Zehn-Millionen-Villen-Besitzerin hineinzuträumen.

An ihr ließ sich gut ablesen, dass es überhaupt nicht genügt, alles zu haben. Alles gibt es nämlich nicht. Wenn man den besten Mann, die besten Kinder, das beste Haus und das beste Auto der ganzen Stadt hat, dann zieht es einen trotzdem unwiderstehlich weiter, hin zu Ecken, in denen der Begriff ›alles‹ neu definiert wird.

Das führt am Ende dazu, dass sich Multimilliardäre aus lauter Verzweiflung in Heißluftballons oder in Raketen setzen, um ihr persönliches ›Alles‹ hinter sich zu lassen.

Diese Verzweiflung war eigentlich gar nicht in ihr angelegt. Dachte Ann-Marie. Es war Mario gewesen, mit seiner leichtherzigen Art, der sie nicht fest genug gehalten hatte und nun drauf und dran war, sie zu verlieren. Oder schon verloren hatte.

Er hatte das Gefühl in ihr geweckt, nicht zu genügen, und seitdem hatte Ann-Marie einen Kreuzzug durch die Betten geführt, bei dem die Pausen zwischen den Schlachten immer kürzer wurden.

Als sie hinter Marios erste Affäre gekommen war, hatte die warmherzige, liebenswürdige, begehrenswerte Fassade eine kalte Innenseite bekommen. Und seit dem Ende mit Waldemar lief daran das Kondenswasser herunter wie über eine ungedämmte Kellerwand an schwülen Sommertagen. Ab und zu musste sie frische, trockene Luft hereinlassen, damit sie nicht vollends verrottete.

Heute war der richtige Tag dafür. Und Timo, der Tennistrainer, war der richtige Mann. Ein gut aussehender, zärtlicher großer Junge, ein vielversprechender Student der Jurisprudenz und ein ausdauernder, zäher Sportler. Es gab nur einen Mann, der es mit ihm aufnehmen konnte. Beide waren Experten in der Disziplin der vergnüglichen Verjüngung, die bei richtiger Anwendung Ann-Marie um zwei, drei Jahre jünger machte und um fünf bis acht Helligkeitsgrade strahlender. Der andere Experte war Waldemar Ziegenaus gewesen. Er war nicht weit weg von dem Hotel, in dem Ann-Marie gerade ihr Frühstück einnahm. Wenn es nicht so dunkel wäre, in 120 Meter Wassertiefe, hätte man sagen können, fast in Sichtweite.

Mario, der Eis-Dieler

Wie oft schon hatte Mario diesen Satz gehört? Achtmal? Neunmal? Er wusste es nicht genau. »Und der diesjährige Grand Prix de la Glacé geht an einen guten Bekannten von uns allen, an Mario Furtmann aus Fürstenfeldbruck.«

Das große Eis-Festival von San Remo, die inoffizielle Weltmeisterschaft der Eis-Konditoren, war gewonnen. Und zwar exakt zum neunten Mal in Folge. Das wusste Sven Klagenfurter genau, denn schließlich waren es seine eigenen Erfindungen, die hier regelmäßig prämiert wurden. Diesmal war es die Kreation ›Waldboden-Maracuja‹. Eine raffinierte Aromenkombination, die all das konnte, was nur ein Grand-Prix-Eis kann: Neugier wecken, Skepsis überwinden, Gaumen überwältigen. Der zarte Duft von Tannennadeln, die angenehme Kühle von Farnen, die Feuchtigkeit von Moos, all das prallte auf die verführerische Exotik der Maracuja. Unmöglich. Und unwiderstehlich.

Seit zwei Jahren war er das einzige deutsche Mitglied in einem elitären Zirkel von Köchen, deren Ergebnisse von Traditionalisten als Henkersmahlzeiten gescholten wurden, die dem Abendland vor seinem nun wohl kurz bevorstehenden Untergang serviert wurden. Die neue Kunstrichtung bezeichnete sich als Molekulargastronomie. Und ihr berühmtester Vertreter, der Engländer Heston Blumenthal, der einst seine Brötchen als Geldeintreiber und Büromaschinenvertreter verdient hatte, wurde dafür unlängst sogar mit einem dritten Stern vom ›Guide Michelin‹ belohnt. Sven war der Einzige in der Runde, der keinen Stern hatte. Er hatte nicht einmal ein Restaurant. Sven hatte nur ein Hobby: das Geschmackerfinden.

Sven hatte beim letzten Jahrestreffen der Molekulargastronomen für Furore gesorgt, als er mit seinem Vortrag ›Cold heat, hot ice‹ das gängige Wissen über ideale Temperaturen beim Kochen auf den Kopf gestellt hatte. Zunächst hatte er die theoretischen Grundlagen für das Niedrigtemperaturbraten vorgestellt.

Geduldig hatte er den biologischen Halblaien erklärt, wie sich die im Fleisch miteinander verwobenen Kollagenmoleküle durch zu große Hitzeeinwirkung verklumpten und das Fleisch zäh und ledrig machten. Und wie sie sich durch sanfte Wärmezufuhr am besten entwirren ließen, um sich in gelatinezarte, saftige, aromatische Stücke zu verwandeln.

Und dann hatte Heston Blumenthal, der das mittelalterliche Anbraten schon seit Jahren aus seiner Küche verbannt hatte, den Rinderbraten serviert. Er hatte ihn zehn Stunden im Vakuumbeutel bei 53 Grad Celsius zärtlich beheizt. Und anschließend mit einem Propangasbrenner aus dem Baumarkt flambiert, bis sich eine duftende, dunkelbraune Kruste gebildet hatte.

Die 30 Teilnehmer des Kongresses, und mit ihnen rund 50 Michelin-Sterne, waren hingerissen.

Danach stellte Sven das heiße Eis vor. Die Masse in der Eisschale schmolz nicht. Man nahm einen Löffel davon in den Mund und wenn sich das Eis im Mund abkühlte, begann es zu schmelzen. Genau entgegengesetzt der Erfahrung, die man sonst mit Eis machte.

Sven hatte dafür in eine heiße, süße Masse Carrageenan eingearbeitet. Dieses Verdickungsmittel, extrahiert aus rotem Seetang, besitzt eine unschätzbare Eigenschaft: Es reagiert thixotrop, verfestigt sich also im Ruhezustand, und simuliert damit den Gefriervorgang. Wird die sich abkühlende Masse aber mit der Zunge gegen den Gaumen gedrückt, brechen die fragilen Bindungen der Wasserstoffbrücken auseinander und das heiße Eis verflüssigt sich. Und dieses revolutionäre Eis servierte er in der ironischsten aller Kombinationen.

Als warmen Fürst Pückler.

Erdbeere, Vanille, Schokolade.

Der Kongress brüllte. Und Dr. Sven Klagenfurter hatte sich in eingeweihten Kreisen ein Stückchen Unsterblichkeit erkocht.

Doch hier, in San Remo, war er nicht bei den Molekulargastronomen, sondern bei den Eiskonditoren. Und hier hielt sich Sven im Hintergrund. Mario holte sich die Lorbeeren ab.

Die beiden machten auch keinen Hehl aus ihrer Aufgabenteilung. Sven war für Forschung und Entwicklung zuständig, Mario für Produktion und Vertrieb. Und getreu dem Motto ›Nur eine Fresse in die Presse‹ hielt Mario die seine hin, wenn es beim Eis um Preise und Auszeichnungen ging.

Er, der sich immer auf seine italienischen Wurzeln berief, obwohl wahrscheinlich das Italienischste in seinen Adern der Espresso war, den er ›doppio‹ nach jedem Essen zu sich nahm, ahnte, was er Sven zu verdanken hatte. Alles. Und das war nicht wenig. Sein Eissalon hatte sich vom kleinen Drei-Mann-Betrieb in Fürstenfeldbruck dank des internationalen Renommees zu Bayerns Eisdiele Nummer eins gemausert. Wobei man fast schon von Eismarke sprechen sollte. Denn ›Furtmann's‹, wie er seine Werke mit falschem Apostroph nannte (was ihm aber verziehen wurde, da er sich ja als Halbitaliener ausgab), war auch auf den Speisekarten der besseren 100 Restaurants Süddeutschlands zu finden. Ein Heimservice bediente die Münchner Villenvororte. Und vier Filialen in den besten Münchner Innenstadt-Gegenden versorgten die Laufkundschaft. Ab und zu war Mario mit seiner aufregenden Frau Ann-Marie auch in der lokalen Promi-Presse abgelichtet. Zusammen mit ihren zwei entzückenden Kindern gaben sie den perfekten Beweis für die ermutigende Behauptung von Bundespräsident Horst Köhler, dass man es in Deutschland mit Innovationsgeist und Ideen auch im dritten Jahrtausend noch zu etwas bringen konnte. In Fürstenfeldbruck und Umgebung kursierte bereits das Gerücht, dass die Furtmanns von Köhler demnächst deshalb eingeladen würden, um in einer Imagebroschüre ›Innovation 2010‹ mit ihm zu posieren.

In Marios Leben war im Laufe der letzten Jahre eine große Regelmäßigkeit eingekehrt. Regelmäßig gewann er Preise. Regelmäßig nahm die Marke ›Furtmann's‹ an Glanz zu. Regelmäßig gelangen ihm öffentlichkeitswirksame Überraschungscoups wie das ›Jamaika-Koalitions-Eis‹, eine schwarz-grün-gelbe Eismischung mit leichtem Cannabis-Aroma, das zur Zeit der Koalitionsverhandlungen nach der Bundestagswahl 2005 durch Deutschlands Blätterwald gerauscht war und Pressemeldungen mit einem Media-Gegenwert von umgerechnet 1,2 Millionen Euro erzeugt hatte.

Nur im ehelichen Schlafzimmer klappte es eher mäßig als regelmäßig. Aber hier hatten ohnehin nur zwei Leute Zutritt. Für die interessierte Öffentlichkeit kündeten die jugendlichen, strahlenden Gesichter von Ann-Marie und Mario von einem prallen ehelichen Sexualleben.

Das musste genügen.

»Ist Ann-Marie diesmal gar nicht mit?«, fragte Sven, als Mario und er beim anschließenden Empfang im milden Licht der Mittelmeerabendsonne auf den Grand Prix anstießen. Ein Pianist versuchte vergeblich, gegen ein ganzes Symphonieorchester von Zikaden anzuspielen. Schließlich gab er sich geschlagen und verschwand akustisch im sommerlichen Orchestergraben. Rings um die Gesellschaft wurden Gartenfackeln angezündet, die die Romantik des Abends ins kaum noch Erträgliche steigerten.

Sven vermisste Ann-Maries Gegenwart. Sie strahlte immer eine große Wärme aus, die in faszinierendem Gegensatz zu ihrem nordisch-aparten Aussehen stand. Die

Blondinen, die Sven sonst kennenlernte, schienen immer nur an dem Herrn Dr. Sven Klagenfurter mit seinem Vorstandstitel, seinem Dachterrassen-Loft und seinem Maserati Quattroporte interessiert zu sein, aber Ann-Marie sah ihn so, wie sich Sven auch selbst sah. Als Jungen, der gern spielte. Sie spielte gern mit ihm und er genoss es.

»Nein, sie war ja die letzten fünf Male mit, sie meinte, wenn es so weit ist, dass wir den zehnten Grand Prix holen, ist sie bestimmt wieder dabei. Ich soll dich übrigens schön von ihr grüßen!« Mario überreichte ihm eine kleine, taubenblaue Schachtel. Das liebte Sven so an Ann-Marie. Sie dachte immer an die anderen.

Sicherlich lag ein Großteil des Erfolges von Marios Eisläden an der Herzlichkeit, mit der Ann-Marie ihre Mitarbeiter aussuchte und führte. Das leckerste Eis verkauft sich schließlich nicht mit muffigem Personal. Sven hob neugierig den Deckel der Schachtel und eine Augenbraue. »Was soll denn das wieder für eine Anspielung sein? Will sie mit dir in die Federn? Ich bring euch beide um!«, knurrte Mario nur halb scherzhaft von links. Unschuldig zuckte Sven mit den Achseln. In der Schachtel lag eine kleine, graue Feder. Er hob sie mit spitzen Fingern hoch und stellte fachmännisch fest: »Die ist von einer Taube.« Und es war noch etwas in der Schachtel. Ein Haustürschlüssel. Sven atmete tief durch. Dieser Schlüssel war ein Vermögen wert. 25 Millionen Untergrenze. Mit etwas Verhandlungsgeschick deutlich mehr.

Eine Goldmedaille und der Schlüssel zu einem Millionenvermögen. Sven hatte in seinem wahrlich erfolgreichen Leben noch keinen besseren Tag erlebt.

Das Schweigen des Waldemar

Ron Emerald Burston führte mittlerweile den Titel ›Ron Emerald Burston senior‹, da er stolzer Vater eines Ron Emerald Burston junior geworden war. Es dürfte seine vierte oder fünfte Ehefrau gewesen sein, so genau ließ sich das nicht sagen, Amerika ist ja manchmal recht unübersichtlich, was das Scheidungsrecht angeht.

»Wo ist Waldemar Asshole?«, brüllte REB, wie er überall genannt wurde, durchs Telefon.

»Wo sind meine twenty fucking million dollars?« Das war nicht nur äußerst unfein, sondern auch ungenau. Denn mittlerweile hatte seine Atlas Ltd. neben den zehn Millionen Dollar Starthilfe weitere Entwicklungskosten von insgesamt 12,25 Millionen Dollar an Waldemar Ziegenaus überwiesen.

Gut, 22,25 Millionen Dollar waren natürlich ein Vermögen. Aber für die weltweiten Exklusivrechte an einer Waffe, die völlig neue Perspektiven in der Kriegsführung eröffnete und ein Milliardengeschäft versprach, war es wiederum ein Klacks.

22,25 Millionen Dollar for nothing konnten aber selbst für REB senior zum Genickschuss werden. Denn sein Hauptaktionär hatte mittlerweile begriffen, dass er die Anteile an Atlas Ltd. von Burston maßlos überteuert eingekauft hatte und prüfte nun jede Option, um ihn loszuwerden. Da sollten 22,25 Millionen als Vorwand reichen.

Der Mann auf der anderen Seite der Leitung und des Atlantiks wusste auch nicht, wo Waldemar war. Er wusste nebenbei bemerkt nicht einmal, wie der Mann aussah, nach dem er suchen sollte, denn es gab kein Foto von ihm.

Ein Phantom. Wie vom Erdboden verschluckt. Und die Firma Dove Missile existierte nur auf dem Papier. Keine Firmenadresse, keine Angestellten, kein Firmenkonto. Scheinbar hatte Waldemar alles in seinem weitläufigen Landhaus im bayerischen Puppenstuben-Stil entwickelt. Da, wo die Häuser mit Lüftlmalerei-Akne übersät sind, an den Balkonen Geranien-Geschwulste wuchern, und die Vorgärten mit einer Art Todesstreifen durch zwei halbmeterbreite, grob gesägte Holzbohlen gegen den ohnehin spärlichen Fußgängerverkehr verteidigt werden, hatte er sich ein Labor im ausgebauten Souterrain eingerichtet. Das konnte man allerdings nur vermuten. Denn von der Einrichtung war nichts mehr übrig. Sie war fein säuberlich ausgeräumt worden. Nicht in einer hektischen Nacht- und Nebelaktion, sondern besenrein. Fingerabdrücke waren im ganzen Haus keine zu finden. Und im Ort hatte man den Sonderling ohnehin nie gesehen. Selbst die Taubenzüchter munkelten nur von seinem sagenhaften Schwarm, der ungewöhnlich diszipliniert fliege. Gesehen hatte man ihn und seine Tauben praktisch nie. Frau und Kinder? Fehlanzeige. Aber er war vor drei Jahren schon mal verheiratet gewesen. Mit einer Brigitte.

»Na bitte! In einer Stunde will ich alles von ihr wissen. Name, Foto, Adresse, Telefonnummer!«

Burston knallte den Hörer auf die Gabel. Sein Ärger über Waldemar machte sich im Ärger über alle Deutschen Luft: »Blitzkrieg! Scheiße! Sauerkraut!«

Dieser verdammte Waldemar! Hatte sich mit den Atlas-Millionen aus dem Staub gemacht. Und vertickte seine Tauben-Lenkwaffe nun vermutlich an die Konkurrenz. Nur an wen? An die Briten? An den Mossad? Daimler-Chrysler? Oder gar an Osama bin Laden? Die Atlas Ltd. hatte 2,2 Millionen Dollar Kopfgeld auf ihn ausgesetzt, bis jetzt vergeblich. Die guten alten Tricks des Wilden Westens schienen auch nicht mehr zu wirken. Also besann sich Burston auf die große Familie, zu der er nun als Tochter von Lockheed-Martin gehörte, und rief beim FBI an. Genau sechs Stunden später hatte er das Dossier ›Dr. Waldemar Ziegenaus‹ vor sich und einen Mann mit dunkler Brille dazu. Burston ahnte, dass es ein Fehler gewesen war, die Maschine angeworfen zu haben, und bemühte sich, nicht noch einen zu machen.

Deshalb verriet er weder die Höhe der Zahlungen noch das genaue Projekt, an dem Dr. Waldemar Ziegenaus gearbeitet hatte. Er sagte lediglich, dass Ziegenaus an einer neuen Lenkwaffe arbeitete. Und dass er auf keinen Fall wolle, dass diese Waffe gegen das amerikanische Volk zum Einsatz komme. Aber je vager er formulierte, umso bedrohlicher klang es.

Burston spürte, wie sein Gegenüber schrumpfte. Wahrscheinlich war er zwei, drei Dienstgrade zu klein für diese Aufgabe. Die nationale Sicherheit stand auf dem Spiel. Der Präsident persönlich schwebte in Gefahr.

Wahrscheinlich waren es eher vier, fünf Dienstgrade. Und in dem Dossier vor ihm stand überhaupt nichts. Weder der Name der Ehefrau noch Kontakte zu anderen Waffenfirmen, keine Abhörprotokolle, nur Auszüge aus Ziegenaus' Doktorarbeit, die praktischerweise auf Englisch verfasst war, und ein Foto aus Studententagen. War das der Waldemar, den er kannte? Burston war ratlos. War das alles von Anfang an auf Betrug angelegt? Das Video war jedenfalls nicht getürkt. Er hatte damals zur Sicherheit zwei Security-Leute, als Touristen verkleidet, losgeschickt, um das Venedig-Manöver zu filmen, und ihr Video zeigte, dass die Dove missile wirklich funktionierten. Doch ihr Leitvogel funktionierte leider gar nicht wie geplant und hatte wohl den Taubenschlag gewechselt.

Als der FBI-Mann gegangen war, rief Burston von einem abhörsicheren Apparat Brigitte an, deren Nummer der deutsche Kontaktmann herausgefunden hatte, ein ehemaliger MAD-Kommissar, der sich seine ohnehin üppige Rente mit ein paar noch üppiger dotierten Schnüffeleien aufbesserte.

Brigitte glaubte zuerst an einen der in Mode gekommenen Scherze eines Jugendsenders. Ihr Ex Waldemar, ein international gesuchter Waffenerfinder? Ja, sicher, er arbeitete in der Telekommunikationsbranche, in der ›Network-Evolution‹, wie er es immer genannt hatte, aber dass er damit eine Waffe entwickeln würde? Niemals. Jedoch Burstons Verärgerung klang überzeugend echt. Und als die ›twenty-fucking-million-dollars‹ erwähnt wurden, wurde sie hellhörig. Der Schuft! Bei der Scheidung hatte er keinen Cent davon rausgerückt. Und noch hellhöriger wurde sie, als sie vom Finderlohn erfuhr. »Sie müssen kommen, dann besprechen wir alles. Die fucking Concorde fliegt ja nicht mehr, aber unsere

Citation ist nächste Woche in Germany, die ist zwar nicht so schnell, aber viel bequemer.«

Und das war keineswegs übertrieben. Ein Fahrer holte sie von zu Hause ab, wo sie sich von ihrer Freundin mit einem mulmigen Gefühl verabschiedet hatte. Nicht einmal Sybille, die nun wirklich mit dem Silberlöffel im Mund aufgewachsen war, war schon einmal im Privatjet in die USA geflogen. Der Wagen brachte sie zu einem Hubschrauber-Landeplatz in der Nähe. Von dort ging es in wenigen Minuten zum Flugplatz nach Oberpfaffenhofen, einem kleinen Geschäftsflughafen im Münchner Westen. Keine halbe Stunde, nachdem sie den idyllischen Bauernhof verlassen hatte, saß sie in einem Privatjet, der gerade vor zwei wartenden Businessfliegern Startfreigabe erhalten hatte. Das war Präsidenten-Status. Oder mehr: Red-Bull-Status. Als sich Brigitte in die tiefen Ledersitze sinken ließ und den schieren Reichtum einatmete, der sie umgab, befiel sie der unbändige Wunsch, jemanden auszupeitschen.

Die Flugzeuge, die sie von innen kannte, rochen nach Schweiß, oder genauer, nach Spermaflanell, wie sich Sybille immer ausdrückte. Das war dieser Geruch, den die Hosen von Economy-Class-Passagieren ab 19 Uhr verströmten, wenn sie sich ihr Feierabend-Viertel Rotwein aufschraubten. Und dann noch eins. Und dann hatten sie endlich den Mut, alleinreisende scharfe Biester wie Brigitte oder Sybille anzumachen. Während ihre Hosen dampften und dampften. Den ganzen verdammten Arbeitstag ausdampften.

Ihre Peitschen und die Latex-Ausrüstung hatte Brigitte leider zu Hause gelassen, sie war sich nicht sicher gewesen, ob die strengen amerikanischen Einreisebestimmungen auch für die Passagiere von zweistrahligen Privatjets galten, aber nach dieser perfekten Abreise erwartete sie eigentlich auch beim Auschecken keinerlei Kontrollen. Außer einem ungemein attraktiven jungen Bordbegleiter, der auf den ersten Blick alles andere als schwul war, war niemand im Passagierraum. Also streifte sie ihre schwarzen High-Heels ab, öffnete einen Knopf ihrer Bluse und legte ihre Füße hoch. Ein kleiner, handgeschriebener Brief aus dickem Büttenpapier verriet, was Brigitte auf dem Flug erwartete. Neben dem Film- und Musikprogramm, der Bibliothek, den Beauty-Produkten von Lancôme und allen erdenklichen kulinarischen Unglaublichkeiten stand auch Charles auf der Karte. Damit war der Bordbegleiter gemeint, der sich beim Einsteigen vorgestellt hatte. Er wurde als Experte für die verschiedensten Massagen vorgestellt. ›Ask Charles‹ war als klarer Hinweis darauf gedacht, dass Charles wohl viele Dinge konnte, aber Deutsch definitiv nicht dazu gehörte.

Also erst mal Champagner. Brigitte hatte den ganzen Tag vor Reisefieber nichts gegessen, der Champagner in 10.000 Meter Höhe donnerte durch ihren Blutkreislauf wie ein Überschalljet.

Nun brachte Charles rosenblütenweiche, eiskalte, duftende Handtücher, mit denen sie sich Hände und Nacken abtupfte. Dann kam ein Tablett, das mit zwölf Schälchen besetzt war, jedes gefüllt mit einem kleinen Fingerfood-Happen.

Das Flugzeug in Brigittes Blutbahnen bremste wieder
auf normale Geschwindigkeit herunter.

Brigitte war über Paris beim dritten Glas Champagner
angelangt und das ›Ask charles‹ dröhnte in ihrem Kopf
wie die Glocken von Notre Dame. Also fragte sie ihn,
was das denn für tolle Massagen seien. Charles antwortete außerordentlich vielschichtig. Seine Worte erzähl-
ten eine Menge von chinesischer Heilmassage und den
Schnee-Massagen der Inuit und den Kräutermassagen des
Österreichers Willi Dungl, aber Charles’ Körper erzählte
seine ganz eigene Geschichte.

Er schob die Hüften vor und zurück, knetete mit den
Händen imaginäre Beine, Pobacken, Brüste, und stellte
sich dabei so vor Brigitte, dass sie mühelos sehen konnte,
dass seine Hose selbst im nicht erregten Zustand gut
gefüllt war.

Und diese Hose roch definitiv nicht wie Spermaflanell,
sondern sie roch nach einem Mann, der eine Stunde Wald-
lauf, eine Stunde Cross-Training und eine Stunde Boxen
hinter sich gebracht hatte, dann im Dampfbad war, sich
nach der Dusche mit einer milden, nicht fettenden Lotion
eingecremt hatte, drei Stöße eines herben Männerpar-
fums über seinen Körper verteilt hatte und dann in eine
frisch gebügelte Hose gestiegen war. Irgendwie fühlte
sich Brigitte gerade überhaupt nicht mehr lesbisch, und
sie war froh, dass sie ihr dunkelgraues Kostüm mit dem
kurzen Rock angezogen hatte, das ihre schönen Beine
betonte und sie wirklich sehr, sehr appetitlich aussehen
ließ, aber sie wollte das vorerst nicht weiter vertiefen,
der Flug war ja noch lang genug.

Erst beim Dessert über Nordirland, die Trockenbeerenauslese war einfach zu süß, fiel ihr ein, das mit den Peitschen noch zu klären.

»Do you have whips?«

»Whipped cream. Of course.«

Nein, keine Schlagsahne.

»No – whips!« Sie machte die typische Handbewegung und dazu mit der Zunge ein pfeifendes Geräusch.

»Ah, whips!« Charles setzte eine Kennermiene auf, hinter der er eine gewisse Unsicherheit verbarg. Für wen war die Peitsche gedacht? Für sie? Für ihn? Oder gar für den Piloten? Womöglich war die attraktive Passagierin eine perfekt getarnte Terroristin? Al-Qaida? Greifen wir den Buckingham-Palace an? Man konnte nie wissen, bei den Europäern, die kämpften doch alle gegeneinander.

Damit war also auch geklärt, dass Charles möglicherweise vieles befriedigen konnte, jedoch nicht das Bedürfnis nach Strenge. Brigitte hatte sich dann herausgeredet, dass sie eine Peitsche als Geschenk für einen Freund bräuchte, der Pferdezüchter in der Nähe von San Diego war, aber sie hatte sich den Trick von Charles dabei abgeguckt, mit dem Körper eine ganz andere Geschichte zu erzählen, sodass einige laszive Körperbewegungen dem, der es sehen wollte, auch eine andere Nachricht übermitteln konnten. Ein Blick auf Charles' Hose sagte ihr, dass die Botschaft angekommen war.

Dann war Schlafenszeit, und Charles richtete ihr auf den leeren Nebensitzen ein richtiges Bett. Es war mit feinem Leinen bezogen, es gab Kissen und ein Federbett und auf dem Federbett lagen ein Morgenmantel, ein Schlafanzug und ein Negligé, alles aus Seide. Vor dem Bett standen Seidenhausschuhe. Aus einer Wandverkleidung wurde ein kleines Waschbecken mit Spiegel herausgekippt, und in einer Art Gewürzregal aus Chrom war das Beste, was das Haus Lancôme hergab, versammelt. Es war eine Ewigkeit her, dass sich Brigitte so als Weib gefühlt hatte. Charles wünschte eine gute Nacht, schloss die Tür und zog sich in den hinteren Teil der Maschine zurück. Draußen glänzte der Mond im Nordatlantik. Er legte eine silberne Spur, die sich erst nach Hunderten von Kilometern am Horizont verlor.

Sie war jetzt über freiem Wasser.

Das Land der unbegrenzten Unmöglichkeiten

Brigitte wurde vom Geräusch einer Espressomaschine geweckt. Charles ließ einige Tassen volllaufen und schüttete sie gleich wieder weg, was seiner Meinung nach die Qualität des Kaffees verbesserte. Er sei für das Cockpit, ob sie auch einen wolle? Sie wollte und ließ sich gleich das Frühstück ans Bett servieren. Alles fühlte sich an wie in einem kleinen Privathotel, nicht wie im Flugzeug. Und als ihr Charles auch noch anbot, ihr den Rock und die Bluse aufzubügeln, wurde sie übermütig. »Aber nur, wenn ich zuschauen darf.«

Bügeln war besser als Auspeitschen, stellte Brigitte danach fest. Es demütigt den Mann genauso, aber die Frau hat entschieden mehr davon. Danach ließ sie sich ein bisschen durchkneten, aber nur auf dem Bauch liegend und den Po züchtig bedeckt. Sie hatte dermaßen wild geträumt, dass sie ernsthaft überlegte, ihre sexuelle Orientierung neu zu überprüfen, aber das musste ja nicht unbedingt gleich sein.

Bei der Landung stieg Brigitte schöner und strahlender aus dem Jet, als sie eingestiegen war. Sie hatte Charles das Versprechen abgenommen, dass er sie auf dem Rückflug wieder begleiten würde. Wieder wartete ein Helikopter auf sie, der sie allerdings nicht zu einer Limousine, sondern direkt auf das Firmendach der Atlas Ltd. brachte.

Dort staunte Ron Emerald Burston senior nicht schlecht, als ihm aus dem Heli keine zittrige Ex-Ehefrau, sondern ein straff gefedertes Kraftpaket entgegensprang. Brigitte war selbst überrascht von ihrer Blitzumwandlung, von der vegetarischen Lesbe zum fleischfressenden Vollweib.

»Brigitte!« (Köstlich, um ihr zu schmeicheln, sprach er ihren Vornamen französisch aus. Wie Brigitte Bardot.) »Jetzt wird mir erst klar, was für ein Idiot dieser Waldemar ist. Wie konnte er nur eine Frau wie Sie gehen lassen?«

Herrlich, ein Alphabulle, der sich nach nichts mehr sehnte als nach der köstlichen Frucht der Unterwerfung.

Brigitte sah aus wie zwölf Stunden Beauty-Salon und Burston sah aus wie zwölf Stunden Economy-Class.

Dieses Gefälle wollte Brigitte aufrechterhalten. Bloß nicht einschüchtern lassen von den 1,8 Milliarden, die hinter Burston standen. Brigitte hatte noch nie so viel Geld, verdichtet auf eine Höhe von 1,85 Meter, gesehen. Und Burston nahm schnell alle Verwünschungen und Flüche zurück, die er seit dem Verschwinden von Dr. Waldemar Ziegenaus Richtung Germany geschickt hatte. Brigitte besaß sofort sein volles Vertrauen. Er hatte in den letzten 15 Jahren sicher 800 Leute persönlich eingestellt, und Brigitte hätte er einen Posten als CEO angeboten. Diese natürliche Autorität! Vielleicht sollte er öfter mal das Office in Frankfurt besuchen, vielleicht gab es da noch mehr von diesen Geschöpfen.

Burston führte sie in seinen Confidential-Room. Dort nahm er persönlich eine DVD aus ihrer Hülle und fütterte den Player damit.

Auf dem Bildschirm erschien ›the venice manoeuvre‹.

Es dauerte, bis Brigitte erfasst hatte, was sie da sah. Zwei Menschen auf dem Markusplatz. Attackiert von einem Schwarm Tauben. Sie begriff es lange nicht, weil die Perspektive so anders war. Die Kamera stand weit weg vom Geschehen und erfasste den gesamten Markusplatz. Das Paar in der Mitte des Platzes war kaum zu erkennen. Dann stieg der Taubenschwarm auf wie eine Platte, und als er schwenkte und zur Landung ansetzte und die Präzision sichtbar wurde, mit der die Tauben nebeneinander flogen, da erkannte sie das Bild wieder und ihr wurde klar, dass der Mann, auf den das flatternde Inferno gleich niedergehen würde, Mario war und die Frau sie selbst.

Sie spürte die Federn auf ihrer Zunge, roch den Gestank des Taubenkots, fühlte den Ekel wieder. Und auch die Schuldgefühle, als sie von einer Art höherer Macht beim Betrug ertappt worden war.

Jetzt hätte sie einen Mann zum Auspeitschen gebraucht. Bügeln allein hätte wohl kaum geholfen. Sie stellte sich den verschwitzten, leicht untersetzten Burston vor, wie er vor ihr auf dem Boden herumhüpfte und gurrte.

»Grässlich. Ich hasse Tauben. Aber was hat Waldemar damit zu tun?«

»Waldemar hat die Tauben gesteuert. Auf seinen Befehl hin sind sie gestartet, er hat die Flugroute bestimmt, er hat ihnen gesagt, wo sie wieder landen sollen.«

Brigitte begriff es noch nicht ganz. »Und was ist mit den beiden Leuten auf dem Markusplatz?«

»Ach, denen wollte Waldemar bloß eine Abreibung verpassen. Aber das ist mir auch fucking egal, ich will wissen, wo der Scheißkerl mit meinen 20 Millionen und meiner Dove missile jetzt ist.«

Brigitte hatte ganz bestimmt nicht vor, Burston auf die Nase zu binden, dass sie eine der beiden armen Vogelscheuchen in dem Video war. Sie spürte, dass ihre Existenz, die sie sich seit diesem denkwürdigen Tag aufgebaut hatte, ins Wanken geriet.

Mario und sie waren nicht zufällig Opfer einer zoologischen Massenhysterie geworden. Sie waren das Ziel eines unglaublichen Racheplans des gehörnten Gatten gewesen. Ihr romantisches Abenteuer war nicht von verwirrter italienischer Fauna durchkreuzt worden, sondern von kühlem deutschem Erfindergeist. Waldemar! Sie hatte ihn immer unterschätzt. Nie hätte sie gedacht, dass er ihr Verhältnis mit Mario schon so früh entdeckt hatte. Und dass er zu so kalter Rache fähig sein konnte.

Er hatte immer behauptet, erst durch Venedig von ihrer Affäre erfahren zu haben. Und jetzt stellte sich heraus, dass Mario und sie nur Statisten in einem Science-Fiction-Waffenkrimi waren?

Die Selbstsicherheit, mit der sie Burstons polterndem Cowboy-Charme trotzen wollte, war dahin.

»Sie bekommen 2,2 Millionen Dollar, wenn Sie mir helfen, diesen Scheißkerl zu finden. Oder mein Geld. Oder die Dove missile. Martin wird Ihnen helfen. Martin Lux. Ein alter Geheimdienst-Mann, der das Unmögliche möglich machen kann.«

»Martin Lux? Der Chef vom Auslandsgeheimdienst der Stasi?«

»Yeah, Markus, this smart Stasi-guy.«

»Stasi war East-Germany, jetzt heißt das BND oder MAD.«

»MAD? Klingt verrückt. Ach was, Ost oder West, jetzt ist alles eins. USA und Germany kommen sich ja auch immer näher. Übrigens, darf ich Sie heute Abend zum Essen einladen?«

Brigitte hatte schon raffiniertere Eröffnungen gehört, aber das war schon länger her und außerdem hatte sie abends noch nichts vor.

Dann gab sie Burston ein paar aktuellere Fotos von Waldemar, damit die FBI-Spitzel wenigstens den Hauch einer Chance hatten, ihn zu finden. Nach einem kleinen

Dinner wollte sie früh ins Bett. Burston war sehr enttäuscht und ließ sie erst gehen, nachdem sie ihm versprochen hatte, ihn auch morgen zu begleiten.

Am nächsten Abend in ihrem Hotel, dem ›La Costa Resort & Spa‹, das nicht nur von sich behauptete, das erste Spa-Hotel überhaupt gewesen zu sein, sondern auch über zwei 18-Loch-Golfplätze verfügte, war sie in Burstons privater Spa-Suite zum Entspannen eingeladen.

Das Ressort, das vor Kurzem für 140 Millionen Dollar renoviert worden war, hatte ein gutes Dutzend solcher Suiten für die Stammgäste aus den Waffenfabriken in der Nähe und Burston war im ›La Costa‹ einer der beliebtesten. Sein Handicap war nicht der Rede wert, aber dafür waren seine Trinkgelder berühmt. Brigitte war nicht besonders beeindruckt, das Hotel war der steingewordene amerikanische Traum vom ›mediterranean life‹. Ein bisschen Palladio, ein bisschen Mallorca, jeder türkische Robinson-Club war besser eingerichtet.

Aber die Aussicht, einen der reichsten Männer Kaliforniens (auch wenn er gerade erst geheiratet hatte) an den Haken zu bekommen, gefiel ihr. Auch wenn sie nicht wusste, was sie mit dem Brocken anfangen wollte, wenn sie ihn an Land gezogen hatte. Natürlich hatte auch die Vorstellung, noch ein paar Mal mit Präsidenten-Status über den Atlantik zu jetten, ihren Reiz. Deshalb verschob sie die Sinnkrise, in die sie sich durch die neuesten Ereignisse eigentlich gestürzt fühlte, auf die Zeit nach ihrer Heimkehr.

Und Burston sah sich endlich vor einem Erfolg. Wenn schon nicht beim Auffinden von verloren gegangenen

Geheimwaffen, dann wenigstens beim Erobern von europäischen Erfinder-Exgattinnen. Die waren etwas ganz anderes als diese standardisierten amerikanischen Upperclass-Püppchen. Brigitte war zwar rund zehn Jahre älter als Jill, seine aktuelle Ehefrau, dafür strahlte sie aber auch zehnmal so viel Geheimnis und Tiefe aus. Und diese Tiefe wollte er in 37 Grad warmem Wasser ausloten.

Sie hatte sich im Hotelshop einen raffinierten Bikini gekauft. Er war farblich bei Weitem das schlichteste Modell im Laden, auberginebraun mit einem seidigen Glanz, hatte aber perfekt gepolsterte Körbchen. Ihre Brüste saßen darin wie zwei wachsweiche Frühstückseier in ihren Bechern, die Schale vorsichtig abgenommen, sodass zwei heiße, glänzende, weiße, perfekte Rundungen zu sehen waren.

Sie kam zehn Minuten später als vereinbart und inszenierte ihren Auftritt mit jener lasziven Lässigkeit, die sie sich bei unzähligen Lektionen in ihrer strengen Kammer in Germering angeeignet hatte. Nichts davon wirkte wie für die Augen von Ron Emerald Burston bestimmt, es war nicht kokett verführerisch, sondern langsam, präzise und selbstgewiss.

Als sie zu ihm in das Becken stieg, hatte er nur Augen für ihre Beine, danach blieb ihm immer noch der Busen.

»Mögen Sie lieber den mediterranen Sternenhimmel oder den pazifischen?«, fragte er, während sich oben langsam ein Schirm über das Glasdach schob. Zartblaues Unterwasserlicht ging an. Und unergründliche Sphärenklänge wie von weit her setzten ein.

»Den pazifischen kenne ich noch nicht. Also nehmen wir den«, sagte sie so dahin. Und dann öffnete sich das Weltall über ihr. Nur ein leichter, blauer Lichtschein beleuchtete schemenhaft den Raum, wie von einer fernen Erde, die aber nicht zu sehen war. Ansonsten war es finstere Nacht. Und um sie herum nur Sterne. Über ihnen, unter ihnen. Der Boden des Pools war eine Halbkugel, die mit funkelnden Sternen übersät war. Sie bekam Gänsehaut trotz des warmen Wassers.

»Willkommen im Weltraum. Ein Glas Champagner?« Das war wirklich mehr als sensationell. »Eine kleine Referenz an SDI, unser Weltraum-Raketenabwehrsystem. Sogar Donald Rumsfeld war schon hier drin.«

Das war reichlich unromantisch. Burston bekam sich aber gleich wieder in den Griff und schwenkte von seiner 1,8-Billion-Dollar-Nummer gleich wieder zurück in die Umlaufbahn mit den Koordinaten: ›Einsamer Satellit sucht gut gebauten Himmelskörper‹.

»Als Junge wollte ich immer Astronaut werden. Gut, dass es anders gekommen ist. Denn das hier ist besser. Nicht nur, weil es im Weltraum keinen vernünftigen Champagner gibt. Und nicht nur wegen der Musik.« Der Soundtrack zu diesem Schauspiel war ein hollywoodreifer Mix aus Walgesängen, dunklen Posaunen und dem Summen auf einer Frühlingswiese. »Es ist wegen des Wassers. Alles Leben kommt aus dem Wasser. Das All ist nichts. Es heißt nur so toll ›Weltall‹. Als wäre das All alles. Dabei ist es das reine Nichts. Kälte und Leere. Ein tödliches Vakuum. Hier im Wasser ist das Leben. Hier kommen wir her. Hier gehen wir hin. Wir haben uns nur aus übersteigerter Neugier an Land gewagt, eigentlich gehören wir ins Wasser. Darf ich Sie in die Arme nehmen?«

Ohne ihre Antwort abzuwarten, schob er sachte seine Hände unter ihren Körper und hob sie an die Wasseroberfläche. Brigitte fand es beunruhigend angenehm, wie selbstverständlich er ihren Körper anfasste. »Legen Sie Ihren Kopf unter Wasser. Und lassen Sie sich fallen. Das Wasser ist Salzwasser. Passen Sie auf, es brennt in den Augen. Aber es wird Sie tragen.«

Und wirklich, sofort spürte sie die Schwerelosigkeit. Burston hatte seine Hände wieder unter ihr weggezogen, was sie beinahe schade fand, denn die Berührungen im warmen, dichten Wasser fühlten sich gut an, und nun schwebte sie ohne festen Orientierungspunkt im warmen Weltall-Meer. Es war eine ganz besondere Schwerelosigkeit. Denn neben dem Gewicht wurde sie auch alles andere los. Das Gefühl für Zeit war als Erstes weg. Als Nächstes war die Gewissheit dran, einen Platz auf der Erde zu haben. Brigitte fühlte sich allein. Ihr Exmann, ein gerissener Betrüger, der erst sie, dann den größten Waffenhersteller der Welt reingelegt hatte. Ihr Exfreund, ein stolzer Eismagnat, aber in Wirklichkeit ein armes Würstchen, das sich von Frau und Freundin demütigen ließ. Und ihr neues, lesbisches Leben mit Sybille. Alles nur eingebildet. »Bitte halten Sie mich!«

Burston war sofort wieder zur Stelle und hielt sie in den Armen wie ein Kind. Ihre stolze, straffe Haltung war wie weggeschmolzen, jetzt war sie weich wie eine Seeanemone, die sich in der Strömung des Meeres wiegt. »Ein schöner Platz. Aber gut, dass Sie dabei sind. Allein könnte ich das nicht ertragen. Es verstärkt nur das Gefühl, allein auf der Welt zu sein. Dabei ist die Welt hier nicht einmal zu sehen.«

»Sie selbst sind die Welt. Sehen Sie sich um, alles dreht sich um Sie.«

Er fing an, sie ganz sachte im Wasser zu drehen, sodass die Sterne begannen, ihre Kreisbahn zu ziehen. Das Wasser strich unter ihrem Körper hindurch wie 1.000 warme Hände. In diesem Moment war sie wirklich der Dreh- und Angelpunkt des Universums.

Es war unheimlich und erregend. Unheimlich schön. Aber das spürte sie nur noch ganz schwach in ihrer linken Hirnhemisphäre, denn langsam, wie ein heraufziehendes Gewitter, gewannen die negativen Kräfte in der rechten Gehirnhälfte die Oberhand. Und dann sagte er auch noch jenen verhängnisvollen Satz, um den ihn eigentlich jeder Schlagersänger beneidet hätte. Er sagte ihn leider zum falschen Zeitpunkt. Als er ihn kundtat, war Burston selbst jedoch mächtig stolz darauf.

»You are the earth, the sun and the moon. Du bist die Quelle, der Ursprung, der Urknall. Das, was vor dem Urknall war. Und was danach kommt. Du bist eine Frau!«

Burston spürte, wie etwas in seinen Armen zerbrach. Dann begann sie zu zucken. Sie fiel ihm um den Hals und schluchzte hemmungslos. Mit einem Mal war ihr klar geworden, dass ihr eigenes Universum am Erlöschen war. Der Urknall, von dem Burston gesprochen hatte, würde keine neuen Zwergplaneten erschaffen. Sie war eine Frau, ja, aber sie war bald Ende 30, ohne Mann, ohne Kinder, mit einer lesbischen Freundin und ohne genaue Erinnerung daran, ob sie das alles so überhaupt je gewollt hatte.

Burston war ratlos. War das also die geheimnisvolle, europäische Tiefe, die er in ihr erahnt hatte? Bis jetzt kannte er Tränen nur aus dem Kino, die weinenden Frauen, die ihm begegnet waren, heulten trocken und schielten unter den künstlichen Wimpern immer nach seiner Reaktion. Das hier hatte eine völlig neue Qualität. Die Frau war ein Seebeben. Kleine Wellen gingen von ihr aus, kräuselten das Weltall und lösten die perfekte Illusion auf. Und es sah nicht so aus, als könnte sein Scheckbuch jetzt helfen.

Während Brigitte Losmann zwar äußerst unglücklich, aber in immerhin 37 Grad warmem Wasser trieb, war ihr Exmann Dr. Waldemar Ziegenaus in einem weitaus betrüblicheren Zustand. Auch er schwebte im Wasser, aber er tat dies in 50 Metern Tiefe mit einer 50 Kilo schweren Eisenkette an den Beinen.

Samstagseinsatz

Draußen fuhr ein Auto, etwas hochtouriger, als es nötig gewesen wäre, durch Wondraks Straße. Die Samstagsstille, die danach eintrat, war umso deutlicher zu hören.

Hätte Wondrak im Wohnzimmer eine Wanduhr gehabt, ihr Ticken hätte gedröhnt wie das Läuten der Pummerin im Nordturm des Wiener Stephansdoms. Er hatte sie zuletzt in einer Silvesternacht in den 80er-Jahren des letzten Jahrhunderts gehört, schön war das gewesen, mit seinen Cousins und Cousinen auf dem Stephansplatz zu feiern, mit wildfremden Wienerinnen Walzer zu tanzen und dabei vom tiefen, langsamen Wummern einer der größten Glocken der Welt begleitet zu werden.

Aber da war kein Wummern. Und auch kein Ticken. Wondrak blickte gleichmütig auf den leeren Asphalt vor seinem Fenster.

In die Stille hinein klingelte das Handtelefon. Es dauerte ein wenig, bis er den Weg bis zum Schrank gefunden hatte, wo sein altes Handy den Vibrations-Alarm-Tango tanzte. »Wondrak.«

»Kommissar Nokia. Wo sind Sie? Wir vermissen Sie.« Egon Schneiderweiß war dran. »Die Vroni feiert um 17 Uhr Geburtstag. Sie kommen doch, oder?«

»Ach Gott, ja sicher! Bin gleich da!« Jetzt fiel ihm wieder ein, warum er Schneiderweiß so mochte. Der wusste einfach ganz genau, welche Anrufe nötig waren und welche nicht. Und dieser hier hatte hohe Priorität. (Und wäre höchstens überbietbar gewesen durch einen Anruf von Ann-Marie Furtmann, aber das war wiederum ein völlig anderes Kapitel.)

Noch genug Zeit, das kleine Päckchen einzustecken, das Wondrak seit drei Tagen auf dem Spiegelschrank im Flur liegen hatte, und einen schönen Blumenstrauß zu besorgen.

Veronika Veigl freute sich auf ihre manchmal fast zu direkte Art sehr, Wondrak zu sehen. Und Wondrak freute sich, dass sie sich freute. Beim Anstoßen mit dem obligatorischen Gläschen Prosecco blickte sie ihm extra tief in die Augen, sodass es wirklich alle mitkriegten. Wondrak, der sich eigentlich nichts aus italienischem Schaumwein machte, fand plötzlich, dass er doch gar nicht so schlecht schmeckte.

Schneiderweiß kam aus dem Nebenzimmer in den Raum zurück, in dem es vorhin gefährlich gepiepst hatte. »Nur eine Vermisstenmeldung«, beruhigte er die Geburtstagsgesellschaft, die schon befürchtet hatte, sie müsse noch heute einen Mordfall aufklären. Er wedelte mit dem Ausdruck.

»Seit wann vermisst?«, fragte Wondrak.

»Seit fünf Tagen. Karin Reindl, 24, ledig, Kosmetik-Außendienstlerin aus Percha am Starnberger See. Ihre Eltern haben sie aufgegeben.«

»Ihre Tochter?«, wollte Nick, der Spaßvogel, wissen.

»Nein, die Vermisstenmeldung«, antwortete Schneiderweiß ernsthaft. Wondrak sah ihm den matten Scherz nach. Nick, das Bullen-Küken, war der Online-Profi des Reviers und musste sich deshalb den ganzen Tag unter diversen Namen in diversen Internet-Foren herumtreiben und sich wechselweise als elfjährige Nymphe, 23-jähriger Suizid-Junkie oder 50-jähriger Kinderschänder ausgeben. Moderne Vorstadt-Drecksarbeit, die auf der jugendlichen Seele von Nick großflächige Brandblasen hinterlassen hatte. Und mit der Zeit die typische, narbige Hornhaut hervorbringen würde, die den guten, ehrlichen

Polizisten ebenso wie den verkommenen, korrupten für alle Zeiten kennzeichnete.

Wondrak verspürte deshalb ein latent schlechtes Gewissen Nick gegenüber. Er hatte ihn vor zwei Jahren extra für sein Revier von der Polizeischule abgeworben. Wondrak erinnerte sich dunkel, ihm gewisse Versprechungen gemacht zu haben. Nick war in der Ausbildung nicht durch besonders gute Noten aufgefallen. Aber durch besonders einfallsreiche Strategien. Thomas Wondrak fühlte sich durch ihn immer ein wenig an den jungen Wondrak erinnert. Und nun ließ er ihn am Computer versauern. Aber Nick beschwerte sich nie.

Wondrak war in Geberlaune. »Nick, wird Zeit, dass du an die Luft kommst. Du übernimmst mit dem Bergmann den Fall.« Und zu Veronika: »Aber ich will nicht deine Party sprengen. Das ist dein Geburtstag, Vroni. Du sollst entscheiden, ob wir heute oder morgen anfangen.«

Veronika nahm den Ausdruck in die Hand. »Karin ist genauso alt wie ich.«

Sie hielt inne und starrte das Blatt an. Im Raum wurde es still. Leise fügte sie hinzu: »Ich glaube, wir fangen besser gleich an.«

Einen Flügelschlag hinterher

Wondrak hatte bald herausgefunden, dass der Tennispartner von Karin Reindl immer mit einem sehr auffälligen Wagen vor dem Tennisplatz vorgefahren war. In ganz Bayern gab es nur einen Waldemar, der Bentley-Besitzer war. Eine Stunde später stand er in einem ausgeräumten Labor in einem ansonsten komplett eingerichteten Landhaus in Buchenau, dem südwestlichen Stadtzipfel von Fürstenfeldbruck. Nick kam herein: »Er heißt Waldemar Ziegenaus und ist IT-Consultant, Fachbereich Mobile Netze.«

»Der hätte seine Freude an meinem alten Handy-Knochen«, dachte Wondrak, während er durch den verlassenen Raum ging. »Was ist das hier? Nach IT-Labor siehts nicht aus. Ein Archiv? Ein Büro?«

Nick schnupperte: »Lässt sich das eigentlich über Raumluftmessung nachweisen?«

Liliane Kalbfell von der Spurensicherung nickte. »Was du da riechst, ist Ozon. Vom Kopierer wahrscheinlich. Aber Computerspuren finden wir bestimmt auch, aber nicht in der Luft, sondern im Staub, das geht schneller. Auch wenn hier schön durchgefegt ist, ein paar Krümel sind immer da. Wir geben uns ja schon mit wenig zufrieden.«

Liliane war anzusehen, wie froh sie war, keine Leiche, sondern ein schönes, sauberes Zimmer vor sich zu haben. »Hinter dem Haus steht übrigens ein Taubenschlag. Auch hier ist alles ausgeflogen. Ebenfalls erst vor kurzer Zeit.«

»Und, irgendwelche Spuren von Karin Reindl?«

»Leider nein, das Haus sieht nach Millionärs-Junggesellen-Bude aus. Nur ein paar Spielsachen haben wir gefunden.«

»Sexspielzeug für Junggesellen?«, brummte Wondrak.

»Ne, ne, Lernspiele. Für Grundschüler.«

»Da ist Karin zwar schon ein bisschen zu alt dafür, aber vielleicht finden wir trotzdem ein paar Fingerabdrücke. Und wenn es nur genetische sind.« Liliane Kalbfell packte die Spielkartons ein.

Wondrak ging hinauf ins Schlafzimmer und stellte sich vor den offenen Safe. »Sprich zu mir. Sag mir, was du weißt, und du bekommst einen Espresso.« Aus der dunklen Öffnung kam kein Mucks. Wondrak fand langsam Gefallen an dem Fall.

Der Rückflug des Phönix

Burston war der vollendete Kavalier gewesen. Ritterlich. Man könnte fast sagen: zentraleuropäisch. Er hatte Brigitte auf ihr Zimmer begleitet. Er hatte ihr ein kleines Nachtmahl servieren lassen, danach hatte er sie zugedeckt und bei all dem hatte er seine Finger von ihr gelassen. Obwohl die Aussicht im Sternenbad mehr als verlockend gewesen war.

Der Hautkontakt im körperwarmen Wasser. Ihre Kurven von tausenden funkelnden Sternen übersät. Ihre trägen Bewegungen. All das hatte sich auf seiner Netzhaut eingebrannt.

Als sie sich verabschiedete, musste sie ihm versprechen, bald wiederzukommen.

Am nächsten Morgen fühlte sie sich auch nicht wesentlich besser. Sie hatte geträumt, dass, während sie in der salzgesättigten Weltraum-Ursuppe gebadet hatte, die Erde wie ein Wasserball auf einer Art Handtuch neben dem Schwimmbad lag und trocknete. Die perfekte, runde, glatte Oberfläche der Erde begann zu runzeln. Sie suchte die Alpen, den Himalaja, die Anden und sah, wie sie wuchsen und die Runzeln immer tiefer wurden.

Die Berge ragten gewaltig hervor, die Erdfalten wurden höher und die Täler tiefer, und plötzlich sah sie in die Städte hinein, wie die Menschen in die Erdrisse fielen. Und dort, wo sich die Erde auftat, schoss keine Lava empor, man sah nur noch ein müdes Glimmen tief unten im Mittelpunkt der Erde, wie in einem offenen Kamin, in dem um 24 Uhr der letzte Abendwind vergeblich versucht, die Glutreste neu zu entfachen.

Sie brauchte kein Traumdeutungsbuch, um zu wissen, dass sie Angst vor dem Altwerden hatte.

Die jugendliche Freude, mit der Charles sie an Bord der ›Atlas III‹ begrüßte, riss sie sanft aus ihrer Schwermütigkeit. Das war genau die Frischzellenkur, die sie jetzt auf andere Gedanken bringen konnte.

Wie ein Stammgast, der sein Leben lang nichts anderes getan hat, als mit kleinen, zwei- bis dreistrahligen Privatjets Kondensstreifen in den Himmel zu schreiben, schritt sie die kleine Treppe hinauf und mit jedem Schritt ließ sie ein paar Jahre zurück. Als sie in Oberpfaffenhofen gelandet war, hatte sie jenes gefühlte Alter erreicht, das sie an einen ganz bestimmten Morgen in Venedig erinnerte, als sie das Fenster geöffnet hatte, um die klare Winterluft hereinzulassen.

Davor war natürlich noch einiges passiert. Denn wieder war Brigitte die einzige Passagierin. Und wieder lag ein handgeschriebenes Briefchen auf ihrem Tisch. ›Whipped cream.‹

Wie aufmerksam.

Bis die Peitsche dran war, hatte Brigitte aber noch ein wenig Zeit. Sie bat Charles, ihr beim Essen Gesellschaft zu leisten, und fütterte ihn mit Fingerfood und Champagner. Als das Prickeln der kühlen Luxusbrause sich von ihrem Gaumen auf den ganzen Körper ausgebreitet hatte, ließ sich Brigitte ihren kleinen Koffer bringen und eröffnete Charles, dass sie für ihn auch eine Überraschung bereit hätte: Eine Rolle ›Gaffer-Tape‹.

Dieses Klebeband eignet sich hervorragend, um bei Rockkonzerten Kabel am Boden festzukleben, bei Sportbooten kleine Lecks abzudichten, Münder zu verschließen und um ungezogene Masochisten an Bettpfosten zu schmieden.

Charles hatte kurz wieder diesen Al-Qaida-Gedanken, als ihn Brigitte bat, damit die vier Kameralinsen, die sie im Passagierraum entdeckt hatte, zuzukleben. Dafür war das Tape eigentlich eine Nummer zu groß, ein Post-it hätte es auch getan, aber man konnte ja nie wissen, manche behaupteten, mit ›Gaffer-Tape‹ ließen sich sogar undichte Flugzeugtüren flicken.

Dann packte sie ihre eigene Videokamera aus und stellte sie so auf ein Stativ, dass ihr Platz im Focus war und ein bisschen Drumherum auch noch zu sehen war. Das rote Lämpchen signalisierte, dass die Aufnahme lief.

Nun kam der Nachtisch. Sie zog die kleine Reitgerte aus ihrem Futteral und hieb ihm damit ein paar Mal über das Jackett, um ihm klarzumachen, dass er es ausziehen sollte. Jetzt zog sie ihn an der Krawatte zu sich herab, um ihn zu küssen. Währenddessen führte sie die Gerte zwischen seinen Beinen durch und verpasste ihm damit ein paar Hiebe zwischen die Schenkel hindurch auf den Po.

Charles hatte seit dem Hinflug nur 70-jährige Millionärswitwen von San Diego nach Florida begleitet, deshalb kam ihm Brigitte vor wie Giselle Bündchen mit 17. Seine Hose beulte sich prächtig und Brigitte schob den Rock ein wenig hoch, damit er (und die Kamera) die Oberkante ihrer Strümpfe sehen konnte.

Zeichneten sich da etwa Strapse ab? Sie rieb ihre schwarz bestrumpften, leicht glänzenden Beine an seiner Hose und zog ihn mit ihren Fersen zu sich. Der Gürtel blieb zu, aber der Reißverschluss ging auf. Und heraus kam das beste Teil des Flugzeugs.

Es war ein wirklich erhebender Augenblick. Brigitte ahnte, dass auf diesem Flug ihre Karriere als Lesbe einen irreparablen Knick erfahren würde. Vorher versohlte sie ihren Steward aber noch ein bisschen, der in der Zwischenzeit sein Jackett und seine Uniformmütze wieder angezogen hatte und nun die Lieblingsübung aller ›mistress of the doves‹-Fans absolvierte: Gurrend vor Brigitte herumzuhüpfen.

Doch der süße Kitzel, die Genugtuung und die Befriedigung, die sie sonst bei dieser Lektion empfunden hatte, blieben aus. Stattdessen empfand sie die Nummer erstmals als das, was sie war: Lächerlich und frei von Erotik.

Also half sie ihm auf die Beine, nahm die Gerte und drückte sie ihm zwischen die Zähne. Vielleicht konnte er die Stimmung drehen? Zunächst hieb er ihr einige Male zart auf die Fesseln, dann drehte er sie um, befahl ihr, mit durchgestreckten Beinen sich zu bücken und ließ die Gerte an der Innenseite ihrer Oberschenkel hochtänzeln, bis sie oberhalb der Strümpfe das nackte Fleisch erreichte. Als er sah, wie sie vor Lust zitterte, schob er ohne Vorwarnung ihren Slip zur Seite. Das Taubengehüpfe vorhin hatte ihn gehörig abgetörnt, umso erfreuter war Brigitte, zu spüren, dass Charles schon wieder so begeistert von ihr war. Nachdem sie ihn nun näher kennengelernt hatte, schob sie ihn zurück, denn nun kam der zweite Akt, ein paar unerlässliche Detailaufnahmen.

Charles machte den Spaß mit. Solange es nicht wirklich wehtat, fand er es prickelnd. Und er konnte viel vertragen, schließlich quälte er sich mindestens dreimal die Woche im Fitnessstudio.

Akt Nummer drei bestand darin, dass Brigitte ihr Business-Kostüm ablegte und darunter einen wirklich fabelhaften Body zum Vorschein brachte. Schon Ron Emerald Burston hatte sich davon überzeugen können, dass Brigittes Körper fabelhaft war. Aber der schwarze Spitzenbody, den sie nun anhatte, eine Mischung aus Badeanzug, Korsage und Strapsgürtel, potenzierte seine Wirkung, wie sie an Charles Augen ablesen konnte.

Der vierte Akt bestand schließlich darin, dass sie die

Regie an Charles übergab und ihn vor laufender Kamera aufforderte, sich richtig auszutoben. Und das wollte er dann auch. Dazwischen tranken sie Champagner, aßen Erdbeeren, er bügelte Blusen, machte Betten, und so trieben sie weiter nach Osten, der aufgehenden Sonne entgegen. Sie hätte viel gegeben, wenn Charles den Pariser weggelassen hätte, sie fühlte sich empfangsbereit. Andererseits fand sie es auch in Ordnung, dass Charles' Dienstleistungen ihre Grenzen hatten. Vaterschaft stand nun definitiv nicht auf dem Menü, und fragen wollte sie nicht, dazu kannte sie ihn zu wenig.

Die Limousine brachte sie nach Hause an den See, wo Sybille ihre Freundin bestaunte. »Das ist ja ein toller Jetlag. Kann ich den bitte auch haben? Du siehst aus wie eine Woche Beautyfarm.«

Übermütig drückte Brigitte ihr ein Köfferchen aus dem fliegenden Badezimmer in die Hand. Die Maschine war noch ein bisschen besser ausgestattet gewesen als beim Hinflug, also hatte sie kurzerhand ein gut gefülltes Lancôme-Paket im Wert eines Business-Class-Tickets für ihre Freundin eingepackt.

Als Sybille sie umarmte, war das vertraut und anders zugleich. Sie wusste sofort, was sie an ihr liebte, diese Weichheit und Nachgiebigkeit, ihren verschwenderischen Umgang mit den Lebensmitteln, Humor, Lachen und Optimismus. Andererseits spürte sie, dass sie nun von einem anderen Ufer auf sie zugereist kam. Konnte sie da gleich wieder mit Sybille weitermachen, als wäre nichts geschehen? Aber warum eigentlich nicht? Eine Fähre pendelt schließlich auch ständig zwischen zwei

Ufern. Das Hin und Her ist ihre Bestimmung. Nur wenn sie kaputt ist, liegt sie auf einer Seite fest.

Als Brigitte das klar wurde, wusste sie, dass sie Sybille alles erzählen wollte.

Am nächsten Morgen wurde sie von einem typischen Geruch wach. Und von einem eigenartigen Klang. In ihre Nase stieg Kaffeeduft, und in ihren Ohren erklang ein zärtliches Geräusch. Sie träumte noch auf Englisch, ihr fiel der Name des Geräuschs nicht gleich ein.

Sybille hatte in den zurückliegenden beiden Nächten die Fenster offen gelassen und gestern vergessen, sie vor dem Einschlafen zu schließen. Als der Name des Geräuschs endlich in Brigittes Bewusstsein angekommen war, schlug sie verwundert die Augen auf. Auf ihrem Unterarm: keine Gänsehaut. In ihrem Magen: keine Übelkeit. Ihre Nackenmuskulatur: entspannt. Wie das?

Vor dem Fenster gurrte eine Taube und Brigitte bekam keine Ekelattacke?

Ausnahmsweise schob sie das nicht auf die wundertätigen Kräfte von Charles Lenden, sondern auf die Geschichte, die ihr Burston über das Dove missile erzählt hatte. Zehn Prozent Finderlohn, 2,2 Millionen Dollar. Und nun gurrte so eine Lenkwaffe vor ihrem Fenster. Sie musste sofort mit Martin Lux sprechen.

Vorher aber brachte Sybille das Frühstück ans Bett.

Sybille hatte gestern anders reagiert, als Brigitte gedacht hätte. Sie hatte ihr alles erzählt und kein Detail ausgelassen. Und was machte Sybille? Sie wurde neugierig.

»Ich hab es noch nie mit einer Frau gemacht, die gerade von einem Mann kommt.« Brigittes Lust war eigentlich gestillt, aber Frauen sind nun mal so, ihrer besten Freundin können sie nichts abschlagen.

Als sie danach eine Tasse Tee tranken, war Brigitte froh, sich nicht festgelegt zu haben, und beschloss, zwischen den Ufern künftig noch weiter zu pendeln.

Und dann kam ein heikles Kapitel. Nun wollte Sybille natürlich das Video sehen. Je früher, desto besser, dachte Brigitte, denn Sybille musste es sowieso am Computer bearbeiten, um es mit großem Tamtam auf ihrer Internetseite präsentieren zu können. ›Mistress of the doves: In the Air‹. Vielleicht würde sie den Streifen auch ›Airborn‹ oder ›Airporn‹ nennen, beim Titel war sie sich nie ganz sicher, meist verkniff sie sich aber am Ende jedes Witzchen und wählte den Titel getreu ihrer Devise: ›Nur streng machts peng!‹

Sybille war nicht besonders beeindruckt. »Sieht aus, als würde es euch Spaß machen. Das ist nicht gut fürs Geschäft.«

Da hatte sie allerdings recht. Beim Spiel mit Schuld, Strafe und Sühne war kein Platz für glückliches Stöhnen und verzückte Gesichtsausdrücke. »Da müssen wir noch ein paar Close-ups von Deinem Gesicht reinschneiden, wie du richtig böse guckst, richtig böse, böse!« Und ganz nebenbei fragte sie: »Meinst du, das wär auch was für mich?«

»Du solltest es zumindest probiert haben!«, antwortete Brigitte wahrheitsgemäß, aber mit einem leicht mulmigen Gefühl im Bauch. War Sybille vielleicht auch eine

Fährsfrau? Dagegen wäre ja nichts einzuwenden. Aber was, wenn sie dauerhaft am anderen Ufer festmachte?

Am nächsten Morgen traf sie sich mit Martin Lux im Biergarten vom ›Fürstenfelder‹. Viele Menschen zuckten seltsam, als sie ihn sahen. Und das kam so: Sein Gesicht war so oft in Zeitungen und im Fernsehen gewesen, dass es in vielen Menschen einen reflexartigen Reiz auslöste, zu grüßen. Das führte in eine Vorwärtsbewegung. Diese bremsten sie jedoch sogleich wieder, da ihnen gerade rechtzeitig noch einfiel, dass sie das Gesicht zwar kannten, aber dessen Besitzer nicht. Das führte zu einer Rückwärtsbewegung. Und dann fiel ihnen doch noch ein: Das ist doch Martin Lux! Dabei drehten sie mit erhellter Miene ruckartig den Kopf. Und ihnen fiel die Frage ein: Martin Lux – wer war das? Und sie drehten den Kopf verschämt wieder zurück. Dieser Vorgang dauerte 0,8 bis 1,2 Sekunden und wurde nun in der Epilepsie-Forschung als ›Martin-Lux-Syndrom‹ bezeichnet.

Und genau mit diesem ehemaligen Chef des Geheimdienstes, oder der Auslandsaufklärung, wie es in der DDR unnachahmlich konstruktiv formuliert hieß, spazierte sie nun durch die atemberaubende Anlage des ehemaligen Zisterzienserklosters. Nach langen Jahren, in denen die Höfe rund um die Barockkirche vor sich hingeschimmelt waren, hatte man sich der Schönheit des gesamten Ensembles besonnen und ein feinfühlig modernisiertes Kulturzentrum aus den alten Gemäuern gemacht. Mit einem Open-Air-Kino im Sommer, einer kleinen Bühne, Biergärten und all dem kulturellen Zubehör, das den Fürstenfeldbrucker davon abhalten sollte, die allabendliche Flucht Richtung München anzutreten. Würde diese Anlage in Rom stehen, sie könnte sich vor Besuchern nicht retten. So aber verirrten sich nur wenige Eingeweihte in das Areal, das gerade mal eine halbe Stunde von München entfernt war.

Es war nicht viel, was er ihr zu erzählen hatte. Denn alle irdischen Spuren, die an Dr. Waldemar Ziegenaus erinnerten, waren verwischt. Im Moment war Lux dran, die ätherischen, virtuellen Spuren zu sichten. E-Mails, Telefongespräche, Handyverbindungen. Aber das konnte noch dauern, schließlich war Lux auf alte Verbindungen im BND angewiesen, er war nun schon seit einiger Zeit Privatier. Brigitte gab ihm alle Nummern und Adressen, die sie hatte. Dann fragte sie ihn, was er von der ganzen Sache hielt.

»Ich persönlich glaube, dass Ziegenaus noch bei mehreren Waffenherstellern Geld eingesammelt hat. Und dann mit einer neuen Existenz in einem Staat untergetaucht ist, für den er seine Waffe zu Ende entwickelt. Aber Burston will auf keinen Fall, dass ich bei anderen Geheimdiensten anklopfe. Es wäre ja eigentlich das Beste, wenn wir das FBI, den MI5 und den MAD zusammenspannen und gemeinsam nach ihm suchen. Aber dann wäre die Geschichte mit der neuen Geheimwaffe eine Staatsaffäre in mindestens drei Ländern. Und das will natürlich niemand. Jeder rechnet nämlich insgeheim damit, die Waffe selbst herausbringen zu können. Und genau darauf setzt vermutlich Ziegenaus. Er weiß, dass es keine konzertierte Suche nach ihm geben wird. Und deshalb sind Sie jetzt in Gefahr, Brigitte. Mister Burston hat mir aufgetragen, mich um Sie zu kümmern. Die anderen Geheimdienste sind hinter Ihnen her. Und Herr Ziegenaus auch. Denn Sie sind die einzige Spur zu ihm.«

Brigitte war beunruhigt. Der zwar immer noch breitschultrige und hochgewachsene, aber schon tief in den 70ern steckende Lux sollte sie beschützen? »Wissen Sie was? Ich bin auch hinter Waldemar her! Wir hatten keinen Ehevertrag. Wir waren eine Zugewinngemeinschaft. Von seinen 20 Millionen gehören mir mindestens zehn!«

»Glauben Sie mir, Brigitte, wer einmal seine heile Welt gegen eine kriminelle getauscht hat, der hat für Kategorien wie Gesetze oder Verträge nichts mehr übrig. Das gilt mit hoher Wahrscheinlichkeit auch für den gesetzlichen Güterstand. Sie sollten damit rechnen, dass ihr Exmann Sie umbringen will. Und wenn er es nicht selbst tut, dann schickt er jemanden. Sie müssen umziehen!«

»Quatsch. Auf gar keinen Fall. Waldemar und ich haben seit Jahren nichts mehr voneinander gehört. Und ich kann nicht einfach verschwinden. Mein Wildpark kann zusperren, wenn ich nicht da bin.«

»Dann bekommen Sie Personenschutz.«

»Organisieren Sie mir bitte jemanden, der sich mit Tieren auskennt, dann fällt das nicht so auf.«

»Gut, sobald ich die Auswertung von Telefonaten und E-Mails habe, rufe ich an.«

Zwei Tage später meldete sich Lux mit zwei guten und einer schlechten Nachricht. Die schlechte war, dass er

schreckliche Kopfschmerzen und hohes Fieber hatte.
Den schweren Husten musste er nicht extra betonen,
den hörte man auch so. Die zwei guten lauteten: Der
bewaffnete Tierpfleger sollte morgen vorbeikommen.
Und die Computerauswertungen hätten ergeben, dass
Waldemar vor knapp drei Wochen im Internet und im
Telefonnetz seine letzten Spuren hinterlassen hatte. Die
Listen brächte der Tierpfleger mit.

Krypto 4040, Opfer 1

Martin Lux hatte geflucht, als er am Sonntagmorgen
in sein altes Mercedes-Cabrio einsteigen wollte. Schon
beim Öffnen der Garage war ihm der beißende Geruch
von Vogelkot entgegengeschlagen. Drei Tauben waren in
der Garage gefangen gewesen und hatten aus Panik oder
als Zeichen guten Geschmacks seine offene Pagode als
Privattoilette benutzt. Weiß der Teufel, wie die da hinein-
gekommen waren. Er hatte gut zwei Stunden gebraucht,
bis die Spuren halbwegs beseitigt waren. Dabei hatte er
zwar Gummihandschuhe getragen, aber keinen Mund-
schutz, und so hatte es nur eineinhalb Tage gedauert, bis
er an schwerem Husten und Fieber erkrankt, und weitere drei, bis er tot war. Lungenentzündung, hatte der
Arzt festgestellt.

Die Zahl 40 galt bei den Babyloniern (deshalb weiß
das heute niemand mehr) als ein Symbol für Prüfung,

Bewährung, Initiation und Tod. Das ist nicht sehr aufmunternd für frisch gebackene 40-Jährige. Aber als Taufname für Waffen, Gift und andere tödliche Erfindungen ist sie perfekt geeignet.

›Krypto 4040‹ war also ein wirklich profunder Titel für den aggressivsten und schnellsten Kryptokokkenerreger, den die Menschheit bisher kannte. Und für dessen Wirksamkeit der Tod von Martin Lux der erste Beweis war.

In besseren Kreisen

Jedes Unternehmen hat etwas Unvermeidliches, etwas Unveränderbares, ein Stück Schicksal, mit dem man sich zu arrangieren hat, und bei der Kripo Fürstenfeldbruck hieß das Unvermeidliche Norbert Stürmer. »Kommissar Nokia, der Chef hat Sehnsucht nach Ihnen«, meldete Schneiderweiß nicht ohne den Anflug eines Grinsens.

»Wie kommen wir denn im Fall Karin Reindl voran?«
»Nun, wir haben den Fall seit 36 Stunden auf dem Tisch, im Moment haben wir noch kein hundertprozentig klares Bild, aber die Suchtrupps arbeiten im Drei-Schicht-Betrieb.« Wondrak war froh, dass Veronika schon samstagabends das Signal zum Ermittlungsstart gegeben hatte. Er wusste nicht erst seit vorgestern, dass sie eine gute Polizistin war. Aber was ihm noch nicht ganz einleuchtete, war das Interesse von Stürmer an dem

Fall. Der flehte ihn an: »Wondrak, wir müssen sie finden. Dr. Reindl ist ein Segelkamerad von mir.«

In Wondraks Kopf begannen ein paar Synapsen zu schalten. »In den Akten steht, dass Dr. Reindl Vizepräsident des Bayerischen Yachtclubs ist, des vornehmsten Klubs östlich des Royal Thames Yacht Clubs.«

Wondrak las gerade die Biographie von Donald Presunt, des größten englischen Kochs der Jahrhundertwende, der auch fünf Jahre lang im exklusivsten Londoner Yachtklub gearbeitet hatte. Wondrak wusste, wie sehr Stürmer von diesen Kreise angezogen war. Stürmer stöhnte leise. »Ah ja, solche Nebensächlichkeiten wissen Sie. Aber wo die Tochter ist, wissen Sie nicht.«

Stürmer hatte sich in ebendiesem ›BYC‹ als Neumitglied beworben. Mit größter Mühe hatte er drei Klubmitglieder gefunden, die bereit waren, für ihn als Bürgen zu fungieren. Jetzt hatte er keine Lust, kurz vor der Abstimmung dem Präsidenten eine Vorstellung als unfähiger Provinzkriminaler abzuliefern. In einem Klub, in dem die besten Anwälte Münchens versammelt waren. Segeln schien für sie nur das kleinste gemeinsame Vielfache. Das eigentliche Hobby bestand darin, Neumitglieder zu durchleuchten und als unwürdig an der Hafenmole auflaufen zu lassen. Unzählige Kandidaten hatten hier schon Schiffbruch erlitten, ein CSU-Abgeordneter war das prominenteste Strandgut.

»Nun, was wir auch noch nicht wissen, ist, warum die Eltern erst nach fünf Tagen zur Polizei gegangen sind. Wollen Sie nicht Ihren persönlichen Draht zu Dr. Reindl nutzen und ihn direkt befragen? So auf Augenhöhe, von Chef zu Chef?«

Stürmers Blick streifte Wondrak nur kurz, er flatterte im Raum herum und suchte flehend einen Fluchtpunkt, von dem aus er die Situation wieder souverän überblicken konnte. Deshalb ignorierte er Wondraks Vorschlag einfach.

»Wondrak, bei diesem Fall geht Geschwindigkeit vor Genauigkeit, und deshalb ist die Wondrak-Methode ausnahmsweise nicht gefragt. Bitte klassische, bayerische Qualitätsarbeit! Wie bei BMW!«, schnarrte er. Wondrak entgegnete lapidar: »Wussten Sie eigentlich, dass die Umsatzrendite von Porsche siebenmal so hoch ist, wie die von BMW?«

»Wondrak! Sie haben keine Zeit zu verlieren!«

»Jawoll!« Um ein Haar hätte Wondrak salutiert und die Hacken zusammengeschlagen, aber eigentlich mochte er Stürmer ganz gerne, und er fühlte, dass sein Chef mit dem Rücken zur Wand stand, er wollte ihn nicht noch weiter provozieren. »Sie bekommen zweimal täglich meinen Bericht.«

»Sehr gut. Auf meinen Blackberry, bitte.«

Wondrak verdrehte die Augen, als er den Raum verließ.

Keine 36 Stunden später war der Fall gelöst, und Stürmer war kurz davor, seinen Kriminalhauptkommissar zu umarmen. Eine bessere Empfehlung für seine ›BYC‹-Aufnahme konnte man sich kaum denken. Gut, eine lebendige Karin Reindl wäre sicherlich noch besser gewesen. Aber ihr Mörder war gefasst und geständig. Peter Matzner, Alter: 26. Status: Exfreund. Motiv: Eifersucht.

Tatort: Tutzing am Starnberger See. Der Tatort war auch der Grund dafür, dass die Leiche bisher nicht gefunden worden war. Peter gab an, Karin im Ruderboot erwürgt und anschließend ›dem See übergeben zu haben‹, wie er es im Stil der Seebestatter formulierte. Und nun gab sie wiederum der See wohl nicht mehr her.

Stürmer hatte einen Mörder ohne Leiche, aber das war ihm lieber als eine Leiche ohne Mörder, daher betrachtete er den Fall als gelöst.

Wondrak sah das naturgemäß völlig anders. »Erstens: Weder Peter noch das fragliche Ruderboot weisen Kampfspuren auf. Keine Faser von Peter oder Karin, keine Fingerabdrücke. Zweitens: Zum angegebenen Zeitpunkt herrschte stabile Ostlage. Peter behauptet zwar, mit Karin 200 Meter weit auf den See gerudert zu sein, doch der auflandige Wind blies drei Tage und drei Nächte, die Strömung hätte die Leiche längst anschwemmen müssen. Und drittens: Wer ist dieser neue Freund von Karin, wo ist er, und warum vermisst er seine neue Liebe nicht?«

Stürmer war nur schwer aus seinen Träumen zu reißen. Er sah sich schon im dunkelblauen Clubblazer mit Goldknöpfen in der Abendsonne lustwandeln und den begehrten Wimpel-Aufkleber des ›BYC‹ auf dem Heck seines Audis festreiben. Mit halb geöffneten Augen raunzte er: »Mensch, Wondrak, denken Sie doch nach! Wahrscheinlich hat Peter in seiner Eifersucht auch den neuen Freund erwürgt und versenkt.«

Und so war es dann auch. Peter Matzner gestand einen weiteren Mord und Stürmer war noch ein bisschen zufriedener. Und Wondrak noch ein bisschen misstrauischer.

Er hatte mittlerweile herausgefunden, dass der neue Freund wohl ein Tennispartner von Karin war, kein Klubmitglied, er hatte nur hin und wieder Trainerstunden genommen. Eingetragen hatte er lediglich seinen Vornamen ›Waldemar‹. Karin hatte wohl ab und zu als Trainerin ausgeholfen und so hatten sie sich kennengelernt. Waldemar wurde als groß und gut trainiert beschrieben. Peter war 1,72 Meter groß, wog 62 Kilo und war Sänger der ›Cherrydoctors‹, einer Band aus Weilheim, die von Mädchen zwischen 17 und 21 vergöttert wurde. Wondrak ließ sich alle CDs der ›Cherrydoctors‹ bringen.

Der nächste Tag war ein Samstag, und pünktlich zum Wochenende überquerte eine Kaltfront das schöne bayerische Voralpenland. Wondrak schmunzelte ein wenig, als er das Thermometer ablas: 9 Grad und Starkregen waren nun wirklich nicht das Kaiserwetter, das sich Stürmer für seine Aufnahme in den ›BYC‹ gewünscht hatte. Aber Wondrak gönnte es ihm. Und zog sich mit einer Kanne Tee, der Biografie von Donald Presunt und der Musik von den ›Cherrydoctors‹ aufs Sofa zurück.

> ›Du bist alles für mich, alles!
> Ich tu alles für dich, alles!
> Denn du warst
> alles für mich, alles!
> Kariiiiiiiiiiiiiiiiiiiiiiiiiiiiiin.‹

Er mochte den Jungen. Peter. Und auch wenn er Karin nur von Fotos kannte, so hatte er doch ein klares Bild von den beiden vor Augen, wenn er dieses Lied hörte.

>Es ist besser als alles,
besser als alles,
besser als alles andere
auf der Welt.<

Wondrak war nicht der Typ, der lesen, Musik hören und vielleicht auch noch telefonieren gleichzeitig konnte, und nach der zweiten Liebesballade hatte er das Gefühl, dass er die Mission der Band begriffen hatte. Es ging um die Kunst, zarte Gefühle mithilfe harter Stromgitarren auszudrücken. Er reduzierte die Lautstärke und konzentrierte sich wieder auf seinen Presunt.

Wondrak war fasziniert von Menschen, die es schafften, in feindseliger Umgebung ihren eigenen Weg zu gehen. So wie Donald Presunt, der als Erster der englischen Küche ein paar kontinental-europäische Manieren beibrachte. Ein Jamie Oliver des letzten Jahrtausends. Wondrak nahm noch einen Schluck Tee. Nach Art der englischen Königin goss er zuerst die Milch in seine Tasse und dann den Tee darüber. >I'm an Englishman in Fürstenfeldbruck<, hatten seine Kollegen im Kommissariat ihm zum letzten Geburtstag als Ständchen gesungen, zur Musik von Sting. Davor war >Norwegian Wood< von den Beatles dran, dem ersten Popsong der Geschichte, in dem ein Sitar aufgetaucht war, und im Jahr davor war es der >Kommissar< von Falco gewesen. Mit diesen drei Songs war Wondraks Migrationshintergrund treffend beschrieben. Dicke, alte norwegisch-wienerische Wurzeln, und dazwischen ein feines Wurzelgeflecht für internationale Vorlieben aller Art.

Wirklich schwer war es für Wondrak eigentlich nie gewesen. Mit seiner Offenheit, andere Menschen und ihre Sitten an sich heranzulassen, hatte er es immer viel einfacher gehabt als Donald Presunt, der in der Küche, in der Liebe und im England des beginnenden 20. Jahrhunderts die meiste Zeit seines Lebens ein Außenseiter war.

Auf Seite 143 der Biografie fand er einen Satz, der ihn stutzen ließ. Auf merkwürdige Weise passte er zu dem Lied, das er vorhin gehört hatte. ›Er würde alles für sie tun. Sogar als Märtyrer der Liebe in den Kerker gehen. Unschuldig zwar, aber das spielte nun auch keine Rolle mehr.‹

Ein leiser Verdacht

Es sollte ein Rekordumsatztag werden. Schulanfang, wolkenloser Himmel, 26 Grad. Mario fuhr an diesem gleißend schönen Morgen ein wenig früher als sonst in seine Eisdiele. Auf dem Weg sah er Tita und Rita, die beiden hinreißenden bulgarischen Kindermädchen aus der Nachbarschaft, und ließ sich die Gelegenheit natürlich nicht entgehen, sie ein Stück in seinem Pracht-BMW bis zum Bäcker mitzunehmen. Er war entspannt wie ein Tennisspieler nach einem guten Match und ließ Charme, Muskeln und Lachfalten spielen. Natürlich war es noch zu früh, etwas mit ihnen anzufangen, sie waren ja gerade mal einen Monat da und noch ziemlich verschüchtert, aber zum Abschied sagte er, sie sollten ihn jederzeit anrufen, wenn er ihnen irgendwie helfen könne. Er verkniff es sich, sie zum Probelecken einzuladen, ihre Deutschkenntnisse schienen ihm noch ein wenig rudimentär. Das Telefon klingelte und Brigitte war dran. Sofort nahm Mario Haltung an. »Herrin und Gebieterin! Kaum denke ich etwas Verdorbenes, schon rufst du an. Womit kann ich dienen? Meine schwarze Seele lechzt nach Bestrafung.«

»Lass den Quatsch. Können wir uns normal unterhalten? Wie früher? Meine Welt dreht sich nicht mehr rund. Sie eiert. Waldemar ist wie vom Erdboden verschluckt.«

»Seit wann interessierst du dich für deinen Exmann?«

»Seit 48 Stunden. Stell dir vor, er wusste damals von unserem Venedig-Trip. Und er war es, der uns die Tauben auf den Hals gehetzt hat.«

Die warme Sommerluft, die zum Autofenster hereinströmte, verkühlte sich schlagartig. Mario ließ die Scheiben hochfahren.

Er hatte wieder diesen widerlichen Geruch von Taubenscheiße in der Nase. Fühlte das Flattern an seinem Kopf und die Flaumfedern im Mund.

»Wie soll das gehen – hat er sie dressiert?«

»Das erkläre ich dir beim Essen. Hast du Zeit?«

»Zeit schon, aber keinen Appetit.«

Zwei Tage später saßen sie beim Abendessen in einem französischen Spezialitätenrestaurant, dessen Besitzer Mario persönlich kannte und auf dessen Diskretion er sich verlassen konnte. Es war ungewohnt, Brigitte normal angezogen gegenüberzusitzen. Ohne Ledergeschirr. Nicht gurrend. Nicht Lackstiefel leckend, sondern stattdessen am Aperitif nippend. Mario konnte nicht behaupten, dass er das unangenehm fand. Brigitte war auf dem Höhepunkt ihrer Schönheit. Und er selbst fühlte sich auch nicht übel. Übel war dagegen die Geschichte, die Brigitte aus Amerika mitgebracht hatte. Sie erklärte ihm die Dove missile im Detail.

»Es glauben zwar alle, dass Waldemar irgendwo untergetaucht ist, aber ich kenne ihn. Er kann bescheißen, von mir aus auch im großen Stil, aber er ist kein Supergauner, der es mit allen Geheimdiensten der Welt aufnimmt. Dafür hat er nicht die Nerven. Ich glaube, da läuft ein ganz anderes Ding ab. Ich glaube, Waldemar wurde gekidnappt. Jemand will an seine Waffe und an sein Geld.«

»Na prima! Eine bessere Rache für Venedig kann es doch kaum geben.«

»Stimmt ja auch. Er hat es verdient. Aber trotzdem möchte ich, dass er wieder auftaucht. Erstens bekomme ich eine Kopfgeldprämie. Und zweitens will ich, dass mein Leben wieder so wird wie vorher.«

»Was meinst du?«

»Ich hab mir alles so nett eingerichtet. Meine ›Strenge Kammer‹ in Germering. Meine süße Freundin Sybille. Mein friedliches Leben im Tierpark. Es macht mir alles keinen Spaß mehr.«

»Und jetzt?«

›Jetzt denke ich nur noch ans Poppen und Kinderkriegen‹, wollte sie eigentlich sagen, da begriff sie, dass sie nicht einer besten Freundin das Herz ausschüttete, sondern einem Mann. Ihrem Exgeliebten und voraussichtlichem Exkunden. Sie behielt es für sich, dass sie in ihrem Tierpark die Tierpfleger plötzlich danach beurteilte, ob sie einen knackigen Hintern hatten, und weniger danach, wie gut sie für die kleinen Zicklein sorgten. Dass sie ihrem Fitnesstrainer seit Neuestem länger in die Augen sah, als es eigentlich nötig war. Und dass sie den jungen Personenschützer, der sie seit einer Woche vor dem Bösen bewahrte, woher auch immer es kommen sollte, ziemlich süß fand. Das war alles sehr beunruhigend. Ob es durch ein Wiederauftauchen von Waldemar besser würde, war allerdings auch fraglich.

»Das einzig Gute ist, dass mir Tauben plötzlich nichts mehr ausmachen. Bis vor einer Woche war ich noch der größte Taubenvergifter seit Georg Kreisler und jetzt kann ich sie zum ersten Mal wieder als das sehen, was sie wirklich sind: Lebewesen. Flugkünstler. Und es juckt mich nicht mehr, wenn ich sie gurren höre. Komisch, nicht?«

»Ja, komisch und extrem schlecht fürs Geschäft. Was wird aus der ›mistress of the doves‹-Website, wenn deine Rachegelüste futsch sind?«

»Keine Ahnung. Ich war seit zwei Wochen nicht mehr in der Kammer. Und mir fehlt nichts.«

»Mir schon. Es gibt nichts, das mich besser entspannt.«

Liebevoll legte sie ihre Hand auf die seine, wie eine

Schwester. »Ich weiß. Ich habe es auch immer sehr genossen. Aber mein Hass ist weg. Oder vielleicht schläft er nur, bis er ein neues Ziel findet. Aber ich kann dir im Moment keine strenge Herrin sein.«

»Vielleicht weiß meine Frau, wo er steckt«, sagte Mario plötzlich in die Stille hinein. »Ann-Marie und Waldemar verstanden sich immer ganz gut. Ich frag sie.«

Zum Abschied bat er Brigitte draußen um einen festen Schlag mit der flachen Hand auf den Hintern. Mit Kennermiene nahm er ihn entgegen und meinte nur: »Stimmt, irgendwas ist anders geworden.«

»Nein, ich habe ihn seit Monaten nicht mehr gesehen«, trällerte Ann-Marie, während sie das Pausenbrot für Svenja einpackte. »War der nicht wochenlang in Amerika? Jetzt ist er vielleicht ganz da geblieben.«

»Möglich, aber niemand weiß, wo er steckt. Er ist wie vom Erdboden verschluckt.«

»Wahrscheinlich hat ihn seine Exfrau umgebracht. Wie heißt sie noch mal?«, fragte sie provozierend, sie wusste natürlich genau, dass sie Brigitte hieß und Marios frühere Geliebte war. Ob sie auch von der ›Strengen Kammer‹ wusste? Besser nicht.

Umgebracht! Mario fand den Einfall so bestechend, dass er kurz stutzte. »Aber sie hat doch kein Motiv«, sagte er und dachte bei sich: Natürlich hat sie ein Motiv. Mehr als eines. Er schuldet ihr ein Vermögen. Er hat einer leidenschaftlichen Tierschützerin eine schwere Taubenphobie beschert. Er hat die Beziehung zwischen ihr und mir zerstört. Das sollte reichen.

Mario beschloss, Brigitte auf den Fersen zu bleiben. Aus reiner Neugier. Er hätte sie niemals der Kripo ausgeliefert, dazu verehrte er sie viel zu sehr. Aber er wollte einfach wissen, wie sie das gemacht hatte. Vielleicht konnte er ja noch etwas lernen.

Ab und zu träumte er, mit Ann-Marie auf einer Brücke über einen reißenden Fluss zu laufen, und wenn er auf der anderen Seite angekommen war, hatte er eine andere Frau an der Hand. Im Hintergrund sah er Ann-Marie, auf dem Rücken wie in einem Bett liegend, im Fluss davontreiben.

Fährten und Gefährten

Brigitte stand nun unter Personenschutz. Sie hatte auf Anweisung von Martin Lux den wackeren Assistenten, Dipl. Ing. Sigmar Poetzsch, zur Seite gestellt bekommen. Er machte im Tierpark und auch sonst eine ausgezeichnete Figur.

Tatsächlich verfügte Sigmar über eine beachtliche Anpassungsfähigkeit. Eigentlich war er gelernter Strömungstechniker. Der Titel seiner Diplomarbeit hieß ›Strömungsverhältnisse zwischen diskontinuierlichen Hindernissen‹ und hatte seine Wurzel in einem Reggae-Open-Air-Konzert am Chiemsee, das drei Stunden lang von einem Platzregen heimgesucht worden war. Das Wasser stand knöchelhoch zwischen den Schuhen der

Zuschauer herum und konnte nicht abfließen, weil die Füße beim Wippen/Hopsen/Tanzen ständig ihre Position änderten. Während rund um ihn die Fans vor Begeisterung ausflippten, fragte Sigmar sich nur: ›Warum?‹ Der Grundstein für eine beispiellose Forscherkarriere war gelegt. ›Warum fließt es nicht ab?‹

Er hatte aber auch noch einen weiteren Grund, sich diesen Beruf auszusuchen: Denn zweitens produzierte seine überdimensionierte Blasenmuskulatur so viel Druck, dass er beim Pinkeln immer alles nass machte, egal, wie geschickt er sich auch anstellte. Strömung, Wasser, Druck. Das waren seine Elemente.

Leider hatte er im Studium alle Warnungen ignoriert, die seine Aquaphobie betrafen. Das war, wie er zu spät merkte, ein Ausschlusskriterium für alle Berufe, die er interessant fand: Schiffsbauer, Schwimmbadtechniker und so weiter waren nichts für einen gestandenen Nichtschwimmer. Flugzeuge wären eine denkbare Alternative gewesen, für sie interessierte er sich aber überhaupt nicht, also sattelte er um und wurde Personenschützer für Leute, die sich ausschließlich auf dem Festland bewegten.

Brigitte hatte ihn sofort ins Herz geschlossen. Denn alles, was er tat, machte er mit einer großen Gewissenhaftigkeit und einer stoischen Gelassenheit. Man konnte nicht sagen, ob es ihm Spaß machte oder ob er es hasste, er machte es einfach. Und zwar absolut zuverlässig.

Körperlich brachte er alle Voraussetzungen für einen Leibwächter mit: Er war nicht zu groß, 1,85 Meter, durchtrainiert, seine Haare begannen sich schon zu lichten, trotz seiner Anfang 30, aber es passte gut zu seinem runden Kopf. Wie ein Hund lief er überallhin mit. Half beim Ausmisten der Ställe genauso wie beim Aufbauen von Futterkrippen oder saß mit Brigitte im Kartenhäuschen beim Eingang. In ihre Aktivitäten in der Strengen Kammer in Germering war er nicht eingeweiht, aber das Projekt hatte Brigitte momentan ohnehin auf Eis gelegt. Er begleitete sie stattdessen zum Steuerberater, zum Einkaufen, zum Zahnarzt und fühlte sich so gar nicht an wie ein Klotz am Bein. Eher wie ein Freund der Familie. Sybille hatte ihm in ihrem Haus ein Zimmer eingerichtet, sodass er auch nachts immer in der Nähe war. Und wenn Brigitte und Sybille ins Theater nach München fuhren, war er natürlich auch dabei. Brigitte saß in der Mitte, Sybille und Sigmar daneben.

Leider war er nicht Sybilles Typ, sonst hätte sich Brigitte durchaus eine kleine Schweinerei zu dritt vorstellen können, Brigitte in der Mitte.

Die Nachricht von Martin Lux' Tod, er war immerhin sein Ausbildner und Mentor gewesen, nahm er so gelassen hin wie sein ganzes Leben. »Wir müssen mit Burston telefonieren. Wenn du einverstanden bist, übernehme ich die weiteren Ermittlungen.« Brigitte war einverstanden. Sie glaubte ohnehin nicht an die Burstonsche Bedrohungstheorie und bei Sigmar hatte sie ein vollkommen sicheres Gefühl. Ohne Lux war es auch viel besser möglich, ihrer eigenen Theorie nachzugehen und mit Sigmars Hilfe nicht nach einem untergetauchten, sondern einem entführten Waldemar Ziegenaus zu suchen.

Die Telefon- und Mailauswertungen hatten keine
echte Spur ergeben. Brigitte fragte Sigmar, ob sie sich
strafbar mache, wenn sie keine Vermisstenanzeige erstat-
tete. »Waldemar ist volljährig, er kann gehen, wohin er
will. Und du bist nicht mehr mit ihm verheiratet. Wenn
ihn niemand vermisst, brauchen wir auch keine Anzeige.
Vermisst du ihn?«

Brigitte schüttelte den Kopf.

Sie ahnte, dass die Tauben sie zu Waldemar führen würden.

Nachdem nun ihre Phobie verschwunden war, machte
sie sich zum ersten Mal Gedanken darüber, was eigentlich mit den Vögeln passierte, die von Sybilles Hof
regelmäßig eingesammelt wurden. Bisher hatte sie diesen Gedanken einfach ausgeblendet, hatte krampfhaft
weggesehen, um nicht vom Ekel gepackt zu werden.
Jetzt waren ihre alten Instinkte als Tierschützerin wieder erwacht.

Und so vereinbarte sie einen Termin bei der CP-AG.
Den Namen der Firma erhielt Brigitte, als sie den jungen
Mann anrief, der regelmäßig die Tauben abholte.

Sven Klagenfurter persönlich nahm sich die Zeit, um
Brigitte und Sigmar das kleine Labor zu zeigen. Sven war
überrascht von Brigittes Auftreten. Das war ganz und
gar nicht die Landzoodirektorin, die er erwartet hatte.
Und sie kam ihm irgendwie bekannt vor. Es waren die
Augen, die Mundpartie und ihre raubkatzenhaften Bewegungen, die ihm vertraut waren, denn natürlich war er

irgendwann bei der Internet-Treibjagd nach Tauben auf ihre Seite ›mistress of the doves‹ gestoßen und hatte großen Gefallen an ihr gefunden. Aber er brachte in seinem Kopf die elegante Dame, die vor ihm saß, nicht mit der strengen Lederbraut zusammen.

Brigitte konnte beim Rundgang nichts Verdächtiges entdecken. Erleichtert registrierte sie, dass nicht nur das Geräusch, sondern auch die Nähe des Federviehs keinen Juckreiz mehr bei ihr auslöste.

»Darf ich?« Sie griff in einen Käfig und holte eine graublau schimmernde Haustaube heraus. Mit zunehmendem Behagen streichelte sie den Vogel.

»Auch wenn ich zugeben muss, dass es die Tiere bei Ihnen wirklich schön haben, möchte ich doch nicht, dass sie weiterhin bei Ihnen landen. Ich bin meine Taubenphobie los.«

»Taubenphobie?«

»Ein traumatisches Erlebnis in Venedig auf dem Markusplatz. Aber das ist erledigt. Das andere sind die Taubenzüchter rund um den Ammersee. Die werden immer nervöser, weil ihnen ständig Vögel verloren gehen. Noch wissen die ja nicht, dass sie sich nicht verflogen haben, sondern gekidnappt werden. Wenn die darauf kommen sollten, dass ausgerechnet die Chefin des Wildparks Breitbrunn daran schuld ist, dann ist das für mich ungefähr so wie Vogelgrippe, Schweinepest und Maul- und Klauenseuche zusammen.«

Sven nickte verständnisvoll.

»Aber eigentlich wollte ich wissen, wieso Ihr Taubenkurier gerade auf mich kam. Es war doch ein ziemlich abwegiger Gedanke, ausgerechnet in einem Tierpark nach Labortauben zu fragen.«

»Da haben Sie recht. Aber ich kann Ihnen das auch nicht beantworten. Wissen Sie was, ich gebe Ihnen einfach seine Handynummer, dann kann er es Ihnen selbst erzählen.«

Er zückte seinen PDA und gab ihr die Nummer.

»Ich respektiere Ihren Entschluss, keine weiteren Tiere mehr liefern zu wollen. Auch wenn ich bedaure, dass wir dadurch keine Geschäftspartner mehr sind.«

Er sah wirklich betrübt drein.

»Darf ich Sie bei nächster Gelegenheit zum Abendessen einladen?«

Noch auf der Heimfahrt rief sie den Taubenkurier an und fragte ihn, woher er damals den Tipp bekommen habe. Nach einigem Nachdenken und Nachblättern hatte er die Antwort. Es stellte sich heraus, dass er nicht nur die CP-AG sondern auch Waldemar Ziegenaus mit Brieftauben belieferte, und da damals die Nachfrage das Angebot bei Weitem überstiegen hatte, riet Waldemar ihm, doch mal bei seiner Exfrau Brigitte nachzufragen. Die hätte, soweit er wisse, ein massives Taubenproblem.

Prima! Nun wusste Brigitte also, dass ein Teil ihrer Tauben bei Sven gelandet war und ein anderer bei Waldemar. Aber das brachte sie auch nicht wirklich weiter.

Sigmar hatte dagegen etwas erfahren. Er behauptete erstens, dass Sven ziemlich bezaubert von ihr sei, und zweitens ein größeres Geheimnis mit sich herumtrage. Sigmar, der große Menschenkenner? Brigitte war skeptisch, ob das schon eine Spur war.

»Jeder trägt doch ein größeres Geheimnis mit sich herum, du nicht?« Sigmar wurde rot. Brigitte ergänzte: »Ich bin sicher, wir werden es herausfinden.«

Eine Woche später fuhren Sigmar und Brigitte zum Abendessen mit Sven nach München. Sigmar ging natürlich nicht mit, aber er wollte zur Sicherheit in Brigittes Nähe bleiben. Deshalb hatte er ihr zwei kleine Helfer aus seinem Agentenzubehörkoffer mitgegeben. Ein Mini-Mikrofon mit Sender (den dazugehörigen Empfänger hatte Sigmar bei sich) und einen Alarmknopf, um ihn im Notfall zu Hilfe zu rufen.

Natürlich wollte Sven sofort alles über Brigittes Taubenphobie wissen. Sie beschloss, ihm eine nur halb wahre Version vorzusetzen. Auch diese Geschichte spielte in Venedig. Ansonsten war alles frei erfunden.

Zwei Tauben, so erzählte sie, hätten versucht, ihren Nestbautrieb auf ihrem Kopf auszuleben und sich dabei in ihren langen Haaren verfangen. Und so wären Mensch und Tier eine Zeitlang aneinandergekettet gewesen, bis ein beherzter Tourist mit seinem Schweizer Taschenmesser die drei voneinander gelöst habe.

»Danach wollte ich alle Tauben Venedigs vergiften. Hätten Sie auch gewollt, oder?« Nein, er hätte die Tauben erst in sein Labor gebracht. Und dann vergiftet. Das sagte er natürlich nicht und so wurde aus dem ›Sie‹ ein ›Du‹.

Nach dem Essen im Restaurant lud Sven Brigitte in sein Appartment ein, um ihr den besten Blick über München zu zeigen. Brigitte zierte sich zum Schein ein wenig (sie wollte nicht, dass Sigmar ein allzu liederliches Bild von ihr bekam), schließlich willigte sie aber ein. Zur Sicherheit ging sie nochmals auf die Toilette und instruierte ihren Beschützer per Funk.

Der Blick aus dem siebten Stock war wirklich hübsch. Zunächst fühlte sie sich wie in einem Garten, bis sie entdeckte, dass die kleinen Säulen, die den hinteren Teil der Anlage zierten, die Türme der Frauenkirche waren. Die Blickachse des Dachgartens war perfekt auf Münchens größte Kirche ausgerichtet.

»Du glaubst an Gott?«, fragte sie völlig unvermittelt und er sah sie an, als wäre er durch eine Glastür gelaufen. Seine heitere Stimmung trübte sich etwas. »Nein, das war eine ästhetische Idee, keine vom Glauben inspirierte. Wollen wir nicht reingehen? Es wird ein bisschen kühl.«

Es war gar nicht kühl, aber Sven war mit Begeisterung Ministrant gewesen. Und es war ihm fast gelungen, das zu vergessen. Die großen liturgischen Feiern, bei denen die Orgel dröhnte, alle aus voller Kehle sangen und der Weihrauch die Sinne benebelte. Und wie er an Gott geglaubt hatte! Aber in letzter Zeit hatte er gar nicht mehr gewagt, an ihn zu denken, bei all den Geboten, die er übertreten hatte. Er hoffte zwar, dass der Vater im Himmel alles verzieh, aber es erschien ihm sicherer, nicht mehr unter freiem Himmel zu stehen. Er wusste ja, wie mächtig der Allmächtige war.

Innen war das Appartment ein Verschnitt aus James-Bond-Filmen und der Ausstattung von Privatfernseh-Nachrichtenstudios. Sven war eben ein Junggeselle mit zu viel Geld, zu wenig Geschmack und zu vielen Freundinnen, die eigentlich Innenarchitektin werden wollten.

Während er Musik auflegte, streifte Brigitte durch das Wohnzimmer. Bewunderte den frei stehenden Kamin aus Schieferplatten in der Mitte des Raumes, griff mit der Hand in den kleinen Wasserlauf, der quer durch den Raum floss und sich draußen auf der Terrasse in einem Teich verlor, und kraulte die Siam-Katze, die sich träge auf dem Sofa rekelte. Auf einem schwarzen Lack-Sideboard entdeckte sie etwas, das ihr Interesse weckte. Eine kleine Bronze-Statue, ein hagerer Mann, der eilig davonschritt. Daneben lag ein kleines, taubenblaues Karton-Schächtelchen.

»Gefällt er Ihnen? Ein echter Alberto Giacometti. Ich habe zehn Jahre gebraucht, bis ich ihn mir endlich leisten konnte.«

Wie in Trance ging Brigitte auf die Statue zu. »Ja, wunderschön.« Um den Hals der Figur hing eine Männerkette mit einem kleinen Silberplättchen. Sie nahm das Plättchen zwischen die Finger, drehte es um und sah, dass vier Buchstaben eingraviert waren. Im taubenblauen Karton-Schächtelchen lag eine kleine, graue Taubenfeder. Und ein Haustürschlüssel.

»Mir war sie zu düster, deshalb hab ich sie ein bisschen geschmückt. Das ist doch witzig, mit der Kette, nicht wahr?« Auf dem Silberplättchen war ›BL‹ und ›WZ‹ eingraviert und dazwischen war ein Herz. ›Brigitte Losmann‹ und ›Waldemar Ziegenaus‹. Diese Kette hatte Brigitte ihrem Exmann zur Hochzeit geschenkt.

Sie wusste, dass sie am Ziel war. Und sie wusste plötzlich, dass Waldemar zwar ein Schuft und ein Lügner war, dass er aber trotzdem keinen Tod durch die Hand von Sven Klagenfurter verdient hatte. Wenn er noch lebte, wollte sie ihn so schnell wie möglich befreien. Sie brauchte Verstärkung. Also ließ sie sich von Sven noch ein bisschen hofieren, und als es begann, zu heiß zu werden, verabschiedete sie sich mit einem vielsagenden: »Bis bald.«

Leider würde das Waldemar auch nicht mehr helfen. Denn die Kette war so etwas wie die Erkennungsmarke eines Soldaten. Das Einzige, was nach einem Heldentod noch übrig blieb. Na, fast das Einzige. Doch das sollte Brigitte schon bald entdecken.

Noch auf der Fahrt nach Hause telefonierte sie mit Amerika und holte sich bei Ron Emerald Burston Rückendeckung. Brigitte war wütend. »Dieser Wurm! Er ist sich seiner Sache so sicher. Er tut so unverwundbar. Ich könnte den Typen foltern, bis er alles gesteht.«

»Vollkommen richtiger Gedanke. Du bist doch nicht die deutsche Polizei. Für dich gelten andere Regeln. Mach dein privates Guantanamo auf. Und du wirst alles erfahren, was wir wissen wollen.«

Brigitte war verblüfft. So wörtlich hatte sie das gar nicht gemeint. »Aber ich bin doch keine Geheimagentin. Und Martin Lux ist tot. Was, wenn was schiefgeht?«

»Dieser Sigmar, ist das ein good guy, bist du zufrieden?«

»Ja, Sigmar ist perfekt. Aber zu zweit sind wir zu

wenig. Am Besten wäre noch ein zweiter Sigmar. Und eine Freundin muss mir helfen.«

»Agent Nummer zwei ist unterwegs. Die Jungs haben alles im Koffer, was du dir vorstellen kannst. Und einiges Unvorstellbares. Du überlegst dir etwas Kluges, und die Jungs machen das, verlass dich auf mich. Ich stelle einen Jet in Bereitschaft bei dir ab. Wenn ihr türmen müsst, dann seid ihr in Kalifornien sicher. Du bekommst eine neue Identität und natürlich deinen Finderlohn.« (Kleine Pause) »Ich lege noch eine Million drauf, okay?«

Brigitte, die sonst gewohnt war, die strengen Befehle zu erteilen, war froh über die klaren Anweisungen. Sie hatte freie Hand und konnte die Kraft, mit der sie zuschlagen wollte, selbst dosieren.

Endlich würde sich das Training in der ›Strengen Kammer‹ in Germering bezahlt machen. Sie hatte dort eine leise Ahnung davon bekommen, wie grausam sie wirklich sein konnte.

Angebot und Nachfrage

Sven Klagenfurters ›CP-AG‹ war keine Waffenfabrik. Sie entwickelte in der unauffälligen Fürstenfeldbrucker Nachbarschaft von Aldi, Lidl und einem Expert Markt lediglich die Ideen zu den Kampfstoffen. Geliefert wurden Patent-Bündel, mit deren richtiger Kombination neue Biowaffen denkbar wurden. Und was denkbar war, das wusste Sven, seit er zwölf war, das ist auch machbar. Zu Ende entwickelt, getestet und produziert wurden sie dort, wo das deutsche Waffenexportgesetz nicht hinkam. In Libyen, Pakistan, Nordkorea und neuerdings auch China. Wozu Röhren, Pumpen, Kessel an den Behörden vorbeimogeln, wenn es mit ein paar Formeln, eingebettet in einen unverfänglichen E-Mail-Anhang, etwa in ein 1,2 Megabyte großes Bild von einem bayerischen Schloss, viel eleganter ging?

Wenn das König Ludwig gewusst hätte! Seine Lieblingsplätze wurden systematisch zur Tarnung von Massenvernichtungswaffen missbraucht. Schloss Linderhof war gewissermaßen der Vorgeschmack: Es enthielt das Angebot, ein detailliertes Leistungsverzeichnis und Angaben über Wirkungsweise und Effektivität. Schloss Herrenchiemsee lieferte den Hauptteil mit allen Formeln, und wenn die vereinbarten Zahlungen eintrafen, gab es als Dankeschön ein Bild der Wallfahrtskirche von St. Bartholomä am Königssee, das gewissermaßen den Generalschlüssel zu allen Schlössern enthielt. Ein kleines Programm, das die Formelbausteine automatisch aneinanderfügte und aus den drei Bildern ein mehrere 100 Seiten starkes Entwicklungspapier entstehen ließ.

Die Anbahnung und Koordination der einzelnen Lieferschritte lief über das Büro eines Waffenhändlers in Luxemburg, der sowohl die Biowaffenproduzenten, meist kleine Labors von ehemaligen Sowjet-Spezialisten, als auch deren Abnehmer kannte.

›Krypto 4040‹ wurde händeringend in Peking erwartet, denn die Stadt bereitete sich gerade auf die Olympischen

Spiele 2008 vor. Die Hygienepolizei hatte neben der
›Aktion für zivilisiertes Benehmen‹, in der den Bewoh-
nern der Stadt die gute alte Sitte abgewöhnt werden sollte,
auf die Straße zu spucken oder mit nacktem Oberkörper durch die Gegend zu laufen, die Aktion ›Sauberes
Peking‹ gestartet. Und dabei mussten auch hunderttau-
sende Taubenschläge, die vor den Häusern hingen, dran
glauben. Samt ihren Besatzungen aus Millionen von Sing-
drosseln und Tauben.

Damit das Volk für sein jahrhundertealtes Hobby und
den damit verbunden Massenmord nicht auf die Barri-
kaden stieg und eine Anti-Olympiafront startete, hatten
sich ein paar Zyniker Folgendes überlegt: Eine tödliche
Krankheit musste her. Übertragen durch Tauben. Dann
konnte man sie guten Gewissens massenhaft abschlach-
ten. Und als Kollateralschaden gleich auch noch ein paar
ärmere Stadtviertel günstig entvölkern, um neues Bau-
land zu erschließen.

Für Sven ein ausgezeichnetes Geschäft. Denn er
konnte nicht nur den Erreger, sondern auch das Gegen-
gift liefern. Und damit sich und seiner Schweizer Mut-
tergesellschaft einen warmen Dauerregen bescheren. Das
einzige Gegenmittel auf dem Markt war ›Krypto 3.000‹
von ›Idiopharm‹, einer Tochter der Glarus-Chem. Natürlich verlangte es einiges an Geschick, damit die Spur des
Erregers nicht zu ihm zurückverfolgt werden konnte. Es
brauchte zunächst ein paar rätselhafte Todesfälle unter
Taubenzüchtern in Asien.

Dann kamen die Weltgesundheitsorganisation WHO
und ihre Epidemiologen ins Spiel, und dann konnte er

nur hoffen, dass nicht irgendein Labor, sondern das weltweit führende Kryptokokken-Speziallabor eingeschaltet wurde. Und das war nun mal die ›CP-AG‹, Gewerbegebiet Industriestraße, Fürstenfeldbruck.

Dr. Sven Klagenfurter war schon öfters als Vortragender bei WHO-Symposien eingeladen, zuletzt hatten seine Ansichten zur Vogelgrippe internationales Aufsehen erregt. Er hatte sowohl ihr Ausmaß (das von vielen bei Weitem überschätzt worden war), als auch ihren Verlauf zielsicher vorhergesagt. Der Kelch dürfte also aller Wahrscheinlichkeit nach nicht an ihm vorübergehen.

Und dann würde drei Wochen später in Peking die Seuche ausbrechen. Natürlich nur in den ärmeren Stadtteilen. In den modernen Wolkenkratzern und bauhausartigen Villenvierteln hatten die Klimaanlagen längst die Taubenschläge vor den Häusern verdrängt. Das Sterben von Menschen und das Schlachten von Tieren hätten begonnen. Etwa zu diesem Zeitpunkt würde die ›CP-AG‹ an die WHO melden, dass der Erreger identifiziert und dass Idiopharm das passende Gegenmittel lieferbar hätte.

Fünf Tage später könnte von Zürich-Kloten eine Transportmaschine mit den ersten 100.000 Packungen ›Krypto 3.000‹ an Bord Richtung China abheben. Den Kranken wäre damit nicht mehr zu helfen. Aber die Gesunden könnten mit den Gel-Tabletten wenigstens ihre Ansteckung verhindern.

Sven überlegte kurz, ob er nicht in eine Firma für Vogel-Volieren investieren sollte, denn die Auswirkungen auf den Taubensport waren klar: Flugverbot auf Jahre. Geflogen dürfte nur noch in geschlossenen Räumen oder Volieren werden. Aber er verwarf die Idee wieder, er würde an den Tantiemen für ›Krypto 3.000‹ so viel verdienen, da spielte eine Million mehr oder weniger keine Rolle mehr. Die ›Peking-Tauben-Grippe‹, so wollte er sie nennen, war die beste Werbekampagne, die er sich für ›Krypto 3.000‹ vorstellen konnte.

Der einzige unangenehme Nebeneffekt waren die Toten. Da waren erst mal die fünf chinesischen Taubenzüchter, für deren Tod er direkt verantwortlich war. Und die Toten in Peking. Würden es 1.000 sein? 10.000? 50.000? Er hatte es nicht in der Hand, das war Sache der Hygienepolizei.

In Begleitung eines Diplomaten würden in zwei Wochen 50 Gramm hoch angereichertes ›Krypto 4040‹ Erregermaterial nach Peking gehen, gemeinsam mit einem Schulungsvideo, wie damit die Tauben zu infizieren wären. Sven musste diesmal eine Ausnahme machen und konnte nicht die Formel alleine verschicken. Die Chinesen waren bereit, jede Summe zu zahlen, aber sie wollten den fertigen Erreger. Aus Zeitgründen. Und die Baupläne wollten sie natürlich auch.

Der Erreger selbst war noch nicht gefährlich. Man konnte ihn, unter Vogelfutter gemischt, einfach ausstreuen. Erst wenn ihn die Tauben in Kot verwandelt hatten, wurde er zur gefährlichen Bombe.

Der Zeitzünder tickte also zwischen 9 und 15 Stunden lang im Verdauungstrakt der Tiere. Und war dann vier Tage lang scharf.

Sven hatte einige Zeit gebraucht, bis er sich eingestehen musste, dass in Peking durchaus 500.000 Tote zu erwarten waren.

Er war nicht so abgebrüht, dass ihn die Aussicht, ein Massenmörder zu werden, ungerührt gelassen hätte. Und so fanden zwei Skrupelkranke wieder zueinander. Die leichten Gewissensbisse von Sven fanden bei der frisch erworbenen Skrupelschwäche von Ann-Marie Trost und Linderung.

Zwischengang:

Ein Versuch, Tauben zu mögen

4 Tauben
200 ml Rotwein
100 ml roter Portwein
100 ml Madeira
30 ml Armagnac oder Cognac

Die Keulen von den Tauben abschneiden und die Brüste bis auf die Unterseite von der Karkasse trennen.

Für die Sauce die Karkassen in wenig Öl anrösten, Gemüse (4 Schalotten, 200 g Wurzelgemüse, 1 Knoblauchzehe), dazugeben und leicht Farbe annehmen lassen. Dann 2 Tomaten und etwas Mark dazu, kurz mitrösten und mit dem Alkohol ablöschen. Das Ganze einköcheln lassen und mit 1l Geflügelfond auffüllen. Jetzt 40 g geriebene Kartoffeln, 6 Wacholderbeeren, 1/3 TL Pfefferkörner,1 Lorbeerblatt, Meersalz, 1 kl. Rosmarinzweig, 4 kleine Thymianzweige, 1 Petersilienzweig hinzufügen und alles 1-1 ½ Stunden köcheln lassen, dabei mehrmals entfetten. Die Sauce durch ein feines Sieb streichen und auf 150 ml reduzieren. Zum Schluss 20 g gebräunte Butter und ebensoviel Trüffelfond dazu – fertig.

Wenn die Sauce fast fertig geschmurgelt ist, Keulen und Taubenbrüste auf die Karkassenseite drehen und bei 170 Grad 10-13 Minuten in den Ofen schieben.

2 Minuten warm ruhen lassen und dann von den Knochen befreien.

Dazu gibts gebratenen Spargel und Spitzkohl.

Wondrak hatte den ganzen Samstagvormittag gebraucht, um einzukaufen, und er hatte den ganzen Nachmittag über gekocht und dabei immer wieder vom Portwein ein Schlückchen genommen. Als es an der Tür klingelte, war er so heiter, als hätte er gerade das Gummiband um die Ecken des Aktendeckels schnalzen lassen und den Fall abgeschlossen. Er hatte seine Mannschaft zum Essen eingeladen, um alle Fäden zusammenzutragen und ein zugfähiges Seil zu flechten. Nick, Veronika, Günther und Egon waren nicht mit ihren Autos gekommen. Sie hatten sich von einem Streifenwagen mitnehmen lassen, die Ermittlungsessen bei Wondrak waren schließlich berühmt für ihren inspirierenden, feuchtfröhlichen Ausgang. Beim Dessert wussten sie allerdings, dass sie nichts in der Hand hatten. Und obwohl fünf Flaschen Wein leer waren, befiel sie die nüchterne Erkenntnis, dass der Sänger der ›Cherrydoctors‹ weiterhin im Gefängnis hocken würde und von Waldemar und Karin jede Spur fehlte.

Doch das war erst der Anfang. Der schwerste Schlag für Wondrak stand noch aus. Niemand würde ihm deswegen einen Vorwurf machen. Und doch würde er es sich sein Leben lang nicht verzeihen können.

Unflotter Dreier

Es war alles ein bisschen viel für Svens Ich-AG, sein Privatleben erodierte unter der Mehrfachbelastung. Da waren die Chinesen, die auf ›Krypto 4040‹ warteten, und jetzt musste er auch noch die Dove-missile-Daten auswerten und verstehen. Er stand nicht mehr auf dem Golfplatz, zum Eis-Erfinden hatte er auch keine Muße mehr, seine Fortschritte in der Molekularküche hinkten Monate hinter den Kollegen her und nicht einmal für Brigitte, die heiße Zoodirektorin vom Ammersee, hatte er genügend Zeit. Sie war spröde, aber nicht abgeneigt, er musste sie öfter sehen. Viel öfter.

Wer hektisch ist, macht Fehler. Und der Fehler, der

nun unaufhaltsam auf Sven zukam, sollte tödlich sein.
Wenn auch nicht für ihn.

Um 20.20 Uhr klingelte es. Die Verspätung war wohl-
kalkuliert, eigentlich war 20 Uhr ausgemacht. Doch Brigitte kannte sich aus mit der Kunst der Verzögerung,
außerdem hatte sie ihm am Telefon noch einen Überra-
schungsgast angekündigt. Die Enttäuschung war unüber-
hörbar gewesen, deshalb hatte sie nach einem kleinen,
kehligen Lachen ein »Selbstverständlich weiblich« ange-
fügt.

Als Sven die Tür öffnete, wusste er nicht, wohin mit
seinen Augen. Denn vor ihm stand nicht nur Brigitte in
all ihrer Pracht, sondern auch Sybille. Es versprach ein
erstaunlicher Abend zu werden. »Etwas Koks?«

Die Damen taten so, als würden sie ein bisschen
schnupfen und als es an die Drinks ging, nahm der Abend
seine erste scharfe Wendung. Brigitte mixte Sven nämlich
in einem unbeobachteten Moment einen kleinen Thio-
pental-Cocktail. Beliebt bei Anästhesisten und Geheim-
dienstlern. Denn in der richtigen Dosierung wirkte es wie
eine Wahrheitsdroge. Brigitte hoffte nur, dass das Hyp-
notikum zusammen mit dem Kokain keine unerwünsch-
ten Nebenwirkungen verursachte.

Das Gegenteil war der Fall. Sven fühlte sich wie
im Himmel. An seiner Seite auf dem Sofa lagen zwei
wunderschöne Frauen, die zu allem bereit schienen, er
hatte eine anstrengende, erfolgreiche Woche hinter sich
gebracht und wollte nun damit angeben und ausspan-
nen. Das hatte er sich verdient.

Nach einer halben Stunde wussten sie alles über

›Krypto 4040‹, kannten Computerpasswörter und Testanordnungen. Dann kam die Sprache auf die Dove missile. Man merkte, dass Sven sich erst kurz mit der Materie beschäftigte. Trotzdem gab er sich alle Mühe, zu erklären, wie gut beide Systeme zusammenpassten. Und natürlich, was er daran verdienen würde. Und wie viel ›Gelbe‹ dabei sterben würden. Und weil alles so irrsinnig lustig war, wurde er dazwischen immer wieder von Lachanfällen geschüttelt, Kokain macht eben nicht immer brillant.

Brigitte merkte, wie in ihr die Galle hochstieg. Dann ging sie zum Sideboard, holte sich von der Giacometti-Skulptur die Metallkette mit dem kleinen gravierten Anhänger und hielt sie Sven vor die Nase. »Und Waldemar?«, fragte sie, so gurrend es ging, und hoffte, er würde ihre Wut nicht hören. »Wo hast du den versteckt?«

Sven wurde wieder von einer Lachsalve gepackt. »Den haben wir im See versenkt.«

»Wir?«

»Ja, Ann-Marie und ich!« Er klopfte sich brüllend auf die Schenkel und konnte nicht mehr vor Lachen.

»Ann-Marie? Die könnten wir doch im Labor treffen, das wollte ich doch immer schon sehen.«

Sven fiel auf, dass er große Lust hatte, Ann-Marie zu sehen, um sich dann endgültig zwischen ihr, Brigitte und Sybille zu entscheiden.

»Ja sicher, warum nicht. Ann-Marie müsst ihr unbedingt kennenlernen!«

Sigmar, der die ganze Unterhaltung unten im Auto mitgehört hatte, war noch beeindruckter, als er es von Brigitte ohnehin schon war. Sie spielte mit Sven und brachte ihn nach Belieben dazu, Dinge zu wollen, von denen er gar nicht wusste, dass er sie jemals vorgehabt hatte. Doch was suchte sie im Labor? Klar, die Computer waren dort, das hatte er mitbekommen. Und die Passwörter notiert. Aber warum sollte Ann-Marie mitkommen? Er blickte Peter, der neben ihm saß, an. »Wir haben keinen Plan, brauchen aber eine Checkliste dafür. Fällt dir was ein? Schreib auf, was dir in den Sinn kommt. In drei Minuten werfen wir alles zusammen.«

Peter Parker war der zweite Personenschützer, den Ron Emerald Burston organisiert hatte. 28 Jahre alt, mitten in einer erstklassigen Laufbahn als CIA-Auslandsagent, eigentlich war er um eine Klasse besser, aber Sigmar hatte nun mal den Lead und unter Militärs stellt man die Kompetenz seines Vorgesetzten niemals infrage. Außerdem war Sigmar äußerst kooperativ in seinem Führungsstil.

Und nicht zu vergessen: in seiner Präzision. Als Strömungswissenschaftler wusste er, was ein perfekter Ablauf ist. Also wusste er auch, wo er Umleitungen und Staustufen einbauen musste, um das zu erreichen. Und er hatte das Werkzeug dazu, um nicht nur Spuren zu verwischen, sondern auch, um welche zu erzeugen.

Deshalb konnte sich die Checkliste, die Peter und er kurze Zeit später fertig hatten, durchaus sehen lassen:

- Gummihandschuhe anziehen.
- Laborschlüssel und Autoschlüssel finden.
- Schuhe von Sven anziehen.
- Keine fremden Fasern hinterlassen. Gummistrümpfe.

- Stoppuhr auf 15 Minuten stellen. Alle 15 Minuten ›Thiopental‹ nachlegen.
- Mit Svens Wagen zum Labor fahren.
- Ann-Marie ins Labor führen, betäuben und mit künstlichen Fingernägeln Haut abschürfen.
- Ein Glas mit Lippenabdruck und Fingerabdrücken präparieren.
- Festplatte Waldemars sicherstellen.
- ›Krypto 4040‹-Daten kopieren.
- Zurückfahren.
- Schuhe zu 95% säubern und wieder in den Schrank zurückstellen.
- Ann-Maries Hautfetzen unter Sven Klagenfurters Fingernägel schieben.
- Spuren beseitigen.
- Gedächtnis löschen.

Am Montagmorgen klingelte es um 9 Uhr an der Tür. »Dr. Sven Klagenfurter? Kripo München. Bitte ziehen Sie sich an.«

Sven war wie betäubt. Die Zunge klebte an seinem Gaumen, wie nach einem Gelage mit Asti Spumante.

Als sie das Labor der ›CP-AG‹ erreichten, wimmelte es im beschaulichen Gewerbegebiet von Polizeiautos mit FFB-Kennzeichen und Leuten der Spurensicherung. Sie gingen ins Vogelhaus.

Dr. Maxbichler, sein Vorstandskollege, stand mit leeren Augen da und als Sven eintrat, ging er hinaus, ohne ihn anzusehen. Der Boden war mit Blut verschmiert und voller Getreidekörnchen. Alle Taubenkäfige standen offen, aber die Tiere hockten erschöpft und satt darin und dachten gar nicht daran, herauszukommen.

»Können Sie uns erklären, was hier passiert ist?«

Sven konnte es nicht. Obwohl es sein Labor, seine Tauben, sein Honig, sein Vogelfutter und seine Freundin Ann-Marie waren.

Wondrak begrüßte die Kollegen aus München mit abwesendem Blick. Er stand einsam zwischen den Taubenkäfigen und drehte einen Sonnenblumenkern zwischen seinen Fingern. Gedankenverloren schob er ihn zwischen seine Lippen und saugte an ihm. Es klebte noch ein bisschen Blut dran, doch das schien ihn nicht zu stören. Er glaubte nicht, was er sah. Längst hatte er sich abgewöhnt, Fotos zu viel Beachtung zu schenken. So viele Bildmanipulationen hatte er schon gesehen, oft perfekter als die Realität. Manchmal schöner. Manchmal grausamer. Und jetzt übertraf die Realität alles, was er bisher gesehen hatte. An bizarrer Fantasie. An Grausamkeit. An persönlichem Schmerz. Ann-Marie. Das war vollkommen unmöglich. Er wandte sich um und verließ den Raum.

Was hatte er übersehen? In welches Netz aus unsichtbaren Fäden war sie geraten? Warum hatte er sie nicht beschützt? Es war ihm doch aufgefallen, dass sie so abwesend war und ihn fast nicht erkannt hätte. Warum hatte er sie nicht einfach gefragt, sie auf einen Spaziergang mitgenommen, es wäre ein Leichtes gewesen, dem Kommissar konnte man sowieso keine Bitte abschlagen. »Eine Bitte schon«, entgegnete er sich selbst, »nur einen Befehl nicht.«

Wondrak wusste, wie fadenscheinig das war und es beruhigte ihn kein bisschen. ›Ich habe sie umgebracht.‹ Dieser Satz glühte in ihm auf wie ein Brandeisen. Wäre ich nicht so verknallt gewesen, ich hätte etwas gemerkt. Ich hätte etwas gehört, aber das Hämmern in meinem blöden Schädel hat alles übertönt.

Nick beugte sich erstaunt über die Tote. Wondraks Schüler hatte schon zu viel Abseitiges gesehen, um noch zu erschrecken. Und doch war er betäubt von der Wirkung des Bildes, das sich ihm bot. Es war kein mit 100 Hertz am Computer flackerndes Internetfoto. Das hier war ruhig, kühl und scharf gezeichnet bis zu den zarten Härchen hinter den Ohren.

Es war nur noch zu erahnen, wer die Frau gewesen war. Ann-Marie war nackt, mit Honig einbalsamiert und in Vogelfutter gewälzt den Tauben als warmes Buffet serviert worden. Das musste schon am Samstagabend gewesen sein, denn bis zum Montag war sie verblutet. Auf eine sehr spezielle Art war sie immer noch sehr schön.

Die Spurensicherung fand nicht nur die Stiefel in Svens Schrank, mit winzigen Blutspritzern darauf und ein paar Körnchen Vogelfutter im Profil, sondern auch noch die Reste einer Wochenration feinsten Kokains in seiner Blutbahn, also ging in den Köpfen der Ermittler die Schublade ›Lustmord im Kokainrausch‹ auf. In Wondraks Schublade glühte immer noch der große Satz: ›Ich hätte es verhindern können!‹ Also schloss er sie schnell wieder.

»Chef, es geht um die Tauben.« Nick kam ins Büro. »Die Spurensicherung sagt, die Vögel aus dem verlassenen Stall von Waldemar Ziegenaus und die im Labor von Sven Klagenfurter seien identisch.«

»Was heißt das?«

»Wir haben nicht zwei größere Fälle. Sondern einen richtig großen. Außerdem hab ich gemerkt, dass die Telefonverbindungen des Labors von Ziegenaus überprüft worden sind. Und zwar vom BND.«

»Der BND interessiert sich für unseren Bentley fahrenden IT-Taubenzüchter? Sehr schön, da ruf ich doch gleich an.«

Bevor Wondraks Spürsinn aber überhaupt eine neue Witterung aufnehmen konnte, erreichte die Kripo Fürstenfeldbruck ein Brief:

›Sven Klagenfurter und ich haben Waldemar Ziegenaus getötet. Jetzt erpresst er mich damit und fordert die Hälfte meiner 20 Millionen Dollar. Er bedroht mich. Eine Freundin schickt Ihnen diesen Brief zu, wenn mir etwas zustößt. Ich will nicht, dass er ungestraft davonkommt.

Ann-Marie Furtmann‹

Veronika Veigl hielt Wondrak den Brief hin. »Ist er echt?«, fragte er.

Veronika nickte: »Der Ehemann hat die Unterschrift eindeutig identifiziert.«

Und wieder löste sich alles von selbst auf, es war wie verhext.

Sven gestand alles. Er würde dafür in den Knast wandern, auch wenn er von einer ausgewachsenen Kokainpsychose heimgesucht wurde, einer Folge der Überdosis, mit paranoid wahnhaften Wahrnehmungsstörungen.

›Columbawahn‹ würde der behandelnde Psychiater den Befund später nennen. Dabei glaubt der Betroffene, Tauben krabbelten über seine Haut und Haare. Es sah ganz so aus, als würde dieser Zustand chronisch bleiben.

Für Wondrak waren der Brief und die darauf folgende Reaktion von Sven Klagenfurter ein Schock gewesen. Sein kriminalistischer Instinkt hatte ihm eigentlich signalisiert, dass Klagenfurter am Tod Ann-Maries unschuldig war. Er hatte im Labor das fassungslose Entsetzen in seinen Augen gesehen. Und nun gestand dieser Mann einen Mord nach dem anderen. Wondrak begann, seinem eigenen Gefühl zu misstrauen.

Die Tatsache, dass er von allen Seiten für die schnelle Ergreifung des Täters gelobt wurde, machte es für ihn nicht einfacher. Er hasste sich dafür, dass er die Lorbeeren für etwas einstrich, das er sich nicht selbst verdient hatte. Es machte ihn nervös. Und unaufmerksam.

Erstens waren es nicht 20, sondern 22,25 Millionen, aber das tat nicht wirklich viel zur Sache, er konnte es ja auch nicht wissen. Weitaus bemerkenswerter war, dass der Brief mit keiner Silbe den Mord an Waldemars Freundin Karin erwähnt hatte, und drittens war die Unterschrift gefälscht. All dies hatte Kommissar Wondrak übersehen. Ausgerechnet Wondrak, der immer überall so genau nachbohrte.

Aber bei den Probebohrungen hatte einfach alles gestimmt: Ann-Maries Ehemann Mario hatte persönlich bezeugt, dass die Unterschrift echt war. Aber das war auch kein Wunder. Schließlich hatte er sie selbst gefälscht. Und unter einen Brief gesetzt, den ihm seine alte Liebe

Brigitte unter die Nase gehalten hatte. Als letzte Rache
für das Venedig-Manöver.

Taucher fanden die zwei Leichen problemlos, sie hatten
das berühmteste Seezeichen des Starnberger Sees als Peil-
hilfe, und ebenso schnell war auch Peter, der unglücklich
verliebte junge Musiker, wieder frei, der für einen Mord,
den er nicht begangen hatte, drei Wochen im Gefängnis
gesessen hatte.

Der Anblick der toten Ann-Marie hatte in Sven jede
Art von Antikörpern, mit denen er sich normalerweise
zur Wehr gesetzt hätte, ausgelöscht. Er gestand alles:
den Doppelmord an Waldemar und Karin und nach
einer Reihe von Verhören auch den Mord an Ann-Marie. Schließlich glaubte er sogar selbst daran, sie im Koks-
rausch den Tauben zum Fraß vorgeworfen zu haben.

Warum?

Wondrak wurde nicht schlau aus dem Kerl. Die Wondrak-Methode funktionierte nicht bei Verrückten. Sven
konnte nichts mehr erzählen. Er war erloschen und
Wondrak konnte weder mit Espresso, noch mit Eis oder
Lachs-Tagliatelle ein Flämmchen entzünden, das irgend-
eine neue Zündschnur in Brand gesetzt hätte. Er schloss
den Ordner, und wieder einmal war die Aufklärungsquote in Fürstenfeldbruck die höchste im Land. Wondrak wusste nicht, wer dafür verantwortlich war. Er war
es jedenfalls nicht.

Donnerstags erschien der Bericht über Carl Elsmann und
den größten Samenspenderskandal Europas im ›stern‹.

Mit Bildern von Igor, Vivian und Marion in ihrer ganzen Schönheit. Zwölf Seiten weiter hinten war eine ganz andere Geschichte zu finden. Unter der Schlagzeile ›Der Taubenmörder von Fürstenfeldbruck‹ war neben einem Bericht, der kaum eine sadomasochistische Frage offen ließ, das Bild von Ann-Marie abgedruckt, und, etwas kleiner, das erschütternde Bild eines Vaters mit seinen zwei Kindern am Grab der Mutter. Eine sensible Staatsanwältin, die die Ermittlungen gegen Elsmann auf dem Tisch hatte, hatte den Namen Furtmann auf der Liste der Elsmann-Kunden gefunden.

Unter völliger Überschreitung ihrer Kompetenzen entschloss sie sich, der gebeutelten Rest-Bilderbuch-Familie diese Wahrheit zu ersparen. Ann-Maries Kinder Svenja und Mika hatten zwar ihre Mutter verloren, dafür aber mit ihrem Vater ein Depot in der Schweiz im Wert von 22,25 Millionen Dollar geerbt. Und sollten nie erfahren, dass Mario, der sich immer so liebevoll um sie kümmerte, gar nicht ihr Vater war.

Mario konnte also von nun an unbeschwert eine Menge Au-Pairs beglücken und ohne Svens schräge Kreationen endlich das machen, was alle guten Eisdielen machen: Das immer gleiche köstliche Eis.

Und wer weiß, vielleicht würde ja eines Tages Brigitte wieder zu ihm zurückkommen. Obwohl es im Moment eher nicht danach aussah.

Amerika, du leere Hose

Ron Emerald Burston hatte wieder seinen praktischen kleinen Zweistrahligen geschickt. Charles durfte nur unter strengen Auflagen mitkommen: Die Linsen der Überwachungskameras im Salon mussten offen bleiben, und er hatte Burston persönlich geloben müssen, seine Finger von Brigitte zu lassen. Aber die hatte ohnehin andere Pläne. Denn es war noch ein Gast mit an Bord: Sybille. Deren weiche Seele, ihr Goldkern, hatte im Lauf der letzten Wochen ein paar tiefe Kratzer bekommen, und um ihn vor weiterem Verschleiß zu bewahren, hatte sie sich eine harte Legierung zugelegt. Nun verspürte sie eine Form von Mangelerscheinung, die sie zuvor nicht gekannt hatte. Sie war reizbar, launisch, irgendwie trotzig und lachte nur noch halb so oft wie früher. Um sie auf andere Gedanken zu bringen, schlug Brigitte vor, die Beute gemeinsam nach Kalifornien zu bringen. Schließlich hatte Sybille einen nicht unerheblichen Beitrag zum Erfolg der Mission geleistet.

Als Sybille Charles erblickte, wusste sie, was ihr fehlte. Sie hatte das Video von ihm und Brigitte fertig geschnitten und dadurch die männliche Anatomie und ihre Funktionen ausführlich und sogar in Zeitlupe studieren können. In dem Moment, in dem Charles sie am Fuß der kleinen Treppe vor der Citation begrüßte, wurde ihr klar, dass sie das Gelernte nun anwenden wollte.

Als das Anschnallzeichen erloschen war, erhob sich Brigitte, um sich diskret in den hinteren Teil der Kabine zurückzuziehen, doch Sybille bat sie, zu bleiben. Und so durfte die möglicherweise Exlesbe Brigitte die Metamorphose miterleben, mit der sich ihre Freundin von der Frauen- zur Männerliebhaberin entwickelte. Ein wenig wehmütig war ihr schon zumute, als sie die beiden so sah, umschlungen, zuckend und keuchend. Sie hatte den starken Verdacht, dass Charles mit Sybille noch mehr Spaß hatte als mit ihr. Die strenge Nummer war wohl doch eine Nummer zu streng für ihn gewesen. Vor allem aber fühlte sich Brigitte einsam. Ihr Exmann war tot. Ihr Exfreund weit weg. Ihre Freundin keine Lesbe mehr. Und nun?

Es war offensichtlich, dass Sybille keinen weiteren Beistand brauchte, also ging Brigitte nach hinten, die beiden bemerkten es nicht einmal. Im Kühlschrank fand sie das Tablett mit den ›Sieben Köstlichkeiten für den siebten Himmel‹, wie es auf der kleinen Speisekarte so hübsch stand, doch jetzt, da sie es sich selbst servieren musste, hatte es doch entschieden an Gourmet-Wirkung eingebüßt. Aber der Champagner war schnell geöffnet und damit machte sie es sich auf einem der hinteren Sessel gemütlich, bis sie eingeschlafen war.

Am nächsten Morgen war Brigittes Verfassung durchaus verbesserungswürdig. Sie hatte bei Weitem nicht so gut geschlafen wie beim ersten Flug, ihre Kleider waren zerknautscht, und der, der sie wieder glatt bügeln hätte können, machte sich zum wer weiß wievielten Mal an Sybille zu schaffen.

Brigitte war in einer Laune, in der sie normalerweise

laut ›Service!‹ gerufen hätte, aber aus Rücksicht auf ihre
Freundschaft zu Sybille ließ sie es bleiben.

Musste man sich Gedanken um die Landung machen?
Die Piloten hatten vermutlich kein Auge zugekriegt,
angesichts des Programms im Bordfernsehen.

Und Brigitte hatte noch mehr Sorgen. Einerseits freute
sie sich natürlich, ihre Mission erfüllt zu haben und bald 3,25
Millionen Dollar Prämie einstreichen zu können. Andererseits hatte ihre Website in der letzten Woche heftiges Interesse in Amerika, genauer gesagt, in San Diego geweckt.

Zwei neue Gäste hatten sich eingeloggt und den gesamten Inhalt ihres Servers heruntergesaugt. Das hatte ihr
zwar die höchsten Tagesumsätze ihrer Laufbahn beschert,
aber auch ein paar Sorgenfältchen auf der Nasenwurzel.
Hatte Burston ihre Karriere als Nebenerwerbsinternet-
domina entdeckt? Und wie würde er reagieren?

Natürlich hatte er. Das FBI war schnell fündig geworden und hatte ihm den Link geschickt. Anfangs klickte er
sich noch durch die ›Preview‹-Seiten. Doch irgendwann
reizte ihn Brigitte so sehr, dass er sich eine Vollmitglied-
schaft gönnte. Er fand die herumhüpfenden Männer zwar
idiotisch, aber er liebte Brigittes Aufmachung und ihre
Bewegungen. Leider war ihr Gesicht unter den Leder-
masken nur zu erahnen, aber dafür hatte er ja noch die
Fotos aus dem Hotelpool im ›La Costa‹. Zwischen den
glitzernden Sternbildern an der Decke war eine hoch-
auflösende Kamera eingelassen, deren Ergebnisse fest-
gefahrene Vertragsverhandlungen manchmal enorm auf-
lockern konnten.

Burston hatte die Bilder in seinem Schreibtisch und manchmal legte er den Bilderrahmen mit der platinblonden jungen Frau und dem glatzköpfigen Säugling einfach beiseite und stellte eines von Brigittes Badefotos auf. Und legte die CD mit den sphärischen Weltraumklängen dazu ein.

»Ron? Könnten wir uns heute Nachmittag unterhalten?«

Ron verdrehte die Augen, als er die Stimme seines Vorstandskollegen Pete Harnstein hörte. Dieses Riesenarschloch.

»Um 16 Uhr eine Viertelstunde. Worum gehts?«

»Sag ich dir dann!«

Ein Arschloch bleibt ein Arschloch. Und Pete gab sich keine Mühe, keines zu sein. Wenigstens kam er gleich zur Sache. Er eröffnete ihm in herablassendem Ton, so als würde er zu einem Angestellten sprechen, dass Pornografie am Arbeitsplatz in Amerika ein Kündigungsgrund sei. In Europa, und besonders in Holland, mochte das anders sein, aber die Atlas Ltd. hätte ihren Hauptsitz nun mal in San Diego, und genau hier hätte Ron sich auf seine Festplatte 2,3 Gigabyte pornografisches Material heruntergeladen.

»Damit könnte ich alle Autowerkstätten in Kalifornien zutapezieren.«

»Ich wusste gar nicht, dass du tapezieren kannst. Das wäre doch ein toller Beruf für dich. Da wärst du nicht so unterfordert wie hier.«

»Du bist gefeuert!«

»Du wirst mich nicht aus meiner eigenen Firma hinausschmeißen.«

»Unser größter Kunde ist die amerikanische Regierung. Wir können uns keinen Schmuddelsex-Skandal leisten. Dein Anwalt ist immer noch dieser Dr. Dix?«

»Natürlich. Darf ich ihn von der Kette lassen?«

Und so wurde die ›mistress of the doves‹ schließlich nicht nur für Brigitte gefährlich, sondern auch für Burston. Er war kein Mann von Heimlichkeiten und hatte alles auf seinen Bürocomputer geladen.

Die Juristen der Atlas Ltd., die seit Wochen geprüft hatten, wie sie Burston auf elegante Art und Weise loswerden konnten, hatten ihr winkeligstes Advokaten-Grinsen aufgesetzt, als ihr Computer eine ›Adult Content‹-Warnung ausspuckte.

Als das Flugzeug gelandet war, spürte Brigitte, dass sich hier etwas verändert hatte. Es war nicht das Wetter. Die Sonne brannte wie eh und je von einem Himmel, den man zu Hause wohl weiß-blau genannt hätte, aber keine sanfte Brise, sondern ein glühender Wind strich über das Rollfeld und brachte die Luft zum Zittern.

Brigitte hob ihren Kopf und blickte bis zum Horizont hinein ins Land der unbegrenzten Möglichkeiten. Das letzte Mal war sie als Kaiserin angekommen, aber jetzt schien sie entmachtet. Sie war kein Oberhaupt mehr. Auch keine Ministerin. Im besten Fall eine Staatssekretärin. Eher eine Abgeordnete. Vielleicht auch nur die Sekretärin einer Abgeordneten. Zumindest fühlte sie sich so.

Hatten Sybille und Charles ihr alle Kraft geraubt, wie Kryptonit die Superkräfte von Superman?

Oder hatte die kriminelle Energie, die sie in den letzten Tagen entwickelt hatte, ihre eigene Energie absorbiert? Konnte sie jetzt nur noch kriminell leben und nicht mehr normal?

Zur Vollblutkriminellen fehlte ihr aber die Kondition. Sie fühlte sich jetzt schon wie ein Flüchtling, der seine Heimat verloren hat und nun auf der Suche nach einem neuen Zuhause war. Und sie würde wirklich am liebsten flüchten, alles hinter sich lassen und etwas Neues beginnen. Aber was?

Wie sollte sie mit so einem Gewirr im Kopf einem Alphatier wie Burston unter die Augen treten?

Plötzlich fiel es ihr ein. Es war das Gefühl, das sie beim Abflug zurückgelassen hatte. Die Sehnsucht, die Zügel einfach schleifen zu lassen, und die Kontrolle, mit der sie seit Jahren ihr Leben führte, einfach aufzugeben. Es war nur so ein Gedanke gewesen. Auf geheimnisvolle Art hatte er sich im flirrenden Flughafenasphalt konserviert und als sie den Fuß auf den kalifornischen Boden gesetzt hatte, wieder auf sie übertragen.

Sie wischte ihn beiseite, so wie man Schuppen von den Schultern fegt, die großen gehen ab, aber die ganz feinen bleiben. Sie kontrollierte ihr Make-up und testete ihre Wirkung auf den Chauffeur, was aber leider misslang, weil der nur Augen für Sybille hatte. Die strahlte wie ein Schmelzofen in Eisenhüttenstadt beim Stahlabstich. Für Brigitte hatte der Fahrer nur ein höfliches Lächeln übrig.

Das war genau die Reaktion, die sie gebraucht hatte. Na wartet, ihr leeren Hosen, ihr sollt mich kennenlernen! Ein Ruck ging durch ihren Körper, sie zog die Schultern nach hinten, straffte ihren Rücken und gewann augenblicklich ihre Beherrschung wieder, von der niemand außer ihr bemerkt hatte, dass sie ihr überhaupt abhanden gekommen war.

Sie verstauten ihr Gepäck und die Computer in der Limousine und machten es sich auf den Sitzen bequem.

Im ›La Costa‹ war eine Familiensuite mit zwei Schlafzimmern, zwei Bädern und zwei Wohnzimmern reserviert.

»Wie lange werden Sie bei uns bleiben? Zwei Tage, wie gebucht?«

Die Freundinnen waren sich noch uneins darüber. Irgendwie war absehbar, dass Sybille noch in der kommenden Nacht zu Charles umziehen wollte. Und Brigitte hatte das Gefühl, dass zwei Tage niemals reichen würden für das, was sie vorhatte.

Im Zimmer keine Nachricht von Burston. Was war los? Hatte er gar kein Interesse mehr an ihr? Oder wenigstens an Dove missile?

Burston steckte so tief in der Patsche, dass es ganz sicher länger als zwei Tage dauern würde, den Ärger mit Harnstein loszuwerden. Er lief zu Hause herum und brüllte wie ein verwundeter Stier.

Harnstein hatte die erste solide Gelegenheit, Burston aus der Firma zu drängen, kaltblütig genutzt.

Und sich im Handstreich die Firma unter den Nagel
gerissen.

Als Brigitte an der Tür klingelte, wollte er sie gar nicht
hereinlassen.

»Devil! Bitch! Sie haben mich ruiniert!«

Brigitte ging zum Angriff über.

»Wenn Sie nicht sofort ruhig sind, lege ich die Festplatten mit der Dove missile in die Mikrowelle. Und dann
können Sie mit ihnen von mir aus vergammeln.«

Der herrische Ton tat seine Wirkung bei Ron Emerald
Burston. Und ein Blick auf ihre Beine und die Bluse, die
sich über ihrer Brust spannte, machte ihn anlehnungsbedürftig und kleinlaut.

»Diese Scheißtauben!«

»Die Scheißtauben werden Ihnen helfen, das verspreche ich Ihnen. Und die Taubenscheiße erst recht.«

»Hm?«

»Hören Sie mir zu!«

Burston war bereit, sich von Brigitte (er sprach ihren
Namen wie immer französisch aus) retten zu lassen.

Fünf Tage später waren die beiden Frauen immer noch
in Kalifornien. Aber die Lage von Ron Emerald Burston
hatte sich inzwischen deutlich verbessert.

Er saß in einem abhörsicheren Raum mit Robert Mueller, dem Direktor des FBI, und Ben Bollet, dem Chief
Information Officer der NSA. Die National Security
Agency ist weltweit der größte Arbeitgeber für Mathematiker und gilt als der amerikanische Super-Geheim-

dienst. Und unter ›Nerds‹ und anderen Computerfreaks schlichtweg das Paradies: Hier gibts bergeweise neue Hardware und ständig die neuesten Rechner der Welt.

Burston warf mit einem Beamer Bilder aus seinem privaten Laptop an die Wand.

Man sah eine in schwarzes Leder gekleidete Frau, vor der ein Mann mit Ledergeschirr hockte.

»Davon habe ich etwa 1.200 Varianten auf der Festplatte.«

Bedeutungsvolle Pause.

»Und ich bin stolz darauf.«

(Hätte es ein Protokoll gegeben, hätte es lebhaftes Gelächter verzeichnet.)

»Wer ist der Mann da auf den Knien? Al Gore?« (Andauerndes, lebhaftes Gelächter.) In Bushs Amtszeit hatte der Respekt vor den Demokraten mehr und mehr nachgelassen.

»Natürlich wissen wir, dass in diesem Bild eine verschlüsselte Botschaft steckt. Oder zumindest stecken könnte. Aber wie kommen wir an die ran? Selbst wenn die NSA ihre schnellsten Rechner anwirft, dauert es ein paar Stunden, bis der Code geknackt ist, richtig?«

Ben Bollet nickte.

»Und dann haben wir auch nur ein erstes Fragment der Botschaft. Denn die Nachricht ist auf mehrere Bilder gestückelt. Aber nicht auf alle. Welche Bilder enthalten überhaupt versteckte Nachrichten? Und welche sind einfach nur Aufnahmen von einer Domina mit ihrem Schoßhund? Bei 1.200 Exemplaren kann es Monate dauern, bis Sie alle durchsucht haben.«

Bollet zuckte mit den Achseln, was wohl so etwas wie resignierte Zustimmung ausdrücken sollte.

»Kleiner Hinweis, die Lösung ist: zehn. Ich habe sie per SMS erhalten.«

Der FBI-Chef wurde unruhig. »Nun mach schon, Ron, ich hab nicht den ganzen Tag Zeit für dein Quiz.« Allein der Tatsache, dass Ron mit Robert studiert hatte, verdankte er diesen Termin. Und natürlich, weil die ›Operation verlorene Taube‹ auf der Nationalen Sicherheitsskala die Stufe zwei erreicht hatte. Jetzt wollte er es nicht vergeigen.

»Jedes Bild trägt einen Namen aus Buchstaben und Zahlen. Die, bei denen die Quersumme dieser Zahlen zehn ergibt, das sind unsere Bilder.«

Der Beamer warf die Namen von fünf Bilddokumenten auf die Leinwand. Ron öffnete sie in der Miniaturansicht als kleine Bilder.

»Vier Bilder sind sich ganz ähnlich: Frau steht, Mann kniet in Fesseln bewegungslos vor ihr. Im fünften Bild steht der Mann auf und geht zur Tür. Das ist für uns die Tür, die uns den Blick in die Ebene dahinter öffnet.«

Ron markierte den entsprechenden Ausschnitt mit dem Mauszeiger. Auf dem Bildschirm war jetzt nur noch die Tür zu sehen.

»Sie ist das Programm, das unsere Bilder entschlüsselt.«

Er nahm einfach die vier anderen Bilder und zog sie mit dem Mauszeiger in den Fensterrahmen, wo sie verschwanden. Dann ratterte das Laptop ein wenig und kurze Zeit später öffnete sich ein 450 Seiten starkes Excel-Dokument mit dem Titel: ›The Dove missile‹.

Bollet gab sich Mühe, nicht zu beeindruckt auszusehen.

Mit triumphierender Stimme dröhnte Burston: »Wir haben sie wieder, meine Herren! Die Luftwaffe der Zukunft. Aus einem Rohstoff, der in jeder Stadt tausendfach verfügbar ist.«

Er zeigte noch einmal ein paar der Ausgangsmotive. Ein bisschen Haut, ein bisschen Leder und viel strenge Blicke. Das waren die Zutaten.

»Und jetzt soll ich wegen der Bilder, die uns eine Waffe zurückgebracht haben, die aus Staatsmitteln finanziert ist, aus meiner eigenen Firma fliegen? Sorgen Sie dafür, dass dieser Irre von Harnstein mit diesem Bullshit aufhört! Und zwar sofort!«

Brigitte hatte Sybille überreden können, ihr Hirn wieder einzuschalten und ihre Qualitäten als Computer-Geheimwaffe zu entfalten. Mit Svens Festplatte war ihnen auch das ›König-Ludwig-Schlösser-Verschlüsselungsprogramm‹ in die Hände gefallen. Sybille musste es nun in ein ›mistress of the doves‹-Programm umschreiben. Keine Kleinigkeit, für eine Webdesignerin, aber mit ein bisschen Nachhilfe ihres World Wide Web-umspannenden Freundeskreises sollte es klappen. Nach einem Tag wusste sie, wie das Programm funktionierte. Gott sei Dank war Sven ein Computerlaie, die Benutzung des Programms war deshalb so simpel wie ein Teletext-Menü. Nach drei Tagen hatte sie die ›mistress of the doves‹-Dateien so weit frisiert, dass Ron damit seinen Hals aus der Schlinge ziehen konnte. Von König Ludwig zu Königin Brigitte waren es nur ein paar Tastenbefehle.

Direkt danach nahmen sie Ron mit in ihre Hotelsuite und verrieten ihm, dass sie noch ein Geschenk für ihn hatten: ›Krypto 4040‹. Der gesamte Bauplan des Krankheitserregers war gemeinsam mit dem fertigen Schulungsvideo für Peking auf Svens Computer gespeichert gewesen. Damit er sich um Mitwisser keine Sorgen zu machen brauchte, hatte Sven sogar das Video selbst gedreht und besprochen.

Spätestens als er den Lehrfilm gesehen hatte, war Ron Emerald Burston wieder voll im Spiel. Denn nun wurde aus den Einzelteilen ein System. Zunächst erfand er einen neuen Namen dafür.

»Dieser Krypto-Kram und die Zahlenmystik, das ist nur was für euch Europäer. Nennen wir sie doch ›Trojan doves‹, ›Trojanische Tauben‹.« Nachdem der Titel ja auch dem abendländischen Kulturkreis entsprang, war Brigitte einverstanden.

Mit den ›Trojanischen Tauben‹ hatte Burston bei Atlas Ltd. die wichtigste Aktie in der Hand und seinen Schreibtisch umgehend zurückerhalten.

Auch beim Mutterkonzern Lockheed Martin war man höchst erfreut über die guten Nachrichten. Nach einem kurzen Kräftemessen mit Harnstein hatte man ihn weggelobt und in die Chefetage eines Herstellers von Aufklärungszeppelinen befördert. Eine aussichtlose Position in einer aussichtslosen Branche mit aussichtslosen Perspektiven trotz schöner Aussichten aus 1.000 Metern Höhe. Eine härtere Strafe für einen übermotivierten Ehr-

geizling hätte sich nicht einmal Brigitte ausdenken können. Und die war auf Strafen wirklich spezialisiert. Somit
wurde ein Platz an Bord von Atlas Ltd. frei.

Ron lud Brigitte in das zweitbeste Restaurant von San
Diego zum Abendessen ein (im besten hatte sie bereits
drei Abende verbracht und wurde schon wie ein alter
Stammgast umgarnt, was zunehmend nervte), um ihr
einen Vorschlag zu machen.

Brigittes Schwächeperiode hatte nur fünf Minuten
gedauert. Das war am Flughafen beim Aussteigen gewesen. Dann hatte sie sich wieder aufgerappelt, einen Plan
entwickelt, Burston gerettet, ihren Finderlohn auf einem
Schweizer Bankkonto deponiert und sich auch mit Sybille
ausgesöhnt. Sie stand wieder auf festem Terrain.

Als sie anstießen, wurde Burston ein bisschen feierlich:
»Ich habe gesehen, mit welcher Energie du Strategien ent-
wickelst, wie du sie durchsetzt und zum Erfolg führst. Ich
kenne nur ganz wenige Leute, die das beherrschen.«

Er holte Luft.

»Ich möchte dich gerne zum Vicepresident von
Atlas Incorporated machen.«

Brigitte war wirklich verblüfft. Sie lächelte leicht.

»Das finde ich sehr schmeichelhaft. Aber das ist nur
die zweitbeste Lösung.«

Und dann sah sie ihm geradewegs in die Augen.

»Ich möchte an deiner Seite sein. Sehr gerne. Aber
nicht als deine Geschäftspartnerin.«

Sie hatte Ron während der wenigen Tage in den schil-
lerndsten Aggregatzuständen gesehen. Von cholerisch

bis charismatisch, von akribisch bis chaotisch. Aber so noch nie. Er errötete und senkte den Blick.

»So?«, fragte er. »Als was denn?«

Ron hatte es völlig richtig erkannt: Brigitte konnte nicht nur Pläne schmieden, sie konnte sie auch umsetzen. Deshalb erzählte sie einfach weiter.

»Erinnerst du dich an unseren Abend im Weltall-Pool im ›La Costa‹?

Ich kann mich nicht erinnern, jemals so glücklich und unglücklich zugleich gewesen zu sein. Ich möchte, dass du mich ein Leben lang so in den Armen hältst wie damals.«

Ron hob den Blick wieder. Seine Wangen glühten noch nach.

»Du weißt ja, dass ich mir deine Website angesehen habe.«

Brigitte hielt den Atem an.

Ron quälte sich mit dem, was er ihr sagen wollte. »Zehn Bilder hätten eigentlich genügen müssen. Aber ich wollte mir jedes einzelne ansehen. Jedes einzelne der 1.200 Bilder. Nur, um dich festzuhalten. Aber es ist mir nicht gelungen.«

Er nahm einen Schluck Rotwein und lauschte kurz der Musik, dem Klavierkonzert No.2 von Johannes Brahms, einer umjubelten Aufnahme des Duos Klessner/Oborowitsch.

»Und dann musste ich mir auch noch das Video ansehen. Dich und Charles. Ich hatte mir noch nie gewünscht, in der Haut eines meiner Mitarbeiter zu stecken. Jetzt war es so weit. Es hat mich fast umgebracht.«

Brigitte verschwieg Ron, dass erst Charles sie dazu gebracht hatte, ihre Beziehung zum männlichen Geschlecht neu zu justieren. Eigentlich hätte Ron ihm dankbar sein müssen. Aber das behielt sie lieber für sich, es hätte ihn nur noch eifersüchtiger gemacht. Und Ron wirkte auch so schon ernsthaft verzweifelt.

Sie strich ihm zärtlich über die Wange und sprach mit einer leisen, köstlichen, tröstenden Stimme, die sofort jeden Kummer von ihm nahm.

»Sch, sch, sch, jetzt ist es gut. Jetzt hast du mich ja. Und zwar ganz.«

Er spürte, dass es stimmte, nahm ihre Hände, küsste sie zart und ließ sie nicht mehr los.

Generalprobe

Die Stadt war ausgestorben. Kein Mensch auf dem großen Platz vor dem Rathaus. Kein Mensch in den Fußgängerzonen. Keine Menschenseele in den Kirchen und auch keine davor. Die Sonne brannte sengend vom Himmel.

Ein Dom mit zwei Türmen, ein überdimensioniertes, dunkles Rathaus und drei Einkaufsstraßen. Vor dem Rathaus ein mittelgroßer Platz, flankiert von Kaufhäusern in einer Mischung aus ambitionierter 70er-Jahre- und fantasieloser 90er-Jahre-Architektur, in der Mitte eine elf Meter hohe Säule. Schräg dahinter ein Markt mit einem unaussprechlichen Namen, von Amerikanern intern nur ›Vik-Market‹ genannt. Auch hier war weit und breit kein Mensch zu sehen. Kein Wunder, es hatte gut 42 Grad im Schatten.

Aber so ist das Wetter am Groom-Lake nun mal, einem kleinen Salzsee, etwa 130 Kilometer nördlich von Las Vegas. Hier ist es immer klar und heiß. Ein paar Kilometer westlich des Sees war das Innere einer europäischen Stadt aus Stahlgerüst und Pappmaché nachgebaut.

Brigitte beunruhigte ein wenig, dass dieser Stadtrohling ausgerechnet München wie aus dem Gesicht geschnitten war. Ron meinte, dass das Waldemars Idee gewesen wäre, die Bauarbeiten waren schon seit einem halben Jahr im Gange, da steckte gewiss keine militärische Absicht dahinter, es hätte genauso gut auch Rom oder London sein können.

Es kommt nur selten vor, dass hochrangige Militärs sowohl der Army als auch der Air Force die Vorführung einer neuen Waffe verfolgen. Normalerweise versucht jede Abteilung, eine überlegene Waffe für sich alleine in Beschlag zu nehmen. Um die ›Trojanischen Tauben‹ entbrannte deshalb auch ein wildes Tauziehen. Die Air Force war der Meinung, dass die Waffe fliege und daher eindeutig der Luftwaffe zuzuordnen wäre. Die Landstreitkräfte wiederum argumentierten, dass die Waffe vom Boden aus gesteuert und ihre Wirkung auch auf den Boden gerichtet sei, und beanspruchte sie also für sich. Ein Wunder, dass die Navy keine Ansprüche anmeldete.

Wenigstens auf ein gemeinsames Testgelände konnten sie sich einigen. Es war das ›Area 51‹, jenes militärische

Sperrgebiet, in dem Verschwörungstheoretiker aus aller Welt außerirdische Flugobjekte und ihre tiefgekühlten Besatzungen vermuten. Für sie wäre ein Schwarm ferngesteuerter Tauben, ausreichend unscharf fotografiert, sicherlich ein schöner Beweis für die Existenz von Ufo-Testflügen gewesen. Dieses Ufo wurde mit einem Sattelschlepper geliefert.

Als sich seine Ladeklappe öffnete, schwärmten 1.300 Tauben aus, wie ein Bienenvolk aus seinem Stock, und nahmen den Marienplatz in Besitz. Akkurat in Reih und Glied, wie die Kreuze auf einem Soldatenfriedhof. Ron gab das Startsignal, dann startete der Schwarm, stieg auf etwa 20 Meter Höhe und flog in die Kaufingerstraße, ein übrigens wirklich sinnvoller Name für eine Straße, in der man gut einkaufen kann. Der Taubenschwarm beanspruchte die gesamte Breite der Straße für sich, wie eine Gruppe Zehntklässler nach der Zeugnisverteilung, und flog im Schritttempo Richtung Westen. Nun kam ein wirklich großartiges Manöver: das Rückwärtseinparken. Der große Schwarm hielt an und zwängte sich in die Damenstiftstraße, eine enge Seitengasse, wobei den Vögeln wirklich das Äußerste an Flugakrobatik abverlangt wurde. Es war ein gewaltiges Flattern. In vier, fünf Etagen drängten sie sich übereinander in die Gasse, es war viel zu wenig Luftraum für so viele Tiere, aber eine bewundernswerte innere Logik verhinderte den Systemabsturz.

Die geladenen Gäste, insgesamt 32 hochrangige Krieger und Kriegerinnen, saßen in einer Art klimatisiertem Sauerstoffzelt auf dem Rathausbalkon und genossen das Programm. Sie saßen etwa dort, wo die Spieler des FC Bayern gewöhnlich ihre Meisterschale und ihre Weißbiergläser in die Höhe halten. Eine transparente Plastikkuppel mit einer autarken Sauerstoffversorgung schützte sie vor der kryptokokkengeschwängerten Luft und sorgte dafür, dass ihnen nichts von der Flugvorführung entging.

Nun dirigierte sie Ron Emerald Burston, der die Choreografie und die Steuerung höchstpersönlich übernommen hatte, wieder aus der schmalen Gasse, und leise setzte Musik ein. Es war die Ouvertüre aus ›Tannhäuser‹. Der Schwarm stieg empor und flog direkt auf die Zuschauerkuppel zu. Dann schmierte er ab und zog knapp über dem Boden eine waghalsige Kurve rund um das Rathaus.

Mit zunehmender Geschwindigkeit kreisten die Tauben nun um das Gebäude. Sie bildeten jetzt einen geschlossenen Kreis, der mit weniger als fünf Metern Abstand am Publikum vorbeijagte, während Ron wie ein Dirigent am Pult stand und das Schauspiel genoss. Wagner war wirklich eine ausgezeichnete Wahl, etwas nationalsozialistisch belastet vielleicht, aber das störte die Mitte-40-jährigen Militärs ja nicht. Ron war selbst immer wieder verblüfft, wie präzise die Vögel zu lenken waren. Wie musste das erst auf einen Betrachter wirken, der das zum ersten Mal erlebte? Brigitte war übrigens nicht bei der Vorführung dabei, sie wusste ja schon seit Längerem, dass es funktionierte.

Wie ein Wirbelsturm umkreisten die Tauben die Aussichtskuppel. Es war ein berauschendes Erlebnis, das Sil-

bergrau schwirrte, die Violinen flirrten und die Gesamt-
wirkung glich einem LSD-Trip mit Taubendreck und
Wagner. Schließlich war die Ouvertüre zu Ende und Ron
lenkte die völlig entkräfteten Vögel wieder zurück in
den Lastwagen.

Respektvoller Applaus. Als das Klatschen verebbte,
hörte man das Rattern eines Plotters, der die Verteilung
der Kryptokokken-Erreger auf einer Art Altstadtplan
ausdruckte. Der Boden war mit einem Netz von Mess-
punkten überzogen, das die Erregerkonzentration maß:
rot für besonders hohe, gelb für mäßige und grün für
geringe Kontamination.

Das Schöne an Tauben ist ja, dass sie als Körnerfres-
ser ziemlich punktgenau ihre Exkremente abwerfen.
Der Ornithologe unterscheidet in seiner unverblümten
Art beim Scheißen zwischen ›Schießen‹ und ›Plumpsen‹.
Während Raubvögel ihren Kot mit erheblichem Druck
meterweit durch die Luft feuern, lassen ihn Tauben einfach fallen. Das verbessert die Treffsicherheit der Waffe
ungemein.

Die Karte zeigte drei rote Flecken und viele gelbe.
Keine Überraschung war, dass beim Rückwärtseinparken besonders viele Erreger in der Gasse gelandet
waren. Auch am Startplatz war alles vollgekackt. Aber
die höchste Erregerdichte war rund um das Rathaus
zu finden. Als die Vögel zu Wagners Klängen im Kreis
schwirrten, waren sie scheinbar so entspannt, dass alles
von ihnen abfiel.

Die hydraulische Bühne mit der Klarsichtkuppel und
ihren Gästen fuhr langsam nach unten und Ron forderte

alle auf, nun die bereitliegenden Schutzanzüge und Gasmasken anzuziehen. Zudem überreichte er jedem eine Packung ›Krypto 3.000‹, dem weltweit einzigen erhältlichen Impfstoff, wie er stolz hinzufügte.

Burston hatte natürlich vorgesorgt und nicht nur ein paar Arzneiproben, sondern ein schönes, 13% starkes Aktienpaket der Glarus-Chem gekauft. Die Aktie war schwer unter Beschuss geraten, seit bekannt geworden war, dass Dr. Sven Klagenfurter, ›Mastermind‹ und Vater vieler Glarus-Chem-Patente, im Gefängnis saß und die CP-AG somit managementtechnisch Vollwaise war. Vorstand Maxbichler konnte bestenfalls den guten Onkel spielen, aber den Übervater nicht ersetzen.

Burston hatte die Aktie also zum Schnäppchenpreis gekauft und freute sich darauf, ihr schon bald das Fliegen beibringen zu können.

Die Kollegen von Army und Air-Force waren sich ausnahmsweise einig. Unter allen Biowaffentests, die sie bisher erlebt hatten, war das der unterhaltsamste gewesen. Unten auf dem Marienplatz wartete ein Transporter, der die gut verpackte Truppe zu einer Desinfektionsschleuse brachte.

Drei Tage später hatte Ron den offiziellen Auftrag in der Tasche. Interessanterweise waren nicht nur die Luft- und Bodenstreitkräfte, sondern auch das amerikanische Wirtschaftsministerium unter den Auftraggebern. Ziel der ersten Mission war es, eine Taubenpopulation von rund 2.000 Tieren auf einer amerikanischen Militärbasis mit dem Erreger zu infizieren und dann zu einer Stadt

fliegen zu lassen. Auf halbem Weg würde nochmals ein
Feld mit Futter bestreut, dort könnten die Vögel Rast
machen und nachladen, bevor es zum Angriff kam. Die
Start-Basis war der größte US-Militärstützpunkt außerhalb der Vereinigten Staaten: Ramstein, Air Base.

Das Ziel war Paris.

Ron beschloss, Brigitte besser nichts davon zu erzählen.

Flugtag

Es war ein strahlend sonniger Frühlingstag in Frankreichs
Hauptstadt. Die Wirtschaftsminister der wichtigsten europäischen Handelsnationen strahlten ebenfalls. Sie hatten
drei überaus erfolgreiche Tage hinter sich gebracht. Schon
heute kontrollierten die EU-Mitgliedsstaaten an 20% des
Welthandels. Und lagen damit deutlich vor den USA und
Japan. Das Treffen hatte die Weichen dafür gestellt, dass
dieser Anteil in zehn Jahren auf 30 % steigen würde.

Das große Gruppenfoto auf den Treppen vor dem
Élysée-Palast war mit Damen geplant, deshalb gesellte
sich auch der Präsident, der gefürchtete Charmeur, als
Hausherr zu der Gruppe.

Ein kleiner Taubenschwarm flatterte auf und voll-
führte vor der Gruppe seine Flugkünste.

Die Ministergattinnen klatschten und der Präsident
machte einen Scherz, dass das wohl dabei herauskäme,

wenn die Patrouille de France, die berühmteste Flugstaffel der Welt, von den Grünen kontrolliert würde. Höfliches Gelächter.

Einen Tag zuvor waren über dem Pfälzer Wald rätselhafte Vogelphänomene beobachtet worden. Tausende von Tauben waren in riesigen Mustern, die Eisenfeilspänen glichen, orientierungslos über den Himmel geschwärmt. Immer wieder stiegen sie auf, drehten eine 360 Grad-Runde und landeten wieder.

Der Flugverkehr auf dem Ramstein-Airport kam acht Stunden lang völlig zum Erliegen.

Andernorts, genauer gesagt in Kalifornien, freute sich eine Web-Designerin vom Ammersee und wusste, warum die ›Trojanischen Tauben‹ in Zukunft weder nach Paris noch nach Peking fliegen würden. Am nächsten Tag erschien nämlich in einem Online-Dienst, der sich auf Nachrichten über Mobilfunknetzbetreiber spezialisiert hatte, eine kleine Meldung:

›Sicherheitslücke geschlossen.
Einem Entwicklerteam, das mit Experten aller führenden Netzbetreiber besetzt war, ist es gelungen, eine Sicherheitslücke in der Software für Sendemasten zu schließen. Ein anonymer Hinweis hatte offenbar die Möglichkeit aufgezeigt, von außen in die Steuerung einzugreifen. Der anonyme Hinweis enthielt angeblich auch ein Ultimatum, bis zu dem die Lücke geschlossen sein musste, andernfalls würden alle Details im Netz veröffentlicht.‹

Nachtisch

Ein leises, friedliches Gurren lag über dem Tag. Die Amper zog ihre glitzernde Spur am alten Friedhof vorbei. Ruhig und doch ungeheuer lebendig – seit der letzten Eiszeit war dieses Wasser in ständiger Bewegung. Wondrak blickte auf den Fluss und fand, dass es keinen schöneren letzten Ruheort geben konnte. Er hob die Blumen an seine Nase und sog den schwülen, schweren Duft ein. Das Bündel langer Stiele lag in seinen Armen wie ein Neugeborenes. Er hatte keine Vase und auch keinen Ehrgeiz, dass sich die Blumen länger als diesen Moment halten sollten. Sachte legte er sie auf den Hügel, der sich schon ein wenig gesenkt hatte. Es war, als würde er sich aus einer Umarmung lösen, eine Umarmung, die er nie gespürt hatte. Er hoffte, dass Ann-Marie in diesem Moment merkte, wie sehr er sie geliebt hatte.

Danach ging er ein Erdbeereis essen. Und während Wondrak sein Eis löffelte, wurde ihm klar, welches Aroma perfekt zu Erdbeeren passen würde:

Weiße Lilie.

ENDE

Glossar

Thomas Wondrak, Kriminalhauptkommissar in Fürstenfeldbruck

Isabel Knopp, Krankenschwester

Carl Elsmann, verlorener Bruder von Isabel und Samenbankier

Marion Brucker, mütterliche Freundin von Isabel

Igor Oborowitsch, weltberühmter Pianist i. R.

Vivian Klessner, seine Schülerin

Mario Furtmann, Eisdielenbesitzer

Ann-Marie Furtmann, seine Frau

Dr. Sven Klagenfurter, Eis- und Biowaffen-Erfinder und Freund der Familie

Dr. Waldemar Ziegenaus, Entwickler eines Steuerungssystems für Tauben

Brigitte Losmann, Tierschützerin und Exfrau von Waldemar Ziegenaus

Sybille, Internet-Designerin und Freundin von Brigitte Losmann

Helmut Klessner, Freund von Mario Furtmann

Gisela Klessner, seine Frau, Mutter von Vivian, der Pianistin

Ron Emerald Burston, Chef von Atlas Lenkwaffensystem, USA

Peter Harnstein, Vorstandskollege bei Atlas

Martin Lux, Ex-DDR Auslandsgeheimdienst-Chef, jetzt Agent

Dipl. Ing. Sigmar Poetzsch, Personenschützer

Peter Parker, zweiter Personenschützer

Prof. Clohse, Chefarzt in Brüssel

Sabine Jantzen, Reporterin beim ›stern‹

Karin Reindl, Freundin von Ziegenaus, zufälliges Mordopfer

Peter Matzner, Sänger der ›Cherrydoctors‹ und Exfreund von Karin

Dr. Gerd Maxbichler, Vorstandskollege von Sven Klagenfurter

Günther Bergmann, ein guter Kollege Wondraks

Veronika Veigl, Wondraks Kollegin

Liliane Kalbfell, Spurensicherung

Nick, Computerspezialist der Kripo

Egon Schneiderweiß, Büroleiter

Kriminaldirektor Stürmer, Wondraks Chef

Charlotte, Wondraks Katze

Danke!

an Jutta für die Tauben
an Jan für die Zeit
an Christian für die Ermunterung
und an Martina für alles

*Weitere Krimis finden Sie auf den
folgenden Seiten und im Internet:
www.gmeiner-verlag.de*

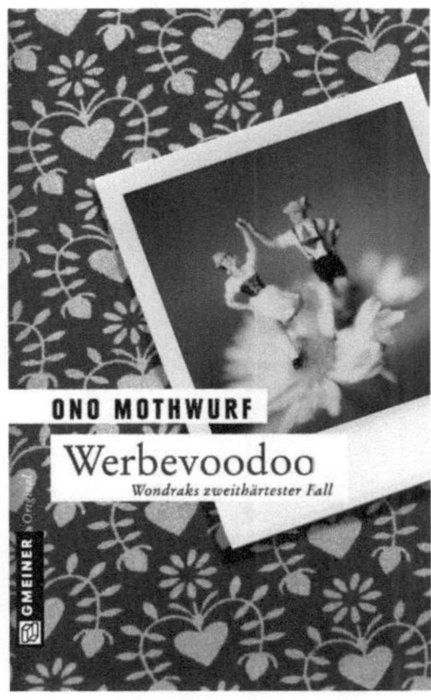

Ono Mothwurf
Werbevoodoo
978-3-8392-1033-8

»Spannend, unterhaltsam und auch sehr witzig.« *Bayern 2*

Zwei Armbanduhren, die um 23:24 Uhr stehen bleiben. Ein Herz, das um 23:24 Uhr stehen bleibt.

»Für Voodoo sind wir nicht zuständig, Wondrak. Das ist ein Fall für einen Parapsychologen auf Pro 7, nicht für die Kripo Fürstenfeldbruck.«

»Es gibt nur zwei, denen ich gehorche«, sagte Wondrak darauf. »Der eine ist mein Chef. Die andere ist Charlotte. Und Charlotte sagt mir, dass das ein Fall für mich ist. Hier geht's um Mord.«

Wondraks Katze Charlotte hat den richtigen Riecher! Denn dies ist erst der Auftakt zu einer ganzen Serie rätselhafter Todesfälle in einer Starnberger Werbeagentur …

Wir machen's spannend

Michael Gerwien
Mordswiesn
978-3-8392-1421-3

»Packender, feuchtfröhlicher Raintalerkrimi mit spannenden Informationen über Oberbayern und die Wiesn.«

Ende September. Das weltberühmte Oktoberfest ist in vollem Gange, die Stimmung im Bierzelt kocht. Exkommissar Max Raintaler und sein alter Freund Franz Wurmdobler bekommen jeweils 100 Euro von einem ihnen fremden Immobilienwirt aus Grünwald geschenkt. Einzige Bedingung: Sie müssen das Geld noch am selben Abend vertrinken. Keine zwei Stunden später ist der edle Spender tot. Er wurde mit einem Maßkrug erschlagen. Max und Franz machen sich gemeinsam auf die Suche nach dem Täter.

Wir machen's spannend

Raimund A. Mader
Roter Herbst
978-3-8392-1433-6

»Mutig, menschlich und spannend bis zur letzten Seite«

Kommissar Adolf Bichlmaier flüchtet aus Regensburg in die Einsamkeit. Sein letzter Fall hat große Erschütterung in ihm ausgelöst. Er landet in einer kleinen Stadt am Rande eines Moores, in der er einst als Bundeswehrsoldat stationiert war. Doch auch hier findet er keine Ruhe. Denn das Moor gibt eine grausam verstümmelte Leiche frei.

Bichlmaiers Reise in die eigene Vergangenheit wird zu einer Begegnung mit den Schatten, die die BRD in den 70er-Jahren heimgesucht haben.

Wir machen's spannend

Unsere Lesermagazine

2 x jährlich das Neueste aus der Gmeiner-Bibliothek

Alle Lesermagazine erhalten Sie in Ihrer Buchhandlung oder unter www.gmeiner-verlag.de.

24 x 35 cm, 32 S., farbig; inkl. Büchermagazin »nicht nur« für Frauen

10 x 18 cm, 16 S., farbig

GmeinerNewsletter

Neues aus der Welt der Gmeiner-Romane

Haben Sie schon unsere GmeinerNewsletter abonniert?

Monatlich erhalten Sie per E-Mail aktuelle Informationen aus der Welt der Krimis, der historischen Romane und der Frauenromane: Buchtipps, Berichte über Autoren und ihre Arbeit, Veranstaltungshinweise, neue Literaturseiten im Internet und interessante Neuigkeiten.

Die Anmeldung zu den GmeinerNewslettern ist ganz einfach. Direkt auf der Homepage des Gmeiner-Verlags (www.gmeiner-verlag.de) finden Sie das entsprechende Anmeldeformular.

Ihre Meinung ist gefragt!

Mitmachen und gewinnen

Wir möchten Ihnen mit unseren Romanen immer beste Unterhaltung bieten. Sie können uns dabei unterstützen, indem Sie uns Ihre Meinung zu den Gmeiner-Romanen sagen! Senden Sie eine E-Mail an gewinnspiel@gmeiner-verlag.de und teilen Sie uns mit, welches Buch Sie gelesen haben und wie es Ihnen gefallen hat. Alle Einsendungen nehmen automatisch am großen Jahresgewinnspiel mit attraktiven Buchpreisen teil.

Wir machen's spannend